0의 행복

붓다는 인생을 발견한 콜럼버스

의 행복

붓다는 인생을 발견한 콜럼버스

초판 1쇄 발행 2009년 4월 10일
초판 3쇄 발행 2009년 12월 10일
수정증보판 1쇄 발행 2010년 7월 12일
수정증보판 3쇄 발행 2011년 12월 20일
지은이 이규항
펴낸이 최종숙 | 편집 이태곤 임애정 전희성
디자인 이홍주 안혜진 | 마케팅 안현진 박태훈
펴낸곳 글누림출판사 | 등록 제303-2005-000038호(등록일 2005년 10월 5일)
주소 서울시 서초구 반포4동 577-25 문창빌딩 2층
전화 02-3409-2055(편집부), 2058(영업부) | 팩시밀리 02-3409-2059
홈페이지 http://www.geulnurim.co.kr | 전자우편 nurim3888@hanmail.net

ISBN 978-89-6327-078-4 03810
정가 12,000원

잘못된 책은 교환해 드립니다.

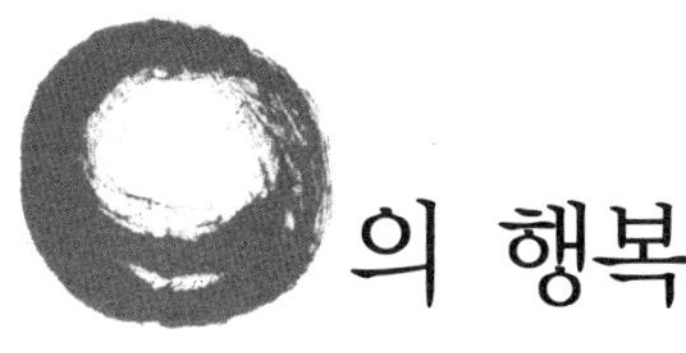

의 행복

붓다는 인생을 발견한 콜럼버스

이 규 항

글누림

돈키호테 불자

인사동 거리의 플래카드. '부처를 만나면 부처를 죽이고 선사를 만나면 선사를 죽이고…'라는 글귀가 나를 돈키호테 불자로 만든 셈이다. 보리수 아래서 득도하신 석가모니 부처님은 35세의 네팔 청년이었을 뿐이다. 30대 중반, 젊은이의 깨달음이란 것이 '뭐 대수로운 것이었겠는가.'라는 성인聖人모독죄(?)도 짓게 된다. 이 글은 암호와 수수께끼 같은 붓다의 선禪과 중도中道를 나의 식으로 풀어 본 돈키호테 불자의 용감한 글이다. 무지하면 용감한 법이니까.

이 글의 키워드는 매일 먹는 '밥맛'과 수학의 '0'이다. 내친 김에 노자와 유교의 사상도 '0'에 담아 보았다. 이 글은 수필 형식을 빌린 잡문이다.

바닷가에서 두꺼비집을 지을 때 축축한 모래는 필수이다. 수필에서도 그 정도 물기의 가공架空*은 허용된다기에 거기에 따랐다.

---

* 가공(架空) : 사실이 아니고 상상으로 꾸민 것

주제가 반복되는 곳이 있는데, 이는 이 글에 대한 필자의 지나친 욕심을 미처 따라주지 못한 필력 때문이다.

주제가 되풀이되면서 부제가 삽입되는 ‘론도’라는 음악 형식이 있다. 이러한 ‘론도’와 ‘무형식의 형식’이라는 수필형식이 나의 무딘 글솜씨를 도와주었다. 여러 가지 맛이 어우러진 칵테일과 같은 글이 목표였으나 결국 잡설이 되고 말았다. 호랑이를 그리려다 하이에나가 된 셈이다.

원래『김 군에게 들려준 0의 행복』이라는 제목으로 나왔던 책이 이번에 새롭게『0의 행복』으로 탄생되었다.『김 군에게 들려준 0의 행복』에 대한 각계각층의 다양한 반응 가운데는 ‘재미있는 철학책’이라는 과분한 평도 있었다. 부산 범어사의 한국의 임제선사라 불리는 무비無比 큰스님께서는 “손의 마비현상으로 컴퓨터를 하게 되었습니다. 육필로 쓰지 못하고 기계로 글을 써 보내게 됨을 죄송스럽게 생각합니다. 거사님 같이 풍부한 세상 상식으로 잘 풀어서 전해주는 역할을 하는 분들이 더욱 많았으면 하는 욕심도 가져 봅니다.”, 충주 석종사의 혜국 큰스님께서는 “감칠맛 나는 말의 맛을 고맙게 먹고 있습니다.”, 총지종의 법경법사께서는 “아! 이렇게도 불교를 바라볼 수 있구나. 독특한 시각으로 사물을 보고 현상을 보는 것은 진정 불교다운 시각입니다. 짧은 단락에 묻어 있고 함축되어 있는 진리가 느껴집니다.”, 큰스님이시며 동국대학교 경주캠퍼스 불교문화대학교의 정성본鄭性本 교수께서는 “글귀를 자신의 마음으로 간주하고 해석하는 관심석觀心釋으로 불교를 해석하고 설명하는 것은 재미있는 추론이며 독자적인 논리체계로 전개한 내용들은 설득력이 진하게 전달되고 있습니다", 이해인 수녀님께서 보내주신 글 가운데는 이런 말씀이 있었다. "새로운 맛을 날마다 새롭게 느끼며 아직은 잘 견뎌내고 있는 착한 환자 해인海仁 수녀입니다. …… 시적이고 상징적인 언어들은 사람의 마음을 부드럽게 하고 기분 좋게 합니다. '목소리가 좋습니다' 대신 '노래를 듣는 것 같습니다'처럼. …… 오늘은 어제의 열매 내일의 씨앗입니다." 고려대학교의 문학평론가 김인환 교수는 "지나간 마음 때문에 아파하고 아직 안 온 마음 때문에 조바심하고 살다가 염念 자한 글자에 '지금 마음'이 소중하다는 뜻이 있다는 것을 알게 되어 기뻤습니다. 밥맛을 알면 Zero mind를 알리라는 말씀도 재미있었습니다.", 경기사학회 최홍규 회장은 "도대체 우리들의 삶은 무엇이며 존재 이유는 무엇일까? 저자가 삶의 목표가 중용의 길, 곧 '0의 행복'에 귀결됨을 누누이 일깨워주는 대목에서 적이 한순간도 미소를 떨쳐 버릴 수 없었다. 현재와 미래, 세속과 피안이 어우러진 우리들의 삶, 나이와 신분을 초월한 모든 사람들이 지향해야 할 행동과 사색의 교본이다. 특히 인간학을 중심틀로 재해석한 불가의 교의와 선시들이 그럴듯하고 매력만점이다."라고 평해 주셨다. 그리고 최근에는 동화작가이며 번역가이고 목사이신 이현주 선생께서 "0의 행복이 널리 보급되어 세상에서 공연한 아픔과 괴로움이 조금이라도 사라질 수 있게 되기를 기대합니다.”라는 글과 함께 “자그마한 등불 하나가 능히 천년의 어두움을 밝힐 수도 있다네一燈能除千年暗”라는 친필 휘호揮毫를 보내주셨다. 전남 송광사의 법흥法興 큰스님(필자의 고려대 국문과 대선배)께서 주위 불자들에게 이 책을 ‘책 보시’ 하신다는 말씀을 전해 듣고 인사차 며칠 전 찾아 뵌 적이 있다. 변택주(前 맑고 향기롭게 이사) 님께서는 “즐거움이 넘치면 쾌락, 하지만 쾌락이 넘치면 고통인 줄 누가 알았으랴. 술 마시는 즐거움 끝에 고통 끝자락까지 내몰렸던 눈초 이규항 선생. 아픔이 멎자 그 자리(중도中道)가 극락임을 깨치다(법열法悅). 물은 100도를 지날 때 끓고, 0도(빙점氷點)를 지날 때 비로소 얼듯이 그 깨침을 증명하려고 내달은지 6천 200여 나날(17년). 벼리고 벼린 끝에 드디어 ‘0의 행복’을 펼치다. 그도 모자라 700여 나날(2년)을 더 숙성한 끝에 ‘지구별은 아름다운 미술관이자 음악의 전당’이라며, 붓다가 펼친 0의 세계를 마무리해 집을 지었다(작가作家). 다석 유영모는 오직 오늘만 살 수 있다면서 삶을 하루살이로 보았다. 그렇게 보면 선생은 7천여 생을 닦은 끝에 내집(작가作家)을 지은 셈이다. 고전으로 들어가 새 길을 내다(입고출신入古出新). 몸이 집을 나오면 가출, 마음이 집을 나와야 출가(심출가心出家)라 했는데 그곳(당처當處)이 바로 ‘지금시 여기동 0번지’이다. 책을 덮으며 ‘말’과 ‘말씀’을 확연히 알았다. 내 무슨 복에 드문 길잡이를 만났을까?”라고 말씀해주셨다. 영남대 부총장을 지낸 박승위 교수는

"저는 불교에 관심을 가진 지 그럭저럭 40여 년이 되어갑니다마는 발심이 부족하여 그저 언저리만 맴돌고 있습니다. 불교의 핵심 사상인 중도를 수리적數理的 개념과 우리들의 실제적인 삶과 관련지어 쉽고 재미있게 풀어주시니 더 이상 좋은 법문이 어디 있겠습니까?"라고 말씀해주셨고, 자주 뵙는 지인知人 김인복 여사는 "가슴이 설렌 차마고도茶馬古道의 천상천로天上天路 여행길은 '나를 찾아' 떠난 여행이었습니다. 여행 배낭에서 수시로 꺼내 읽었던 『0의 행복』은 차라리 일행들 영혼의 길잡이였습니다. 세월의 흔적이 묻어있는 소리, 아름다운 사연이 있는 정다운 소리는 우리 일행 모두에게 와 닿는 그리움이요 인생의 교과서였습니다."라고 하였다. 수원 가톨릭대학교 평생교육원의 임선자 여사는 "석 줄 안에 싱거운 말이 없다"라고 하였고, 어느 독자는 집으로 전화까지 걸어주시어 "50권의 양서를 읽은 듯합니다"라고 말씀해주셨다. 모두 나에게 힘을 주신 분들이다.

반면 다소 어렵다는 독자도 있었다. 그 가운데 "부처를 만나면 부처를 죽이고"라는 글귀가 난해하다고 하였다. 붓다가 입멸하시기 직전에 하신 유언에 불교의 교의敎義가 함축되어 있다. '붓다를 죽이고'는 붓다를 무시하고 붓다 이상이 되라는 뜻이다. 진정한 배움은 스승을 따르지도 모방하지도 않고 뛰어넘어야 한다(학부종사 學不從師). 당나라의 고승 아서亞栖는 글씨는 여러 명필의 서체를 섭렵하여 통달한 후에 독창적인 '자기세계의 글씨'를 쓸 수 있어야 한다고 했다.("서통즉변書通則變") '나의 설법을 등불로 삼고 법에 귀의하라(법등명 법귀의法燈明 法歸依). 붓다 당신을 비롯해 어느 누구도 믿지 말고 자신을 등불로 삼고 자기에게 귀의하라(자등명 자귀의 自燈明 自歸依).' 죽음은 붓다처럼 깨달은 성인聖人도 피할 수 없는 선택이 아닌 필연의 길이다. 그러나 삶은 모든 사람이 마음에 따라 선택할 수 있는 길이다. 고급음식의 첫맛은 대체로 쓴 법이다. 그 다음의 맛은 달콤하거나 맵거나 구수하거나 향기롭거나 우아하거나 환상적이기도 한다. 이렇듯 이 책의 첫맛을 쓰게 느끼는 독자일지라도 다소의 인내심을 갖고 좀 더 곱씹어 음미해보면 지금까지 느껴보지 못했던 신세계 경지의 맛을 느끼실 수 있으리라 자부해 본다.

우리 주위를 한번 돌아보자. 오로지 부동산과 권력에만 목을 매달며 사는 사람들. 과연 삶의 본질은 돈과 명예뿐일까? 이러한 현상은 1960년대 경제개발시대 이래 우리들 심성에 자리 잡은 경제제일주의에서 오는 물신物神주의 풍조 때문이리라. 21세기 초에 불어닥친 세계적인 최대 경제 불황은 오히려 동서양인들 모두에게 새삼, 삶의 의미를 되새기게 하는 반면교사적反面教師的인 선물이 되어 소욕지족少慾知足의 복고復古적이며 낭만적인 인생관을 잠시나마 생각할 수 있게 했다. 불佛의 파자破字는 우연의 일치치고 가히 철학적이다. 필순筆順이 사람人 다음에 불弗 / 달러(dollar)가 오지 않는가? 삼독三毒(탐貪·진瞋·치痴 / 탐냄·성냄·어리석음)의 대명사인 탐貪의 파자는 今(지금), 貝(패물, 돈)이다. 행복의 본질은 마음일진대 염불念佛의 염念인 今(지금), 心(마음)과 今(지금), 貝(패물)*

가운데 어느 쪽에 무게를 두어야 하겠는가? 불교의 궁극은 인본人本주의의 행복관이다. 불佛의 파자 역시 붓다 45년 설법의 최후·최고의 메시지인 묘법연화경妙法蓮華經(법화경法華經의 본 이름)의 정수精髓 '사람이 곧 부처이다'라는 인불人佛 사상을 담고 있다.*

흔히 '척彳'을 '두인변二人邊'이라고 한다. 필자는 한학자인 허준구許俊九 박사(대한학자인 임창순任昌淳의 제자)에게 '척彳'을 두 사람의 뜻으로 해석할 수 있는지 문의하였다. 그는 "갈 행行은 십자로/네거리 모양을 본뜬 상형문자이다. 척彳은 '조금 걷다 멈춘다'는 뜻인데, 다리에 힘이 없어 멈출 수도 있으나 네거리에 사람이 많아 부딪히기 때문에 멈출 수도 있으니 한 사람 이상의 복수로 확대해석하는 것이 가능하다."고 답하였다. 따라서 '척彳'을 두인(人＋人)변으로 간주하면 '비슷하다'는 뜻을 가진 불佛의 파자는 "사람人과 부처佛는 같다"는 뜻이 된다. 이 또한 필자의 관심석觀心釋(자신의 사상이 담긴 안목으로 사물을 해석하는 일)이다.

법화경에 "연설*정법演說正法"이라는 말이 나오는 것을 보면 모든 교의敎義에 대해 언어로 설명이 가능했던 듯하다. 연설은 일본의 후쿠자와 유키지福澤諭吉(일본돈 만 엔짜리에 그려진 인물)가 이 교의에서 착상, 'Speech'를 '연설'로 번역하였을 것으로 보인다. 교敎와 선禪은 수학과 과학의 관계와 같다. 수학은 눈에 보이지 않는

---

* 패물(貝物) : 산호(珊瑚), 호박(琥珀) 같은 장식품

* 연설 : 교의를 말로 설명하는 것

과학을 설명하는 언어이다. 흔히 교는 부처님의 말씀, 선은 부처님의 마음이라고 한다. 교가 수학이라면 선은 과학에 비유할 수 있다. 그러나 오늘날까지 부처님의 마음인 선을, 과학을 설명하는 수학처럼 교가 수학 같은 역할을 못하고 있다. 붓다 정각正覺의 모체母體는 '0'으로 또 다른 표현의 명제命題가 중도/선이다. 그러나 안타깝게도 붓다의 성도成道 당시 인도땅에는 수학에 '0'이 없어 동위개념의 중도/선은 설명할 수 없어 일자불설一字不設의 무설선無說禪을 남기신 채 입멸하신다. 산모에게서 10개월 만에 아기가 태어나듯 B.C. 6세기경 붓다께서 잉태시킨 '0'이 천 년 후인 A.D. 6세기경 같은 인도에서 발견된다. 역사 이래 수많은 철인들이 인생과 행복에 대하여 정의를 내렸으나 정답은 없고 사람들 각자의 몸에 맞지 않는 기성복 같은 해답이 있을 뿐이다. 반면 붓다께서 인류에게 생활철학으로 제시하고 싶으셨던 중도/선은 서양인들에게도 비교적 자연스럽게 수용되어 세계 각지에서 포교에 성공하는 현상을 볼 수 있다. 이의 요인은 자기의 이익과 함께 타인도 배려하는 서양 사회의 개인주의와 불교의 자리이타自利利他의 정신이 일맥상통하기 때문이리라. 차도車道와 인도人道 사이에 경계가 되는 돌인 연석緣石은 불교 자리이타의 상징이다. 연석은 운전자의 주행을 도우며 동시에 보도를 걷는 사람의 인명을 보호해 준다. 이처럼 우리는 일상에서 한시도 인연을 떠나 살 수 없다.

불교는 석가모니 부처님이라는 인물을 믿는 것이 아니라 그 분의 말씀을 믿는 종교이다. 붓다의 가르침을 공통분모로, 자기세계를 분자로 하는 다신교의 개성주의 철학이다(자기세계/불법(佛法)). 즉 불교는 다원多元주의(postmodernism) 철학이라 할 수 있다. 작가作家는 불교에서 온 말로 독창적인 "자기의 정신적인 집/자기세계"를 이룬 불자佛子를 뜻한다. 그러나 "작가불자作家佛子"의 경지에 이르지 못한 "잡가불자雜家佛子"들은 미신적迷信的이요, 지엽말단적枝葉末端的인 거품불교/방편불교方便佛敎에 머무를 뿐이다. 중도/선이 밝혀지지 않아 불자들이 생활인의 철학으로서의 가치를 느끼지 못하고 있다. 선은 화석이 된 채 박물관의 유물처럼 모셔져 있을 뿐 불교의 본질인 '의자依自종교'로서의 역할을 못하고 있다. 한국불교의 현주소는 방편법신불方便法身佛(중생을 구제하기 위한 수단으로 불자의 소질/수준에 맞춘 인위적인 부처님)인 내세來世의 주불主佛 아미타불과 병을 고쳐주시는 약사여래藥師如來, 크고 작은 근심걱정을 없애주시는 인기불人氣佛 관세음보살에게 의지하는 '의타依他종교'인 셈이다. 작가는 예술을 창조하는 사람이고 "작가불자"는 인생을 창작하는 "인생작가"이다. 이러한 인생관을 가진 불자는 정신세계의 집인 인생관人生館의 소유주이다. 추상화가가 불교를 시각적으로 작품화한다면 각양각색의 조각보褓(quilt) 같은 그림이 될 것이다.

2010년 3월 생애 두 번째 죽음의 고개를 넘었다. 나는 평생 술에 관해 '거절결핍증'이란 증세가 있다. 아직도 젊음과 낭만이 남아있는지 14시간 연속 음주 끝에 '휴일과음 심장증후군'으로 주선

酒仙이 졸지에 응급실 환자의 신세가 되었다. 위급한 병상의 와중에서 제일 먼저 떠오르는 것은 『0의 행복』 추가 원고의 미정리였다. 다행히도 평소의 꾸준한 운동 덕분으로 곧 퇴원하게 되었다. 집사람이 자주 혼자서 입버릇처럼 하는 말이 있다. "그러고 보니 당신은 평생 맨정신으로 있을 때가 없었어요." 나도 그때마다 쓰는 방패가 있다. 수주樹州 변영로卞榮魯(1897~1961, 시인) 선생의 취중실수담으로 엮어진 명 수필집 『명정사십년』에 나오는 명구名句이다. "나의 외적外的인 생활은 0에 가까운 것이었으나 내적內的인 생활은 촌시寸時의 휴식이 없었지." 평소에 '만족 과민반응 증후군'이 있는 나는 요즈음에는 맥박이 정상적으로 뛴다는 단순한 사실에 "동냥하러 다닐 수 있는 힘만 있어도 감사하라"는 천주교의 행복론에 새삼 공감하고 있다. 우리는 '살아있음' 그 자체가 은총임에도 무감각하게 건성으로 시간을 허비하며 살고 있다. 12시간 이상의 음주는 지나친 쾌락의 시간이다. 플러스(＋) 세계에 오래 머물면 반드시 추락하는 모양이다. '0의 행복' 임상실험이 지나쳤던 듯하다.

　한자는 부득이한 경우에만 썼으나 무시하고 읽을 수도 있다. 즐길 일들이 많은 세상, 공연히 독자들의 귀한 시간만 축내는 것은 아닌지 모르겠다.

2011. 12.

눈초 이 규 항

차 례

본문에 앞서__돈키호테 불자 • 4

미국 서부 여행에서 김 군을 만나다 ┃ 19

사람의 몸값을 최고치 무가보(無價寶, Priceless)로 쳐 주신 붓다 ┃ 33

병상생활에서 발견한 0의 행복 ┃ 41

붓다의 깨달음을 '음식의 맛과 0'을 키워드로 풀다 ┃ 45

염불은 마음의 고향으로 가는 길 ┃ 60

선(禪)은 웰빙이요 무사(無事)는 행복이다 ┃ 71

해탈은 탈출(Break out)이다 ┃ 78

붓다는 인생의 신세계를 발견한 콜럼버스 ┃ 81

깨달음의 모티브는 밥맛 ┃ 98

붓다의 스승은 밥 ┃ 101

첫 설법을 왜 망설이셨을까? | 107

쌀의 어원은 보살(菩薩), 밥의 어원은 사리(舍利) | 114

석가모니 부처 깨달음(0)의 명제 | 118

불교의 중도·유교의 중용(中庸)은 쌍둥이 생활철학 | 124

중도와 중용은 중간이 아니다 | 134

깨달음의 모체는 0, '있음의 없음(제법무아)·없음의 있음(진공묘유)' | 140

붓다의 입멸 후 경·율·논을 정리하다 | 151

0이 없던 시절 붓다는 속마음(심층의식)을 이심전심으로 전하다 | 155

붓다의 속마음 선, 끝내 설명 불가로 입멸 | 161

최초로 0이 나타나는 문헌 『선가귀감』 | 166

선 / 0은 암호 같은 수수께끼 ㅣ 173

중국으로 이민 간 불교, 선이란 시민권을 얻다 ㅣ 176

항다반사와 범사에 감사하라 ㅣ 183

0에서 양과 음이 나오다 ㅣ 194

0은 동서양 정신의 히말라야 봉 ㅣ 198

테마뮤직 0이 원과 수인으로 변주 ㅣ 199

반가사유상·석굴암 본존불의 미소는 해탈 순간 득의의 미소 ㅣ 211

불교·총지종·진각종·원불교 앞날이 밝다 ㅣ 219

형이하학으로 형이상학을 만나는 밀교 ㅣ 225

인생의 3대 요소, 진리·성애·실리 ㅣ 234

0의 창안자 붓다는 위대한 수학자 ㅣ 237

수학자 피타고라스는 철학자 붓다구루스 ㅣ 239

수학세계에 뒤늦게 편입된 0이 숫자의 왕이 되다 ㅣ 243

0은 왜 하필 동그라미 모양일까? ㅣ 246

나의 수학적인 불교관 ㅣ 249

성직자의 계율, 흉내 낼 수 없다 ㅣ 255

불교적인 지명 인도의 러크나우 ㅣ 258

덕(德)을 베풀면 득(得)이 되어 돌아오다 ㅣ 261

중생과 짐승 ㅣ 267

멋과 맛을 느끼다 가는 게 인생(Life is feeling) ㅣ 281

생활 속의 중도·중용의 세계 ㅣ 286

지구는 지상 미술관, 음악의 전당 ㅣ 288

둥근 지구에서 둥근 해와 달을 보며 0의 맛을 보다 0으로 돌아가다 ㅣ 294

몸은 동산(動産) 1호, 마음은 부동산(不動産) 1호 ㅣ 296

한국불교의 현주소 ㅣ 304

글을 마치면서__호랑이를 그리려다 하이에나가 된 셈이다 • 310

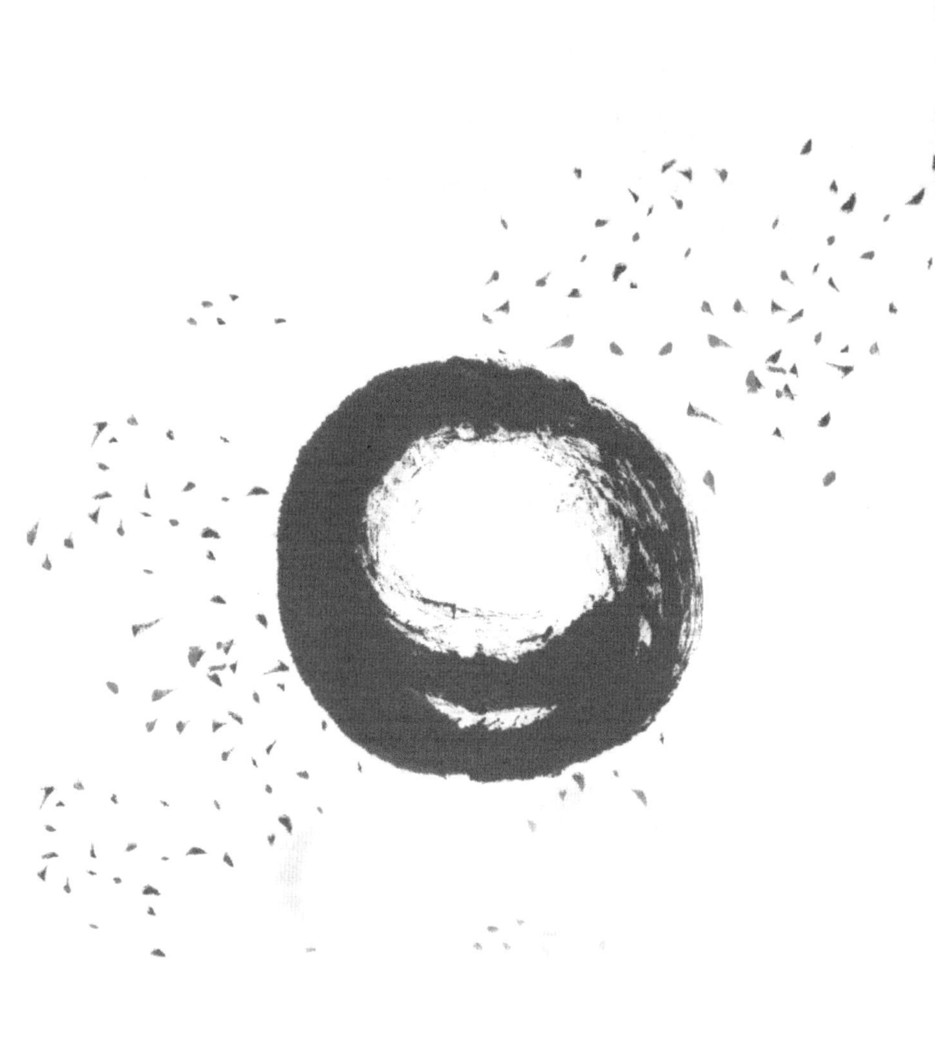

미국 서부 여행에서 **김 군을 만나다**

미국 서부 LA를 출발해 샌프란시스코를 거쳐 2천여 년의 수령樹齡을 자랑하는 세코야 파크, 인공위성에서도 보여 그의 위력을 과시케 해주었던 조약돌 골프장 페블 비치, 그랜드캐년 등 9일 일정의 관광길에 나섰다.

광활한 캘리포니아 평원, 관광버스는 자그마한 점이 되어 들판을 달린다. 차창 밖의 풍경은 내가 그동안 보았던 서부영화와 미국소설의 무대를 떠올리게 했다. 간간이 켄터키 옛집과 올드 블랙 조 같은 포스터의 음악도 들리는 듯했다. 그러나 이러한 달콤한 꿈은 곧 깨지고 만다. 버스 앞쪽 중앙 상단에 설치된 텔레비전 화면에서 갑자기 국내에서 방송되었던 코미디 프로가 재생되고 있었다. 몇몇 관광객의 강력한 요청에 의한 것이라고 가이드는 설명해 주었다.

밖의 풍경과 버스 안의 오디오가 일치하지 않아 미국에 있는지 한국에 있는지 혼란스러웠다. 먹기 싫은 음식을 나의 입에다 누가 강제로 떠 넣어 주는 것만 같았다. 비디오 상영이 끝나자 각자 자기소개와 함께 노래 한 곡씩을 하자는 어느 손님의 제의가 박수와 함께 만장일치로 통과, 버스 안은 아수라장이 되고 만다.

여행 중 내가 제일 싫어하는 일만 벌어지고 있었다. 앞사람 등받이에 다리를 올려놓는 사람, 식당에서는 포크와 나이프로 칼싸움을 하는, 브레이크가 고장 난 자동차 같은 아이들. 내 앞좌석의 등받이는 완전히 뒤로 젖혀져 나는 좁은 공간에서 벌을 받고 있었다. 아파트의 위층 세대와 관광에서 보통사람들을 만난다는 것은 행운이며 축복이다. 이번 여행 동안 몰상식이 생활화된 어글리 코리언과 지낼 생각을 하니 암담했다.

60년대 중반, 『어글리 코리안』이란 제목의 책이 있었다. 도대체 언제까지 이 말이 우리에게 쓰일 것인가? 또 다른 괴로움도 이에 못지않았다. 일부 관광객들은 어느 지역, 어떤 경치를 보든지 간에 눈에 차지 않는 모양이다. 게다가 감탄은커녕 시시하다고 하여 나머지 일행에게 관광의 맛을 반감시켜 버린다.

요세미티 공원의 하이라이트인 엘캐피탄은 한 덩어리의 바위 크기로는 세계 최대이다. 이 엘캡 등반은 암벽 등반자들의 꿈이다. 서울의 63빌딩 4채를 수직으로 쌓아올린 듯하다. 이 영물靈物 앞에서는 가벼운 공포와 함께 위압감마저 느끼게 된다. 그러나 소가 닭 보듯 대충 보아 넘기는 관광객 아닌 간과객看過客의 눈에는 북한산의 인수봉만도 못하게 보였던 것이다. 그리고 요세미티 공원보다 설악산 국립공원이 더 나아보이는 듯했다.

조약돌 해안을 끼고 있는 페블 비치와 미려한 dark blue의 다이호 호수보다도 한려수도가 더 낫다고 하였다. 어느 때는 지난번 어느 여행지의 어느 곳이 여기보다 낫다 하여 관광경력을 과시, 동정심마저 가는 치기稚氣를 보이기도 한다. 배타排他 애국의 어글리 코리언이다. 철저히 '지금'을 부정하는 이들을 보면서 숭산崇山(2006년 입적) 스님이 떠오른다. 우리나라에서보다 외국에서 달라이라마처럼 숭앙崇仰*받고 있다. 미국의 명문대학 출신과 양가집 아드님들을 집밖으로 뛰쳐나오게 한 장본인(?)이기도 하다.

밥을 먹을 때는 '오직 밥만 먹을 뿐', 놀 때는 '오직 놀 뿐', 생각을 안 할 때는 '오직 생각을 안 할 뿐' 같이 심오한 불교를 '자기화'하여 '뿐 철학'을 창안하신 분이다. 아마 숭산 스님께서는 숨을 거두시면서도 마음속으로는 '나는 지금 오직 죽을 뿐'이라고 되뇌었을지도 모른다.

'지극한 진리는 어렵지 않다[지도무난至道無難].'는 진리를 실감나게 해주는 말씀이다. 반바지 차림의 한 성직자는 일행들이 타고 있는 버스를 움직이는 교회로 착각하고 있었다. 천당에는 성직자들의 혀만 있다더니 빈약하고 시의時宜*에 맞지 않는 설교舌敎는 일행들을 곤혹스럽게 하였다. 거지반 무신론자인 일행은 죄인을 면하기 위하여 기도 아닌 눈을 감아야 했다. 또한 차창 밖의 경치에는 관심이 없는 듯 국내정치를 주제로 쉴 새 없이 떠들어대는

Motor Mouth들.

　나의 관광길은 그야말로 고행길이었다. 어글리 코리안은 현대판 중생이다. 그런데 다행스럽게도 룸메이트를 잘 만났다. 이른바 일류 대학 1학년생. 재수를 했다고 한다. 재수생 특유의 성숙함(?) 때문인지 일류 대학생들이 가진 지적인 오만도 없었다. 미국 동부에서 단기 어학연수를 마치고 귀국하는 길에 관광을 하고 있는 것이다. 수더분한 성격에 심지心地가 착해 보였다. 전공은 미학美學이었다.

　김 군의 종교는 개신교이지만 어머니가 불자이시라 절에도 자주 가는 편이라고 하였다. 나는 천주교 신자인데도 불교를 좋아해 인도를 다녀왔다고 했다. 우리나라를 비롯한 세계 곳곳에서의 종교 간 반목은 21세기 인류의 숙제라는 데 두 사람은 공감하였다. 처음부터 의기가 상통한 두 사람은 저녁마다 미니어처 양주로 밤늦게까지 술파티를 벌였다. 내가 주로 말을 하고 김 군은 듣는 편이었다. 김 군의 취미는 야구였다. 나는 지금도 야구중계를 하고 있으니 평생 가장 많이 한 일이 야구중계인 셈이다.

　김 군은 나에게 "좋아하는 일이 직업이어서 행복한 분"이라고 하였다. 대화의 성공은 상대의 관심사가 주제가 되어야 한다. 우선 미국의 전설적인 100마일(구속球速 160K) 투수 노란 라이언(Noran Ryan)의 행복관을 들려주었다. 그는 고액의 연봉을 받는 선수기이 때문에 행복하다기보다는 원정경기 때 잠시 쉬어가는 고속도로 휴게소 자판기에서 뽑아 마시는 커피 맛, 야간비행기에서 내려다보는 찬란한 불빛에서도 행복을 느낀다는 내용이다. 행복의 가격은 이처럼 싼 편인데도 많은 사람들은 욕망과 물욕에 정복을 당하고 있어 0의 행복이 보이지 않는 것이다. 고대 이집트의 연금술사鍊金術師들은 구리와 납, 주석 등으로 금은 같은 귀금속을 만들었다고 한다. 노란 라이언도 일상의 평범을 비범非凡으로 승화시키는 행복의 연금술사였다. 김 군은 노란 라이언의 동양적 행복관에 흥미를 느끼는 듯하였다. 흔히 우리들은 어쩌다 찾아오는 행복인 행운과 공기와 물처럼 가까이 있는 행복을 혼동하며 살고 있다. 행운과 달리 곳곳에 널려 있는 행복을 노란 라이언은 놓치지 않고 있다. 노란 라이언은 야구선수 출신 가운데 최초로 2010년 텍사스 레인저스(Texas Rangers)의 구단주가 되었다. 이는 우연이 아니라 평생 일상을 '꽃'으로 살아온 업보일 것이다.

Happiness가 '사람의 마음속에서 일어나는(Happen) 현상'이라는 행복의 어원에 대해서는 아직 알고 있지 못했다. 행복의 어원에 대해서는 어느 여대생에게도 들려준 적이 있다.

일요일 홍릉수목원. 서양적 이미지의 여대생 둘이서 벤치에 앉아 서로 번갈아가며 부채질을 해주고 있었다. 여대생들이 풍기는 분위기로 수목원은 외국의 공원이 되었다. 그리고 동양적인 부채는 두 사람의 서양적 토털패션을 깨트리는 것 같았다. 그런 어울리지 않은 부조화가 나의 시선을 끌었다. 부채의 그림은 현대문인화로 화제畵題 역시 새로웠다. '불교는 만족하는 마음[불만족지심佛

바보
나무와
새

滿足之心]이다.’ 99억을 가진 사람은 100억을 채우고 싶어 한다. 사람은 불만족본능으로 어떠한 돈방석 위에서도 행복해 하지 않는다.

학생들에게 말을 건네도 나의 말을 빼앗기지 않을 것 같았다. ‘Happiness is contentment.’ 행복은 ‘만족 능력’이며 불교 역시 스스로 만족할 수 있는 ‘자족自足 능력’의 가르침이라고 하였다. 아울러 이 수목원의 갖가지 나무와 꽃들과 공기는 누구나 좋아하고 즐기게 된다. 그러나 행복이라 하기에는 하찮게 흘려버릴 수도 있는 ‘바람’과 태양조명인 ‘햇빛’까지도 알뜰하게 즐길 수 있어야 한다. 이 지상에는 즐거움과 괴로움 그리고 ‘즐거움도 괴로움도 아닌 즐거움’도 있다. 우리는 눈에 잘 띄지 않는 ‘보통의 행복’은 버리면서 산다. ‘행복은 발견능력’이다. 두 여대생은 벤치를 떠나면서 목례로 답을 해주었다.

다시 미국 여행 이야기로 돌아가자. No hit No run(무안타 무실점) 일곱 번의 대기록을 수립한 노란 라이언도 Perfect game(완전경기)은 한 번도 없었다는 데 대해 김 군은 뜻밖인 모양이다. 야구는 운이 따르는 경기이기 때문이다. 한 타자가 10번 타석에 들어가 7번 실패하고 3번만 성공해도 강타자가 된다.

야구경기에서 홈런도 없고 안타가 5개도 안 되는 시시한 경기가 얼마나 많은가. 인생도 야구와 마찬가지로 3할 대 성공인생이 어렵고 따져보면 특별한 내용도 없는 것이 인생살이다. 대체로 한 사람의 80세까지의 인생 여정에서 특별한 날이 과연 얼마나 될까?

우선 제일 중요한 본인의 탄생은 자신이 알 수 없으니 빼야 한다. 그 다음 대학합격, 취직, 결혼, 첫 아이의 탄생, 직장에서의 승진, 그리고 일 년에 한 번 돌아오는 생일 정도뿐인 셈이다. 누구나 자기 인생의 10대 뉴스 선정이 쉽지 않을 것이다.

이번 우리 일행의 관광은 야구의 안타 가운데서도 행운의 안타에 해당되는 일이다. 그럼에도 대부분의 일행은 지금의 시간과 공간을 즐기지 못하고 허비하고 있다. 시간에서 과거는 내가 가질 수 없는 History요, 미래 또한 알 수 없는 Mystery다. 오직 믿을 수 있는 시간은 현재뿐이다. 'Present is Present.' 나도 모르게 튀어나온 말이다. 이런 일을 영감이라고 하는가보다.

김 군에게 어학연수 실력을 보여 달라고 하였다. '현재라는 시간만이 선물이 될 수 있다.' 또는 '우리가 확실히 가질 수 있는 시간과 장소의 선물은 오직 지금 여기뿐이다.' 나의 영어실력으로는 더 보탤 말이 없었다. 내가 언젠가 미국의 올림픽 금메달리스트에게 "2연패連覇를 위해서 앞으로 어떤 계획을 하고 있습니까?"라고 물었을 때, "한순간의 금메달 획득을 위해서 더 이상 4년을 희생할 수 없습니다. 인생의 모든 순간은 금메달 따는 순간처럼 금과 같이 소중하기 때문입니다."라고 하였다. 나는 김 군에게 불교는 '현재 중심주의(presentism)'라고 하였다.

오늘의 관광코스는 헤밍웨이가 『노인과 바다』를 집필한 몬트레이 휴양지. 어느 한 군데쯤에서는 헤밍웨이의 체취를 느낄 수 있을 것만 같아 설렌다. 숲 속 깊숙한 곳의 한 중국 부호 별장의 문패에는 주인의 이름 대신 '천국天國'이라 쓰여 있다. 이런 수준의 생활철학을 가진 갑부라면 인생경영도 잘하겠다 싶었다.

극락이나 천당이 임종을 앞둔 말기 환자에게는 의미가 있다. 그러나 종교의 목표를 내세에만 둔다면 이 지구라는 낙원을 모독하는 셈이다. 기독교가 현세와 내세에서 영생하는 '이생종교二生宗敎'라면 불교는 현세의 업보에 따라 윤회하는 '다생종교多生宗敎'이다. 윤회사상은 어느 시대, 어느 사회에서나 있게 마련인 현세에서의 '절반의 패배자'들에게는 위안이요, 희망의 등불이다. 또한 권선징악과 인과응보라는 불교의 통념은 실은 사회질서확립을 위한 방편이었다.

흔히 현세 패배자의 불행과 실패를 전적으로 전생의 악업의 결과로 돌리는 것은 잔인한 일이다. 왜냐하면 사회적인 부조리나 악인에 의한 불행의 초래, 즉 공동으로 책임져야 할 공업共業도 허다하기 때문이다. 한편 현실적으로 성공한 사람이라 할지라도 인간욕망의 본능과 계절처럼 필연적으로 찾아오는 슬픔이나 좌절이라는 것이 있기 때문에 종교와 기복신앙은 영원히 공존할 것이다. 그러나 불교의 본질은 지금 당장 죽어도 후회하지 않고 한 번만 사는 '일생一生의 철학 / 현재現在주의'이다. 다만 윤회라는 것이 전제되었을 때 종교가 된다. 그리고 개인이 갖춘 지혜의 소질 수준에 따라 종교와 철학으로 분화되기도 한다. 철학적인 고급불교는 21세기 젊은이들의 사랑을 받을 수 있는 필요충분조건의 종교이다. 그러나 극락과 기복신앙을 앞세운 불교는 전세기적前世紀的이다. 극락이란 다만 보험처럼 치부해 둘 뿐 그곳에만 기대는 것은 불교가 아니다. 일본은 불교뿐 아니라 엄밀한 의미에서 종교가 없는 나라이다. 특히 기독교인이 1%도 안 되는 이유는 무엇일까? 첫째는 목사와 같은 중재자가 없이 하느님으로부터 직접 받아들이는 기독교라야 한다는 '무교회無敎會주의' 때문이다. 둘째는 일본 전국의 각 지역에서 벌어지는 제사 겸 축제인 '마쯔리'에서 엿볼 수 있다. 동네 주민들의 건강과 안녕을 기원하는 마쯔리의 신神들은 같은 신이 없듯이 일본인의 종교관은 우주만물에는 모두 신이 있다는 다신多神주의적 범신론汎神論 때문이다. 사람은 무엇이든 믿지 않으면 살기 힘든 나약한 존재이다. 그래서 사람의 모습으로 이승에 나타난 '아라히또가미現人神'를 모신 대표적인 신궁神宮 명치신궁明治神宮, 위인이나 전설적인 인물을 모신 신사神社, 오곡五穀의 신을 모신 시골의 '이나리稻'신사, 어촌의 '호꼬라祠'신사 등이 종교의 역할을 대신해 주고 있다. 한국에서 조상의 신주神主를 모셔 놓은 사당祠堂이나 당堂집에 해당된다. 그리고 신이 없는 달인 음력 10월 '간나쯔끼神無月'에는 조왕신(부엌신)인 '고오진荒神'이 잠시 대역代役을 한다. 모든 신이 전국의 남녀젊은이들의 결혼문제를 논의하기 위해 이즈모出雲에 모이기 때문에 10월에는 신이 없다. 불교는 생활 속 곳곳에 녹아 있다. 인생은 지구에서 한 번뿐이라는 신념으로 목숨을 건 듯 사는 것이 일본인의 보편적인 인생관이다.

‘열심히’라는 부사 ‘잇쇼겐메(일생현명一生懸命)’와 본래자기本來自己 / 본심本心과 동의어인 ‘진심·착실함’이란 명사 ‘마지메(진면목眞面目)’도 한 예이다. 일본어 동사에는 현재형만 있고 의지미래형이 없는 것 역시 현세주의 철학인 불교정신에서 비롯되었을지도 모른다. 일본은 생활불교 국가이다. 사후 화장火葬 문화가 대표적이다. 불교는 결혼식이나 장례식 때나 의식으로 쓰일 뿐이어서 장례불교라고도 한다. 유학자들은 유교의 예절정신이 동양에서 고스란히 남아 있는 나라는 일본뿐이라고 말한다. 인사법도 아침인사, 낮인사, 저녁인사가 따로 있을 정도이다. 아침인사인 ‘오하요 고자이마쓰’는, 하루는 짧은 일생으로 귀한 시간이기 때문에 ‘아침 일찍부터 부지런하십니다’라는 뜻일 것이다. 낮인사인 ‘곤니찌와’의 직역은 ‘오늘은’이란 뜻으로 ‘오늘 하루는 어떻게 지내시겠습니까?’이고, 저녁인사인 ‘곰방와’의 직역은 ‘오늘밤은’으로 ‘저물어 가는 오늘 저녁과 밤의 남은 시간은 어떻게 보내시겠습니까?’라는 뜻은 아닐 런지? 일본인들은 대화 중 ‘시오가나이(할 수 없지)’라는 말을 자주 쓴다. 일본은 잦은 지진 발생으로 가족이나 친지들이 생명을 잃는 경우가 많아 ‘아끼라메(체념諦念)’가 체질화體質化 되었는데 이는 불교의 영향도 한 몫을 했다고 보여진다. 해탈은 집착의 단절이기 때문이다. 일본은 무종교국가임에도 이율배반적으로 헤아릴 수 없이 많은 신神을 뜻하는 ‘팔백만의 신八百万의 神’이라는 말이 있다. 인간은 누구나 부귀와 사회적인 신분의 고하를 막론하고 겪

어야만 되는 '현실고'와 생명의 한계에서 오는 '본연의고'가 있다. 그런데 일본인은 여기에 더하여 국민 누구나 숙명적으로 피할 수 없는 지진의 재앙과 공포 때문에 보호받거나 위로받고 싶은 안식처로서의 많은 신들이 절실한 것이다. 이러한 특수한 환경조건 때문에 "1년을 일생처럼 진지하게 사는 삶"이 일본인들의 인생관이다. 정월에 절이나 신사를 찾아 신·불에게 참배하는 하쯔모데初詣で는 1년을 뜻있게 잘 살기 위한 기원인 것이다.

　일본어의 '아떼지'는 발음이 같은 경우 좋은 뜻의 글자를 쓰는 조어법이다. 초밥 '스시(수사壽司)'에서 '목숨 수壽' 자가 들어가는 것과 불자 무도인武道人이었던 Gishin Funagoshi가 당수唐手(가라데)를 공수空手(가라데)로 바꾸어 놓았다. 또한 관서關西 지방의 '단팥죽' 또는 '좋구나!'라는 '젠자이善哉'는 화엄경의 구도자求道者 '선재善財'에서 취음取音한 글자는 아닐까? 한편 고승高僧의 이름 다꾸앙澤庵이 일본식의 짠지 이름이 되었다든지, 술의 상품명이 일본술의 대명사가 된 정종正宗의 뜻은 붓다의 정통불법正統佛法으로, 이처럼 불교가 생활 전반에 널리 자연스럽게 자리 잡고 있다. 차를 우려내는 주전자를 우리나라는 다관茶罐, 중국은 차호茶壺, 일본은 규스急須라고 한다. 전혀 다기茶器 이름 같지 않다. 그러나 좀 더 생각이 미치면 우리가 가질 수 있는 시간은 오직 '지금 여기'뿐이니 바쁜急 일이 있더라도 잠시須 쉬면서 차 한 잔 즐기라는 뜻은 아닐까? 우리나라와 마찬가지로 일본에서도 차의 정신과 불교는 밀착되어 있다. 주인이 손님에게 차 대접을 할 때 일생에 한 번 만나는 인연, 후회 없도록 잘 대접하라는 '이찌고이찌에一期一會'의 차 문화에서 유래된 친절정신은 일본인의 본능이요, 일본의 무형 문화재이며 국력이다. 일본의 다실茶室에는 우리나라 국화인 무궁화를 한 송이 소박하게 꽂는 일이 다반사이다. 꽃 이름에 '없을 무無' 자가 들어가서인지 또는 중도中道의 미를 갖춘 꽃이기 때문인지는 모르겠다. 무궁화는 꽃술 주위의 분홍빛 바림(gradation)이 특색인 꽃으로 수수하지만 단정한 옷차림의 여인상이다. 평범을 소중하게 받드는 다도茶道 정신에 부합되는 안성맞춤의 꽃이다. 일본 다도 최고의 경지인 한거閑居를 즐기는 '와비'와 예스러운 아취에 젖어드는 '사비'의 분위기는 바로 0의 행복이다.

평균 수명이 길어졌다고는 하지만 80세 이상의 건강한 삶을 장담하기는 어렵다. 따라서 생명 유한성의 반작용으로 예술이 탄생되었다. 눈을 위한 미술, 귀를 위한 음악, 영혼을 위한 문학. 이처럼 지구에서의 삶은 예술로 하여 더욱 풍요로워진다. 그렇다면 미지의 불가해한 인공의 내세 낙원보다 몬트레이 별장의 중국 부호처럼 이 지구를 천국으로 삼는 일생의 철학으로 살 수도 있지 않겠는가? 천국이라는 말이 나오면서 김 군과의 대화가 종교 쪽으로 흐르게 되었다. 김 군에게 들려준 불교 특강은 다음과 같은 이야기였다.

---

* 숭앙(崇仰) : 높여 우러러 보는 것.
* 시의(時宜) : 그때의 사정에 맞는 것.

사람의 몸값을
최고치 무가보無價寶, Priceless로 쳐 주신 붓다

석가모니 부처님의 탄생 시기는 기원전 560년경이 정설이다. 농업국가인 카필라국의 정반왕과 마야부인 사이에서 고대하던 아들이 태어난다. 성은 고타마, 이름은 부모의 소망이 모두(실悉), 다多 이루어졌다(달達)하여 실달다悉達多.* 탄생지 룸비니는 지금의 네팔 남부이다. 29세에 출가하기 전 카필라 국의 왕자 고타마 싯다르타의 외모는 어떠하였을까?

요즘 우리나라에서 흔히 볼 수 있는 네팔 청년을 연상하면 될 것이다. 그러나 왕자이시니 귀골貴骨*이 흐르는 풍모였으리라. 장차 왕위가 보장된 왕자의 자리를 뿌리치고 왜 출가를 결심하게 되었을까?

기원전 6세기경 인도인들의 주된 생각은 윤회에서 벗어나는 것이었다. 태자의 출가 역시 이상을 적극적으로 실현하려는 동기에서 일어났을 것으로 보인다. 태자는 특히 아버지 정반왕의 극진한 보살핌 속에서 자란다. 늦게 본 아들인데다가 생모인 마야부인이 일찍 돌아가 태자에 대한 애정은 남다를 수밖에 없었다.

연못이 세 개나 있어 붉은 연꽃의 못, 푸른 연꽃의 못, 하얀 연꽃의 못이 있었다. 그리고 태자비 3명과 더불어 2만여 명의 궁녀를 거느리고 세 곳의 궁에서 번갈아가며 지냈다. 비가 내리는 우기에는 여성 악사들에 둘러싸여 음악에 취하기도 한다. 행차 때는 30여 명의 기마수가 앞뒤를 호위하는 마차를 타고 거둥擧動*하였다.

그러나 이러한 호사스런 생활에도 차츰 싫증이 난 태자는 명상의 시간이 많아진다. 인생의 근본문제에 깊이 빠져들게 되어 결국 29세에 출가를 결행한다. 출가 후 마갈타국의 도읍지 왕사성에서 두 분의 스승에게 선정禪定을 배운다. 그리고 당시 출가자들의 정기코스인 고행이 시작된다. 그러나 붓다의 고행은 왕자시절의 호화생활의 기억으로 다른 수행자들에 비해 가중된 고행이었을 것이다.

이 당시의 고행은 다양하였다. 보리쌀 한 알 먹는 단식, 호흡 중지 등 이러한 수행 결과 태자는 뱃가죽과 등뼈가 달라붙는 피골상접의 몰골이 된다. 피부 빛은 먹빛, 모기가 달라붙어도 쫓지 않고 지나가는 개구쟁이들이 코와 입, 귀에다 풀 같은 것을 꽂으며 놀려대도 꼼짝하지 않는다. 박쥐처럼 나무에 매달리기도 하고 가시바늘을 꽂아놓은 판자 위에 앉아있기도 한다. 불을 피워 몸을 괴롭히기도 한다. 붓다의 고행은 고지식하고 모범적이었다. 극한의 고행수도는 한계에 부딪힌다. 결국 고행은 중도에서 중단된다.

태자는 그동안의 고행을 이렇게 술회한다. '과거의 어떤 고행자, 현재의 어느 수행자, 미래의 어떤 출가자도 나보다 더한 고행을 한 사람이 없고 앞으로도 없을 것이다.' 태자의 고행중단은 그 당시의 정서로는 출가 못지않은 용기 있는 일이다. 고행무익苦行無益의 선언은 심신동격화心身同格化의 혁명으로 성불 이전에 세운 또 하나의 금자탑이라 하겠다. 이는 두 극단적인 몸의 고락苦樂을 통한 일종의 심리학적인 임상실험으로 마음의 실체/본질을 구명究明한 것이다.

붓다는 사람의 몸값을 인류 최초로 최고치의 무가보無價寶(Priceless)로 쳐 준 분이다. 모든 진리가 그러하듯 신심일여身心一如의 붓다의 가르침 역시 아주 평범해 보여 지나치기 쉽다. 흔히 불교는 마음의 종교(심교)라고 한다. 행복의 씨앗은 마음이지만 그 마음을 담고 있는 그릇은 몸이다. 그릇이 단단해야 그 안의 물건이 안전하듯 몸이 튼튼해야 마음이 온전할 수 있다. 서양에서는 "건강한 신체에 건전한 정신이 깃든다"는 명제가 서양 생활인의 정신세계를 지배해 오고 있다. 반면 우리나라 조선시대의 선비는 문약하여 글에만 열중하고 몸은 등한시하였다. 이러한 풍조는 오늘날까지 이어지고 있다. 그러나 서양에서는 범문인들의 노후 활약상이 두드러져 보인다. 대표적인 예로 피카소는 80대 후반까지 왕성한 작품 활동을 했으며, 20세기 대표적인 지성 보르헤스(1899~1986. 아르헨티나인 소설가, 시인)는 78세에 『불교강의』란 명저를 남겼다.

미국은 건국이념이기도 했던 실용주의 / 프래그머티즘(pragmatism) 철학이 지금도 사회를 이끌어 가고 있다. "Minding the body, Mending the mind.(몸이 말하고 있는 소리에 귀를 기울여 몸부터 치료하십시오. 그 다음에 마음을 고치십시오.)"(필자 의역) 하버드 의과대학 명강의의 한 대목이다. 붓다 고행 중단의 큰 뜻을 대변해 주는 듯한 명구名句이다. 미국 하버드대학 내에는 크고 작은 6개의 체육관이 있어 학생들이 수시로 몸을 단련하고 있다. 나의 주위 사람 중 내 말이 빼앗기지 않을 만한 이에게 자주 들려주는 말이 있다. "고등학교 때는 국어, 영어, 수학이 중요한 과목이었지만 졸업 후 특히 중년 이후에는 매일 체육시간이 있어야 하고 음악, 미술시간도 그 다음으로 중요하다." 최근 행복전도사 최윤희 씨의 애석한 죽음은 우리에게 몸과 마음이 모두 온전해야만이 행복할 수 있다는 행복의 본질을 최후 충격적인 방법으로 전도해 주신 것만 같다.

나의 경우 치과의사에게 입을 벌리고 의자에 누워 있노라면 그동안 아는 체하고 떠들어대던 온갖 진리라는 것들은 온데 간데 없이 사라진다. 그저 어서 치료를 끝내고 병원 문 밖으로 뛰쳐나갈 생각뿐이다. 룸비니 동산 나무 아래에서 태어나시어 45년간 길 위에서 설법하시다 쿠시나가라 길가에서 입멸하실 때까지 일생 한결같은 도보수행이었다. 석가모니 부처님의 80세 최장수는 우연이 아니라 당신의 '신심일여' 정신을 몸으로 실천하셨기 때문이리라.

요가(yoga)의 어원은 인도 고대어인 산스크리트어 합일合一이라는 뜻의 유즈(yuj)에서 비롯되었다. 요가의 기원은 B.C. 3000년 전 인더스 문명시대로 거슬러 올라가지만 오랜 세월 유명무실하게 명맥만 유지해왔다. 그런데 왜 B.C. 5세기경부터 성행하게 되었을까? 요가의 궁극은 소우주인 자아(atman)와 대우주(Brahma)의 합일인바 그 이전 단계로 우선 나의 몸과 마음부터 일치하는 수행을 거쳐 해탈의 경지에 이르게 되어야 하지 않았겠는가?

요가의 전성시기인 5세기경은 붓다가 신심일여의 정신에 따라 득도하신(B.C. 525) 후 45년 설법을 하시다가 입멸하신(B.C. 480. 5세기) 직후 무렵이다. 붓다가 자신의 몸과 마음이 동격同格임을 증명해 주셨기에 더 나아가서 소우주인 자아와 대우주인 대자연도 합일할 수 있다는 논리가 밝혀진 것이다. 따라서 수천 년 간의 숙제가 풀리면서 요가의 꽃을 피울 수 있었으며 오늘날까지도 현대인들에게 심신수련의 레저생활로 사랑을 받고 있다.

태자와 함께 수행을 시작했던 다섯 명의 수행자들은 태자가 타락했다고 생각하고 다른 수행처로 떠난다. 그 시대 고행 수도의 목적은 몸을 괴롭히는 만큼 반비례하여 '마음 / 정신'은 신성神性에 가까워진다고 생각해서였다. 고행은 수행자의 헌법이었다. 붓다의 고행중단은 오늘날 불가의 파계破戒 이상에 해당된다. 그러나 뜻있는 혁명이요, 지혜로운 영단英斷이었다. 붓다는 종교개혁자였다.

이 시점이 6년 고행생활의 종반기이다. 지옥과도 같은 고행에서 벗어난 태자는 네란자라 강의 물로 목욕을 하고 수자타라는 소녀가 공양하는 죽으로 건강을 추스른다. 그리고 마갈타 국 붓다가야의 보리수 아래에서 40일간 선정에 들어간다. 여기서 깨닫지 못하면 이 자리를 떠나지 않겠다고 다짐한다. 이는 5년 10개월의 고행수도를 실패로 인정하는 것으로, 지금부터의 수행을 재수再修로 생각하는 셈이 된다.

우리 주변에서 권세가나 재벌의 자손들 가운데 어쩌다 겸손하고 사려 깊은 사람을 볼 때가 있다. 나는 태자의 인간상을 이들과 겹쳐 볼 때가 있다. 고지식한 태자의 모범적인 고행은 인간의 인내심 한계를 벗어난 듯하다. 어쩌면 고행무익 선언은 체중감량을 지나치게 한 운동선수의 대회출전 포기를 연상케 한다. 그러나 붓다 깨달음의 첫 관문 통과는 오히려 고행중단에 있다. 결국 태자의 정직한 성격으로 철저했던 고행수도 덕분이라 하겠다.

태자가 석가모니 부처가 되기 전에도 이미 많은 부처가 있었다. 스승 없이 홀로 수행하여 깨달았다고 하여 독각獨覺 또는 벽지불辟支佛이라 하였다. 석가모니 부처와 이들 부처의 차이는 무엇일까?

고타마 싯다르타는 왕자의 신분이었기에 초호화 생활을 거친 다음의 수도이다. 즉 극단적인 세속에서의 '단맛'과 출가 후 극단적인 '쓴맛'을 본 다음, 양극단의 두 세계에서 맛보지 못했던 '제3세계의 맛'인 중도中道의 세계를 깨닫게 되었다는 것이다. 태자가 고행을 중도中途에서 내던졌기에 중도中道의 깨달음을 구할 수 있었다. 그러나 속세에서 '단맛'을 못 보았던 다른 수행자들은 '쓴맛'과 '단맛'의 대비가 없는 수행이었으므로 고행수도는 '고생수도'로 끝나고 만다. 보편타당한 깨달음을 명제로 제시하지 못하고 자기만이 만족하고 인정한 독불獨佛이었던 셈이다. 석가모니 부처님이 헤비급 챔피언이라면 이전의 많은 부처들은 경량급 챔피언이라 하겠다. 결국 붓다의 득도에는 스승이 없었다. 오직 마음으로써 본래마음을 깨달았던 것이다.

모든 위대한 일에는 '우연'이 필연이다. 과연 태자의 고행무익 선언이 깨달음에 이르는 길이라고 생각한 후의 결단이었을까? 해탈은 언제나 결정적인 계기가 있게 마련이다. 줄탁啐啄이란 말이 있다. 달걀이 부화할 때 어미 닭이 알 속에서 나는 소리를 듣고 즉시 껍질을 쪼아 병아리가 밖으로 나오게 도와주는 것을 이른다. 이렇듯 수행승의 역량을 알아챈 스승이 깨달음을 도와주는 일을 뜻한다. 태자의 경우 고행무익이라는 우연이 '줄탁'이 된 것은 아닐까?

어쨌든 이 돌파구가 해탈의 지름길이 된 것이다 보리수 아래에서의 재수再修 수행에서 이전과 뚜렷하게 달라진 것은 정상적인 식생활이다. 요즈음도 절에서 밥 먹는 일을 평범하게 보지 않고 식사대사食事大事라 하여 생사대사生死大事와 동일시하는 것은 이러한 연유에서 비롯된 것이 아닐까? 마음이 편해야 몸도 편해지지만 그 이전에 몸이 편해야 마음이 편해지는 것이 순리이다. 이즈음 태자의 심경을 나의 병상회복기 경험에 비추어 헤아려 본다. 성인 聖人과 견주다니 그야말로 언어도단言語道斷이다.

병상생활에서 발견한 0의 행복

　학창시절 운동으로 다져진 건강을 직장생활에서 음주로 소모하였다. 당시 아나운서의 음주는 필수교양이었다. 낭만의 술자리, 객기의 폭음, 사회 부조리를 안주삼아 지사志士(?)로서 마시는 술. 하고 한 날이 술로, 마치 술 마시러 다니는 직장 같았다.

　황소가 호박넝쿨에 쓰러지듯, 술에 무릎을 꿇고 말았다. 경험해 볼 수 없는 유일한 것이 죽음이라고 하는데, 나는 죽음의 맛을 볼 수 있었다. 입원하던 날, 대낮인데도 온 세상은 흑백영화 같았다. 죽을 고비를 넘긴 회복기의 병상에서 맛보게 되는 표현할 수 없이 밀려오는 행복감, 이는 죽음을 면할 수 있다는 안도감에서 오는 그런 행복이 아니다. 생각은 비약하여, 깊은 이치를 깨달았을 때의 황홀한 기쁨을 법열法悅이라고 속뜻도 모르고 외웠던 고등학교 국어시간으로 돌아간다. 이러한 드라마틱한 일들이 나의 머릿속에서 줄줄이 이어진다. 좋아하던 술을 마시지 않아도 기쁠 수 있는 이 행복감은 대체 어디서 오는 것일까?

눈에 보이지 않는 나의 마음은 지금 어떤 상태일까? 고등학교 수학시간의 'x·y' 좌표 평면이 떠오른다(좌표평면 그림은 마음자리의 +와 -의 문제이므로 불필요한 y축은 생략한다).

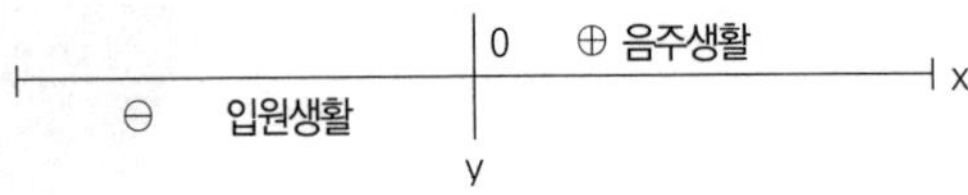

나의 '마음자리'가 음주생활일 때는 플러스(+)인 양수陽數 쪽에, 입원 이후에는 마이너스(-)인 음수陰數 쪽에 있을 것 같았다. 마음자리가 플러스(+) 때는 기쁘고 마이너스(-) 때는 괴롭다. 그런데 지금 나의 '마음자리'는 '0'에 있을 것 같았다. 그렇다면 마음자리가 플러스(+) 쪽만이 아니라 0에 있을 때도 즐거울 수 있다. 병상에 누워있던 나는 갑자기 벌떡 일어나 앉으면서 '0의 행복'이라고 외쳤다. 회진을 돌던 의사와 간호사가 들어오다가 깜짝 놀라면서 잠시 회복기의 후유증으로 오해하는 듯하였다. 마치 어항 속 물고기들의 평화와도 같은 안온함. 내가 지금 느끼고 있는 '0의 행복'과 붓다가 보리수 아래에서 최초로 깨닫고 발견한 중도는 동위同位 개념의 깨달음이라는 확신이 지금 이 글을 쓰고 있는 직접적인 모티브가 되었다. "병상病床이 나에게는 깨달음의 보리수"였다.

이해인李海仁 수녀님이 최근 병상에서 쓰신 '새로운 맛'이라는 시가 내가 병상에서 새로운 세계를 터득했던 심경을 말해주는 듯하나.

물 한 모금 마시기
힘들어 하는 나에게
어느 날
예쁜 영양사가 웃으며 말했다

물도
음식이라고 생각하고
천천히 맛있게 씹어서 드세요

그 이후로 나는
바람도 햇빛도 공기도
천천히 맛있게 씹어 먹는 연습을 하네
고맙다고 고맙다고 기도하면서

때로는 삼키기 어려운 삶의 맛도
씹을수록 새로운 것임을
다시 알겠네

태자의 고행수도는 과연 무익하기만 한 것이었을까?

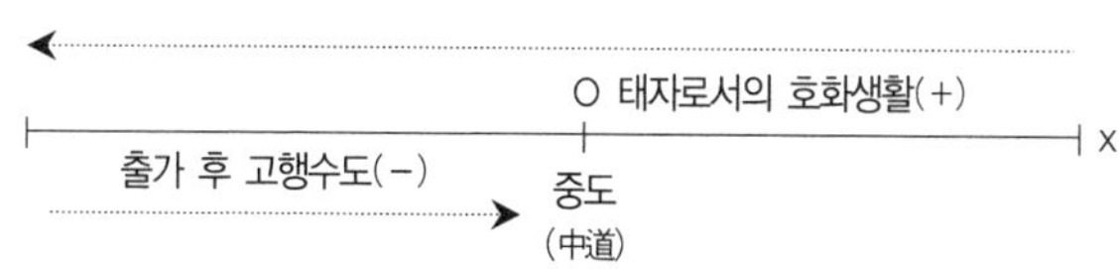

위의 그림은 태자의 출가 전과 후, 그리고 현재 선정에 들기까
지의 '마음자리'의 이동이다. 중도의 깨달음이란 양극단의 플러스

(+) 생활과 마이너스(－) 생활을 거친 자만이 얻을 수 있는 깨달음이다. 즉 후반의 고행수도생활의 반작용에 의한 열매요, 꽃이다. 이는 마치 혹독한 겨울추위를 견딘 나목裸木의 열매와 꽃 같은 것이다. 저 유명한 성철性徹 큰스님이 9년 동안 눕지 않고 앉아 지내신 장좌불와長坐不臥의 고행, 일타日陀 스님(1999년 하와이에서 입적. 동승그림으로 유명한 원성 스님의 글씨를 지도했음)의 연비燃臂* 고행. 그것도 왼손이 아닌 오른손 엄지만 남겨놓은 철저한 사단지四斷脂 연비. 이 고행 역시 괴로운 쓴맛의 마이너스(－) 수도 고행 이후에야 발견할 수 있는 중도의 절대세계를 위한 수도가 아니었겠는가?

일타 스님은 석가모니 부처님 이래 4대에 걸쳐 50여 명의 최다 출가 집안으로도 유명하다. 그런데 불가에서는 인간적인 이율배반도 있다. 고타마 싯다르타 태자가 라후라*를 속세에 두었듯이 원효도 요석공주와의 사이에 아들 설총을 두었고, 성철 스님 역시 불필不必이라는 따님(스님)이 있다. 이 밖에도 우리나라 고승의 여러 스님이 속세와의 인연을 갖고 있는데 오히려 이러한 스님은 파계가 없다는 사실 또한 재미있는 일이다.

---

* 연비(燃臂) : 스님들이 득도식을 할 때 팔뚝의 일부분이나 손가락을 향불로 태우는 의식.
* 라후라 : 태자가 낳은 아들의 이름. 라후라는 장애라는 뜻을 지닌 말인데 출가에 장애가 된다 하여 지었다는 설이 있음. 훗날 아들 라후라도 부처님의 십대 제자가 됨.

붓다의 깨달음을 '음식의 맛과 0'을 키워드로 풀다

중인도의 동부 마갈타국의 도읍지 왕사성에 있는 우주벨라 마을의 네란자라 강변의 붓다가야. 산들바람이 불어오는 보리수 아래서 태자는 참으로 오랜만에, 산술적인 계산으로는 출가 후 5년 10개월 만에 처음으로 휴식과도 같은 나날을 보내고 있다. 붓다는 고행수도 6년의 끝자락 40일 중에 성도成道하였다. 나는 붓다의 깨달음인 중도를 음식의 맛과 수학의 '0'을 키워드로 푼다고 하였다. 0에 대한 이해를 돕기 위해 마음과 음식의 메커니즘(작용 원리)을 도표로 그려야 한다. 사람의 마음은 몸의 오관五官이 바깥세계에 즉시 반응하면서 쉴 새 없이 좌우(−, +)로 움직이고 있다.

이는 마치 자동차 운전석 앞의 나침반과도 같은 것이다.

앞의 좌표 평면의 그림(편의상 y축은 생략하고 x축만 이용)에서처럼 사람의 '마음자리'는 희로애락의 농도와 정도에 따라 기쁘거나 즐거우면 양수로 간다. 반면 슬프거나 괴로우면 '마음자리'가 음수 쪽으로 이동한다. 그런데 왜 '마음자리'를 정수整數인 '-1, -2, -3 / +1, +2, +3'과 같이 나타내지 않고 '-0.1, -0.2, -0.3 / +0.1, +0.2, +0.3'처럼 불완전한 소수小數로 나타냈는가?

돈이 없는 사람의 불행은 돈만 있으면 해결된다. 그러나 돈과 명예가 있는 사람의 불행은 돈과 명예로 해결될 수 없는 불치의 고민을 가지고 있는 경우가 허다하다. 돈이 많아서 주체를 못하거나 명예에 둘러싸여 행복에 겨워할 것 같은 인사들의 속사정을 들여다보면 한두 가지 불행이나 근심걱정이 없는 사람이 없다. 부모가 돌아가시면 산에 묻고 자식이 죽으면 가슴에 묻는다고 했다. 자식을 앞세우는 참척慘慽*의 참혹한 불행을 흔히 재벌가와 권세가의 집안에서 겪는 것을 보게 된다.

'천석꾼은 천 가지 근심, 만석꾼은 만 가지 근심'이라는 우리 속담은 인생의 눈을 뜨게 해준다. 한 보따리의 근심걱정거리를 안고 암자를 찾는 불자들 가운데는 요즈음 세상에서 보기 드문 효자·효녀를 눈 사람도 있어 그럭저럭 살 만한 것이다.

고타마 싯다르타는 태어나자마자 어머니가 돌아가신다. 태자의 생활이 아무리 호화로운들 어머니에 대한 그리움을 어찌 보상할 수 있었겠는가? 사람의 '있음'에는 '없음'이 섞여 있고 '없음'에도

‘있음’이 섞여 있게 마련이다. 또한 큰 것이 있으면 더 큰 것이 없다. 사람의 ‘마음자리’는 기쁜 만큼 양수 쪽으로 이동하는데 반비례로 그 즐김의 수명(시간)이 짧다. 반면 ‘0’에 가까울수록 수명이 길다. 괴로움으로 음수좌표에서 지냈던 시간이 끝나면 반작용으로 ‘마음자리’가 ‘0’으로 이동하면서 절대의 시간 ‘0의 행복’에 안기게 된다. 이것이 마음의 메커니즘이다. 우리네 인생살이는 아무리 기쁘고 슬플지라도 ‘-0.9~+0.9’의 좌표평면을 오가며 불완전한 삶을 살고 있는 셈이다.

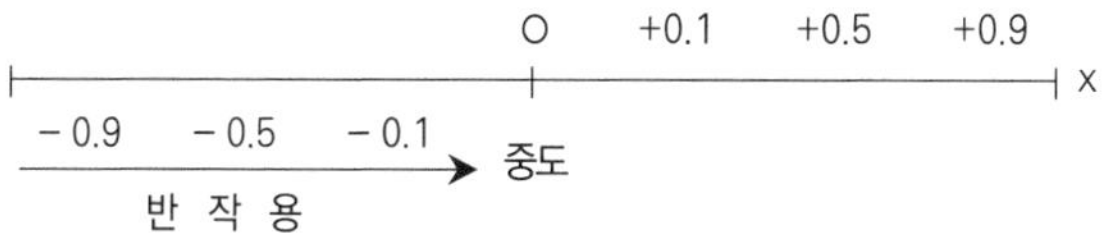

육체(몸)에 의한 쾌감의 극치는 남녀 합환合歡의 절정으로 그 수명(시간)이 짧다. 절정의 짧음은 순리인데도 이를 연장시키기 위해 개발된 최음제 비아그라가 요즘 인기상품 상위에 올라있다. 정신(마음)에 의한 미감美感의 극치는 마음자리가 0에 안주하면서 맛보게 되는 절대 대자유의 해탈이다. 지금 고타마 싯다르타는 보리수 아래서 마음자리를 0에 정착시키기 위해 선정에 든 것이다. 보리수는 가지가 옆으로 퍼지는 관목灌木이다. 그리고 잎이 넓고 둥근 활엽수로 그늘을 많이 드리워주는 나무다. 간간히 네란자라 강변으로부터 시원한 바람이 불어와 명상하기에는 최적의 상태이다.

흔히 우리나라 시골마을 한가운데 있는 느티나무 그늘 아래서는 언제나 한가로운 농담과 웃음소리가 들린다. 나는 아직까지 이런 분위기의 나무그늘 아래서 싸우는 모습을 본 적이 없다. 붓다의 깨달음에 대한 이해를 돕기 위해 필자가 창안한 '맛의 도표'와 함께 염불·선정·중도라는 불교용어에 대한 설명이 있어야 한다.

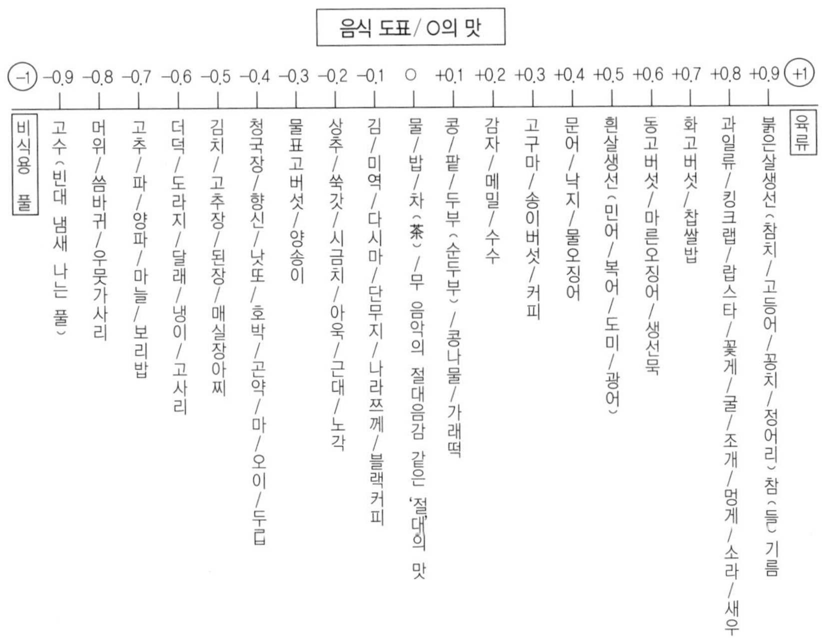

　음식의 종류는 크게 나누어 동물성의 육류, 식물성인 채소와 과일, 그리고 식물성적 동물성인 생선류다. 붓다는 깨달음(득도)에 앞서 몸만 괴롭히던 고행무익의 선언은 곧 심신동격心身同格의 선포이다. 따라서 사람은 몸과 마음이 느끼는 범위가 같기 때문에 '마음자리'의 도표와 같이 '맛의 도표'의 범위도 똑같게 하였다.

　즉 맛의 범위는 '-0.9~+0.9' 사이로 '-1'은 비식용 풀과 같이 먹을 수 없는 음식이다. 불교는 채식주의이므로 '+1' 이상의 육류는 제외시켰다. 맛에는 우열이 있을 수 없고 음식 특유의 개성의 맛이 있을 뿐이다. 이는 불교의 무차별 개성주의와 묘하게 통한다.

　사람의 이(치아)는 모두 32개로 어금니(20개), 앞니(8개), 송곳니(4개)의 5 : 2 : 1의 비율로 보아 사람은 채식동물임을 알 수 있다. 어금니는 절구통 모양으로 곡물류를 씹기에 편하고 앞니는 야채와 과일류, 퇴화된 송곳니는 육류를 씹기에 안성맞춤이다. 치아의 종류나 비율로 보아 채식동물임에도 이를 거역하는 식생활로 최근 비만과 함께 성인병들이 갑자기 늘어난 것이다.

　현대인의 모든 병은 먹는 것이 원인이 된 식원병食原病과 운동부족병이다. 0의 음식 식생활은 현대인 병의 주범인 '식원병'을 예방할 수 있다. 불치의 병은 없고 불치의 생활습관이 있을 뿐이다. 모든 병은 자기가 만들고 근본치료도 자기가 하는 것이다. 광우병은 초식동물 소에게 육식동물 먹이를 주어 생긴 병이요, 조류독감(AI)은 좁은 공간 사육에서 오는 운동부족으로 생긴 '면역 결핍'에 의한 '자연 거역병'으로 사람에게 내린 천벌天罰인 것이다. 육류 위주의 식생활을 하는 요즘 젊은이들에게 채소와 과일을 지금 먹는 고기 양의 배로 늘리라고 권한다. 육식동물 중 백수의 왕인 호랑이의 수명이 고작 20~30년인 반면 60년 이상 사는 초식동물 코끼리의 생명이 훨씬 우월한 것을 봐도 알 수가 있다. 육식은 사람을 동적·공격적으로 만들고, 채식은 사람을 정적·사색적으로 만든다. 대체로 육식문화권(서양)에서는 자연을 정복하면서 문명이 발달하였고 채식문화권(동양)에서는 자연에 순응하면서 문화의 꽃을 피웠던 것이다. 채식주의인 불교국가에서 단 한 번의 전쟁이 없었던 것도 결코 우연이 아니다. 붓다의 탄생설화에 나오는 코끼리가 호랑이와 싸우지 않고도 백수百獸의 왕인 점 또한 불교적이다.

구약성서에 따르면 전지전능하신 조물주라 할지라도 가장 까다로운 사람은 마지막 날인 제6일째에 만드셨다. 그리고 휴식을 취하셨다. 오늘날 달력은 이에 연유하고 있다. 사람이 태어나기 하루 전인 제5일째 인간의 양식으로 물고기와 함께 심심하지 않게 새소리를 들으며 살라고 새까지 창조하셨다. 조물주의 뜻에 따라 음식도표에 생선류를 포함시켰다. 물고기와 기독교와는 밀접한 관계에 있다. 예수의 첫 제자 4명이 모두 어부이다. 이런 물고기 그림(◁▷◁)을 기독교 신자의 차에서 자주 볼 수 있다. 그리스어로 익투스(ΙΧΘΥΣ)는 물고기란 뜻인데, 또한 '예수(I) 그리스도(X) 하느님(Θ) 아들(Y) 구세주(Σ)'란 단어의 첫 글자이다. 물고기는 로마시대

기독교가 탄압을 받을 때 암호로 쓰였다. 그리고 <최후의 만찬> 그림의 식탁에 물고기가 제일 많이 놓여있다. 고고학계考古學界에 따르면 '魚'자는 상형문자 가운데 제일 오래된 최고자最古字이다. 주로 물가에 살던 선사先史시대 원시인들의 주식主食은 물고기와 과일이었다. 물고기는 인류가 제일 오랫동안 먹어온 식품이다. 생선은 육식과 채식의 중도中道식품인 셈이다. 생선은 미식가들이 즐기는 기호嗜好식품이며 영양학자들에게는 신임信任을 받는 완전식품이다. 음식도표의 음식들은 모두 '0'의 맛으로 '마음자리'의 이동 범위와 같이 폭이 넓다. 그리고 0에 가까운 음식일수록 싫증나지 않으며, 마이너스(-)인 음수 쪽 음식의 맛일수록 인생의 철이 든 후에 느낄 수 있다.

그러면 왜 '물·밥·차·무'를 좌표 0과 같은 자리에 두었는가? 음식 가운데 물리지 않는 대표음식이 밥과 물이다. 쌀 색깔인 미색米色 역시 싫증이 나지 않는다. 만약 식사 후에 물 대신 사이다나 콜라 같은 탄산음료수를 마신다면 곧 싫증이 날 것이다. '무의 맛'은 '무無맛'이 아니듯 '0의 맛'은 '무의 맛'처럼 '무無맛'이 아님을 대변해 주고 있다. 차의 맛은 양극단의 맛을 동시에 갖고 있다. 플러스 쪽으로는 구수하고 단맛, 마이너스 쪽으로는 떫고 시고 쓴 맛으로 이 다섯 가지 맛은 흔히 인생의 맛과 같다고 한다. 서로 상반된 맛이 상쇄되어 '0'의 맛으로 보았다.

'물·밥·차·무'는 아무리 먹어도 물리지 않는다. 순수는 생명이 영원하기 때문이다. 그리고 음악에서 '절대음감'과도 같은 '절대의 맛'으로 음식도표에서 평면좌표 '0'에 동격으로 자리를 매겼다. 몸(미각·후각)으로 느끼는 0의 맛(물·밥·차·무)과 마음으로 느끼는 중도/선의 미감은 모두 담백하다. 호박 맛을 알 때 인생의 철이 든다고 한다. 호박보다 더 맛없는 인생의 맛을 보며 살았다는 뜻일 것이다. 보리는 혹한의 겨울을 견딘 곡물이다. 보리밥 역시 인고忍苦의 세월을 통과한 보리菩提(깨달음)의 경지에 이른 사람만이 느낄 수 있는 특권의 맛이다.

씀바귀의 맛 또한 산전수전 다 겪은 뒤 씀바귀 맛보다 더 쓴맛의 인생을 산 나이라야 알 수 있는 맛이다. '비교 우위優位'에서 오는 자족의 맛일 것이다. 그러고 보면 나도 어지간히 힘든 인생을 살았나보다. 근래에는 빈대 냄새가 난다는 고수풀을 즐기고 있으니 말이다. 원래 고수풀은 식도락가 중에서도 고수高手의 기호식품으로 인생의 고수高手가 아니면 느낄 수 없는 나물이다.

과일류와 굴·조개·새우·게가 같은 자리에 있는 것은 미식의 천재인 프랑스인들이 어패류를 '바다의 과일'이라고 상찬賞讚하는데 동의하기 때문이다. 흰 살 생선은 붉은 살 생선과 구별 지어 '0'에 가깝게 분류하였다. 생선류를 '바다의 행복', 야채와 나물류를 '산과 들의 행복'이라 부르고 싶다.

버섯도 춘향전의 이도령처럼 잘 생긴 '송이버섯'은 '+0.3', 동고버섯 중에서도 상품上品인 화고버섯은 '+0.7', 중품中品 동고버섯은

'+0.6', 물표고버섯과 백설공주(Snow Queen) 같은 '양송이'*는 '-0.3', 동고의 하품下品인 향신버섯은 '-0.4'에 자리하고 있다.

　중국관광을 할 때 빈대 냄새가 난다는 고수풀은 우리나라 관광객들에게는 기피 음식 1호이다. 그 고수풀로 절집에서는 김치도 담근다. 이는 마이너스 -0.9로 맛을 통한 반작용으로 중도의 맛을 위한 수양인 듯하다. 그리고 고추가 들어가는 음식들은 음수(-)쪽에 배치하였다. 이는 우리 조상들이 고추를 고초苦草·초椒, 즉 쓴 풀로 보았기 때문이다. '0의 음식' 가운데 차茶는 가장 문화적이다. '차는 물의 정신, 물은 차의 몸[차자수지정茶者水之精, 수자차지체水者茶之體]'이라고 했다. 차에 입문하여 초보시절을 벗어나면 들을 수 있는 말이다. 사람의 몸이 마음을 담고 있듯이 물은 차의 정신을 담고 있다.

　붓다의 심신일여心身一如의 깊은 뜻을 다시 떠올리게 한다. 좌우대칭으로 균형을 이루고 있는 사람의 몸을 통해 모든 사물도 균형 있게 운영하라는 조물주의 묵시默示를 읽게 된다. 예를 들면 세계화, 국제화시대라 하지만 '미국식의 세계화', 즉 '팍스 아메리카나(Pax Americana)'가 아닌 '자기 나라식의 세계화'라야 할 것이다. 북경올림픽 이후 이제는 중국 주도하의 세계화(Pax Sinica)로 바뀌었다고 한다. 국제성과 함께 주체성, 동양과 서양정신을 함께 아우른 세계인이 되어야 한다. 언어도 국어와 영어, 제2외국어를 함께 습득해야 한다. 더구나 외국어의 능력은 자국어의 수준과 비례한다고 하지 않는가?

다시 차 이야기로 돌아온다. 차茶를 파자破字하면 차는 '卄(20)＋八＋八(88)＝108'차인 가운데 어느 호사가가 '차는 108번뇌를 마셔 없애는 음료'라고 해석하고 싶었던 모양이다. 진실이 담긴 장난기이다. 다선일미茶禪一味는 '차 맛과 선禪의 맛은 같다'는 뜻으로, 다기에 차 때가 끼었을 때 차인 자신이 '차공부'를 과시할 때 쓰는 문자이다. 차는 '풀초(卄)＋사람 인(人)＋나무 목(木)'의 합자이다. 사람이 자연 초목 속에 있다. 몸으로 차를 마심은 자연을 마심이요, 마음도 몸을 닮아 저절로 '본래 마음·본심本心·선禪'으로 돌아가는 것이다.

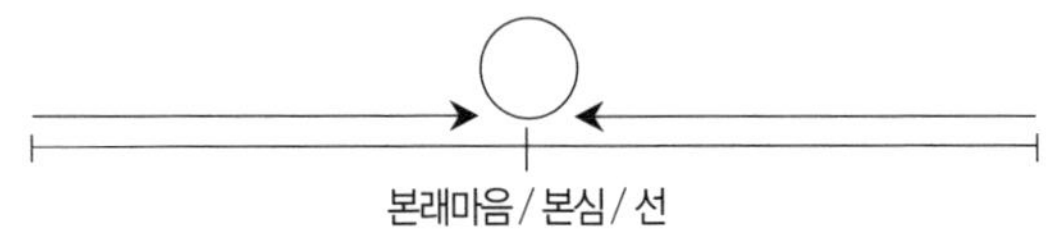

사람의 마음은 몸과 함께 있기 어렵다. 언제나 몸만 여기 있을 뿐 마음은 다른 곳 아니면 어제나 미래에 가 있을 때가 많다. 자기 몸에 자기 마음 붙이기가 취미생활이요, 다도茶道가 그중 하나다. '차 생활'은 인생을 터득하는 지름길이다. 차인茶人이 손님에게 차를 대접할 때 손님은 두 가지의 반응을 보인다. 첫째는 차를 두어 모금 마신 후 "설탕 좀 없습니까?"라고 묻는 사람, 둘째는 다소 인내심이 강한 사람으로 주인이 두 잔째의 차를 잔에 부으려 할 때 "혹시 커피는 없습니까?"라고 묻는 사람이다. 중국 위진魏晉남북조시대의 차인 왕몽王濛은 '차 마시는 일'은 수액형水厄刑이라고 하였다. 수액水厄은 '물고문'이요, 형刑은 형벌로 '물고문 형벌'로 느끼는 사람이 있게 마련이다. 일수사견一水四見.* '같은 물이지만 보는 사람의 지혜의 능력에 따라 견해가 전혀 다르다'는 말이다. 차인茶人에게 차 마시는 자리는 곧 낙원이요, 천당인 것이다. 다선일미茶禪一味는 몸과 마음의 좌표가 0에 있을 때의 황홀경이다. 차 맛은 몸으로 느끼는 0의 행복이요, 선미禪味는 마음으로 느끼는 0의 행복이다. 0의 행복은 몸과 마음이 모처럼 만난 메커니즘*의 결정結晶이다.

　종교인들의 염불과 기도는 마음을 중심에 모으는 일이다.

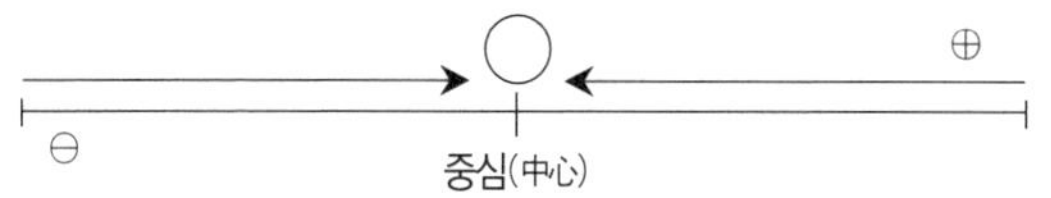

　중심에서 '도망 간', '도망가려는' 마음을 붙들어 '0'에 머물게 하기 위해 기도와 염불을 하게 되는 것이다. 추사 김정희는 동갑내기 차인이었던 초의선사草衣禪師에게 '다선일여茶禪一如'의 뜻으로 '명선茗禪'이라는 아호를 써주었다(명茗은 차茶와 동의어). 차인들의 사랑을 받는 추사가 쓴 대표적인 차시茶詩이다. 추사의 자작시는 아니다.

靜坐處 茶半*香初 妙用時 水流花開 정좌처 다반향초 묘용시 수류화개
선정에 들어간 듯 조용히 앉아 있는 자리
차가 한창 익어 첫 향이 피어 오르네/차를 반쯤이나 마셨으나 향은 처음
같도다〈'半'을 '절반'으로 해석하는데 '한창'의 뜻도 있음. 주해 참조〉
차가 내 몸에 들어와 오묘하게 작용하니
내 마음속에는 물소리가 들리고 꽃이 만발한 선경(仙境)이 떠오르는구나.

위의 시는 필자가 나름대로 졸역해 본 것이다. 몸의 후각과 미각을 통해 한창 무르익은 차향을 맡으면 마음에도 꽃(행복의 꽃, 삼매화三昧華)이 핀다는 뜻으로 보인다. 일본어의 '한창'이라는 부사 출화出化(데바나)는 마치 일본의 차인들이 이 선시에서 따온 것만 같다.

추사의 제자 이상적李尙迪(1804~1865)이 남긴 글 가운데 백미白眉의 차시가 있다. "茶是佛/차는 부처이니라." 붓다가 '밥맛'을 통해 중도中道를 깨달았듯이 '차의 맛'을 진실로 아는 사람은 곧 부처의 경지라는 뜻이리라. 이상적은 시대를 앞서가던 역관譯官(통역관)답게 아호도 파격적으로 우선藕船(藕:연/연뿌리)이다. 중국을 드나들면서 스승 추사께서 평소 읽고 싶어하시던 진귀한 책을 어렵게 구해 당시 절해고도인 제주도 귀양지로 두 차례나 보내드린다. 그곳에서 받아 본 선물에 감격해 답례로 그린 그림이 국보 180호 세한도歲寒圖이다. 눈 덮인 쓸쓸한 집에 추사의 심경처럼 구멍이 뻥 뚫린 집 앞뒤로 서 있는 네 그루의 소나무. 늙은 소나무는 추사요

다른 소나무는 제자 이상적일듯하다. 화제畫題의 골자는 "세한연후
지송백지후조歲寒然後知松栢之後彫." 모든 나무의 잎이 여름에는 똑
같이 푸르지만 소나무와 잣나무는 한겨울 추위가 지난 후에야 시
드는 것을 알 수 있다(필자 졸역). 선비의 지조는 상록수처럼 변하
지 않음을 보여주는 작품이다. 세한도는 추사 연구의 최고 권위자
였던 후지츠카 지키시藤塚鄰 경성제국대학 교수가 1945년 일본 패
망 직전 우리나라의 서예가 손재형孫在馨 선생에게 돌려준 일화를
남긴 작품이다.

사람은 몸으로 맛을 보는 쾌감과 마음으로 느끼며 음미하는 미
감의 동물이다. 미감과 쾌감은 서로 섞여 있다. 두 감각의 세계를
고루 맛본 사람이라야 성공한 인생이라 하겠다. 앞에 있는 맛의
도표의 음식은 상징적인 것들이다. 음식의 맛은 사람마다 취향이
다르고 다분히 주관적이므로 더 이상의 예는 생략하였다. 나머지
의 공간은 독자의 몫으로 돌린다. 기본적인 맛은 '단맛, 쓴맛, 짠
맛, 신맛' 등의 사원미四元味였다. 그런데 1908년 동경제대 이께다池
田 교수가 다시마를 우린 구수한 맛 우마미旨味(savory)를 발견한 후
추가되어 오원미五元味가 되었다. 매운맛은 통증이므로 맛에서 빠
졌다. 이 다섯 가지의 맛이 순열조합順列組合에 의하여 수많은 중
도의 다채로운 맛이 만들어지는 것이다. 차와 와인처럼 문화적인
식품들의 특징은 반드시 '쓴맛'이 들어있다. 몸(미각과 후각)으로
느끼는 맛의 세계에서는 마이너스(−)의 제2의 세계가 자연스럽게

인정된다. 그러나 마음의 세계에서는 제2의 쓴맛의 세계를 깨닫는 데는 시간이 걸리는 셈이다. 단일한 맛은 없다. 모든 맛에는 플러스(+)와 마이너스(−)의 맛이 섞여있기 때문이다. 나의 음식의 취향은 −0.7의 찬 성질인 보리밥과 고추를 +0.7의 더운 성질인 찹쌀밥보다 좋아하며 +0.3의 커피보다 −0.1의 블랙커피를 즐기듯이 개인의 기호嗜好에 따라 반드시 플러스(+)쪽이 상위가 아니며 우열을 가릴 수 없다. 대체로 야채와 나물류는 마이너스(−) 쪽에 배치되었다. 그리고 플러스(+) 쪽의 단맛인 과일은 지면 관계로 생략하였다. 나는 모든 음식을 다 좋아하며 더 좋아하는 음식이 있을 뿐이다. 도루묵 알도 좋아하지만 명란젓은 더 좋아할 뿐이다. 인생의 삶에서도 플러스(+)의 제1세계, 마이너스(−)의 제2세계, 0의 제3세계 가운데 어느 한 세계도 소홀함이 없이 모든 세계를 무차별심無差別心으로 즐겨야만 하는 것이다. 인생은 유한하기에 시시한 시간이 있을 수 없다. 어떠한 지금 여기에도 행복은 있게 마련이다.

음식도표의 분류도 절대적일 수 없음을 다시 한 번 강조한다. 다만 맛의 범위(−0.9~+0.9)와 플러스(+)와 마이너스(−)의 맛으로 분류한 도표의 창안은 나의 조그마한 자부심이다. 이 도표는 2,600여 년 동안 신비의 베일에 감추어졌던 붓다의 깨달음을 푸는 열쇠요, 키워드이다.

＊참척(慘慽) : 자손이 부모보다 앞서 죽는 일.

＊양송이 : 앙증맞고 귀엽게 백설공주처럼 생겼다 하여 'Snow Queen'이라고 함.

＊일수사견(一水四見) : 같은 물이지만 신(神)은 보배로 장식된 보배로 보고, 사람은 물로, 아귀
  (餓鬼)는 피고름으로, 물고기는 보금자리로 본다는 뜻. 같은 대상이지만 보는 이의 지혜의 능
  력에 따라 견해가 전혀 다름을 비유하는 말.

＊마음의 메커니즘 : 마음의 작용원리.

＊반(半)은 동그라미의 '반ㅇ'처럼 꼭짓점으로 절정. 한창의 뜻.

염불은 마음의 고향으로 가는 길

불교하면 제일 먼저 떠오르는 것이 염불念佛이다.

염불이란 무엇인가? 성우性愚 스님의 뜻풀이가 인연이 되어 천주교 신자인 필자는 재가불자가 되었다. 인연因緣은 인연人緣이다. 한 글자로 불교의 관문을 통과하는 것을 일자관一字關이라 하는데 나에게는 '염念'자가 인연이 되었다. 일자선一字禪이라고도 한다. 염念자를 파자해 보면 금심今心, 즉 '지금 마음'이다. 마음의 메커니즘은 오관(눈·귀·코·혀·피부)이 외부세계에 즉각 반응하면서 한시도 가만히 있지 않고 마음자리가 바뀐다.

사람은 몸이 태어난 본적에서 살지 않고 본적과 다른 주소(현주소)에서 살고 있다. 마음도 '본래마음자리'를 떠나 '속세의 마음자리'에서 살고 있다. 가령 왼손을 '본래마음'이라 한다면 오른손은 '속세의 마음'으로 두 손을 한데 모으는 합장(염불)은 두 마음의 합일合一이다. 한 손은 자신을 위해서, 다른 한 손은 남을 위해서 써야 한다면, 두 손은 자리이타自利利他의 상징이다. 마음의 실체實

體는 고요함이다. 즉 염불은 본래마음, 마음의 고향으로 가는 길이다. 고향은 '어릴 때의 마음 / 처음마음'이 고스란히 숨 쉬고 있는 곳이다. 명절에 고향에 가면 타향에서 느낄 수 없었던 편안함과 즐거움을 맛보게 된다. 이때의 느낌이 바로 선미禪味이며, 이러한 희열은 마음자리만 '0'에 있으면 '어느 때 어느 곳'에서도 느낄 수 있는 '선의 특권'이다. 마음의 고향은 곧 행복의 고향이다. 종교宗敎는 불교에서 온 말이다. 불교 용어가 기독교에서 쓰기 때문에 바뀐 대표적인 경우가 '선교宣敎 → 포교布敎', '장로長老 → 큰스님', '기도祈禱 → 염불念佛 / 불공佛供', '예배禮拜 → 예불禮佛' 등이다. 종교란 근원根源 / 근본(宗)으로 돌아가라는 가르침(敎)이다. 기독교에서 이름 다음에 지은 세례명洗禮名을 오히려 본명이라 한다. 이는 지금 이름은 세속화되었으므로 '본명 즉 성명聖名'처럼 성인聖人의 이름값을 하라는 기원일 것이다. 원효의 구도 역시 "귀일심원歸一心源 / 본래의 마음으로 돌아가다"였다. 불자가 수시로 염불을 하는 것은 변덕스런 마음의 이탈속성 메커니즘 때문이다. 우리는 일상에서 "오만가지 생각이 다 난다"는 말을 자주 쓰고 있다. 마음은 순간순간 생겨났다 사라지며 연속적이지 못하다. 따라서 성聖과 속俗을 넘나들기도 해 잠시이지만 악인이 선인으로 속물이 인격자로 변신하기도 한다. 오죽했으면 한시도 가만히 있지 않는 원숭이 마음(심원心猿), 망아지새끼 마음(의마意馬)이란 말이 나왔겠는가. 우스갯소리로 마음의 무게는 늘 '두근＋두근'하므로 '네 근'이라면, 보시布施 많이 하는 불자의 마음은 '따끈(닷 근)'＋'따끈(닷 근)'하여 열 근인 셈이다.

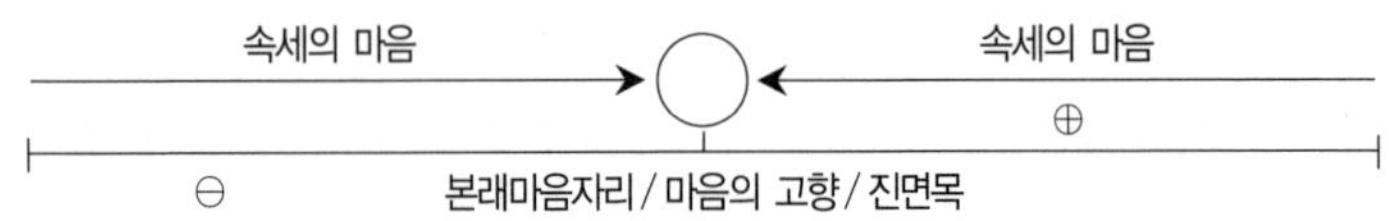

'마음자리'가 '0'에 있을 때 펄쩍펄쩍 뛸 것처럼 즐거운 것은 아니지만 무중력상태의 평화 같은 안심安心의 행복이다 또한 염불은 '본래마음 / 진면목'과 떨어져 있던 지금의 '속세마음'을 '0의 좌표'에서 상봉케 하는 일이다. 이러한 일자관一字關은 당나라 5대 승려의 한 분인 운문문언雲門文偃이 창안하였다.

큰스님들에게는 인간적인 면을 엿볼 수 있는 별호別號 같은 것이 따라 다닌다. 제자들, 수행자들이 말귀를 알아듣지 못해 답답하면 몽둥이질을 한다는 데서 유래된 덕산방德山棒, 고함을 지른다 하여 임제할臨濟喝 등이 그것이다. 선승들의 표현이 과격한 것은 자신의 '산 체험'을 '죽은 문자'로 표현할 수밖에 없기 때문이다. 이와는 대조적으로 할아버지가 손자에게 자상하게 가르쳐 주듯 수행자를 대하였던 조주趙州 스님도 있다.

운문 스님의 일자관은 고정관념과 말장난을 내던지고 간결하고 기상천외한 말로 선의 핵심을 드러내었다. 어떤 말이라도 장식품에 불과하므로 오직 자신의 본래성품을 꿰뚫어 볼 것을 강조하여 잠재능력을 일깨웠다. 예를 들어 수행자가 '무엇이 부처의 뜻입니까?'라고 여쭈었을 때 '보普'라고 하였다. 이 절묘한 운문선사의 대답에 저절로 탄성이 나온다. 늘 보통의 마음속에서 보통의 행복을 느끼는 것이 불교가 아닌가? 동아시아 선불교를 석권한 임제종에 주류가 된 양기방회楊岐方會가 처음 세운 도량道場의 이름이 그 유명한 보통사普通寺였다. 불교의 선은 '보普 / 중中'과 통한다는 뜻으로 보통이 곧 불교의 핵심인 중도이다.

　보성普成이라는 본래의 뜻은 모르겠다. 그러나 나의 식으로 풀어 '인생을 보통으로 살았다면 성공한 셈이겠지'로 해석하고 싶다. 어느 때는 '갈 거去'라고 하였다. '첫머리 수首＋갈 착辶＝道' 처음으로 가면 바로 그곳이 중도 / 선의 세계가 아닌가. 말을 어렵게 하기는 쉬우나 오히려 쉽게 하기가 더 어렵다. 운문선사의 일자관은 매력적이다. 하루를 '짧은 일생'으로 본 '날마다 좋은날[일일시호일日日是好日]'은 시간을 잘 쓰라는 뜻이다. 공초空超 오상순吳相淳(1894~1963, 시인)의 아호는 담배꽁초와 관련이 있으며, 작품에는 불교의 허무주의가 배어있다. '날마다 새롭고 또 날마다 새롭도다[일신우일신日新又日新]'라고 하여 위의 글귀를 더욱 발전시킨 느낌을 준다. 가령 2010년도 1월 1일부터 12월 31일까지의 1년 365일에서 하루도 같은 모양의 글자로 된 날자가 없다. 이처럼 참다운 불자의 하루하루는 늘 새롭게 창조된 날이어야 한다. 어제의 내가 아닌 '오

늘의 나'로 거듭 태어나야 한다. '내가 허비한 오늘이 말기환자가 그토록 살고 싶어 했던 내일이다.'라는 글귀가 문병을 갔던 어느 병실의 벽에 걸려 있었다.

이보다 더 응축된 말이 '지금 여기'이다. 당나라의 고승 법안문익法眼文益(885~958)의 "지금 여기"라는 창안創案이 없었다면 하루가 최고의 날이라는 일일시호일日日是好日의 명제도 빛을 낼 수 없을 것이다. 1년은 365일, 10년은 3,650일이다. '인생은 100년을 살아도 3만 6천일'이라는 속담이 있다. 나의 경우 세월을 추상적인 햇수보다 구체적인 날짜로 계산할 때 오히려 숫자가 많은 편이 짧아 보이면서 새삼 허무해진다. '인생불만백人生不滿百 상회천년우常懷千年憂(백 년도 채우지 못하는 인생 언제나 천 년의 근심을 안고 사는구나)!'

라틴어의 'Hic et nunc(Here and now)'라는 말도 불교계에서 건너갔음직하다. 불교의 영향을 받은 서양의 지성은 많다. 그 가운데 톨스토이가 있다. 자신의 문학인생을 돌아보았으나 인간의 삶에 기여한 작품이 없다는 회의에 빠진 후 나온 만년작 『세 가지 질문』에 대해 틱 낫한 스님은 경전이라고까지 높이 평가하고 있다. "이 세상에서 제일 중요한 때는 언제이고 가장 중요한 일은 무엇이며 제일 중요한 사람은 누구일까?"에 대한 질문에 현자의 대답은 "제일 중요한 때(시간)는 바로 지금이고 제일 중요한 일은 지금 하고 있는 바로 이 일이고, 제일 중요한 사람은 바로 지금 만나고 있는 사람"이라고 하였다. 영국의 시인 T. S. 엘리엇(1888~1965)은 모든 시간은 still point靜点에서 하나이며 '시간과 무시간'이 영원히 일치한다고 하였다. 시간의 +1이 내일이라고 가정한다면 -1은 어제요, 0은 지금이다. 장소의 +1이 앞쪽이라면, -1은 뒤쪽이요, 0은 여기이다. 사람의 몸은 언제나 '지금 여기'에 있는데 마음자리는 '지금'에만 있지 않고 과거나 미래에 있기도 한다.

T. S. 엘리엇은 유한한 시간 속에서 영원한 실재를 추구했다. 그가 주창했던 still point靜点는 삼법인三法印의 하나인 열반적정涅槃寂靜의 적정寂靜과 동위 개념이라 할 수 있다. 붓다가 괴로웠던 마이너스(-)의 고행수도의 시간을 거친 다음 0의 신세계를 발견했듯이 T. S 엘리엇 역시 고난의 영혼의 암흑(Darknight of Soul) 시기인 마이너스(-) 시간을 지난 후 적정寂靜의 0의 세계인 still point靜点에 다다르게 된다. 행복의 실체는 마음자리가 좌표평면 '0'에서 편안하게 쉴 때, 즉 적정상태이다. 왜냐하면 행복의 본질은 마음이요, 마음의 실체는 '고요함'이기 때문이다. 우리의 마음자리가 음악을 들을 때인 +가 아니더라도 -의 소음상태가 아닌 '고요함(0)'에 있기만 하면 언제 어디서나 행복할 수 있는 것이 마음의 본질이다. T. S. 엘리엇과 석가모니 부처님의 행복관은 일치한다.

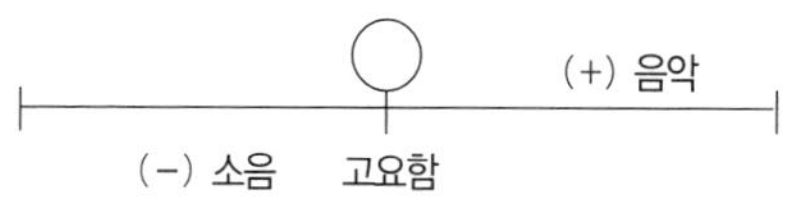

이상향(Utopia)의 어원은 No where good place, '어디에도 낙원은 없다'이다. 의역을 하면 '어디든지 낙원이 될 수 있다'도 된다. No where에서 where의 앞 철자 w를 앞으로 붙이면 Now here good place 가 된다.

팔만대장경을 한 단어로 표현한다면 '마음'이다. 불교는 마음의 종교이다. 흔히 일체유심조一切唯心造라 한다. '모든 일은 오직 마음이 만든다.', '이따가의 일을 모르고 사는 것이 인생이다.' 우리는 행복하기 위하여 불교를 믿는다. 행복은 앞으로 시간을 두고 이루어야 할 원대한 목표가 아니라 지금 당장의 목적이어야 한다. '바로 지금 여기'가 낙원과 극락이어야 한다.

대구 팔공산 파계사把溪寺 주지住持이신 성우性愚 스님의 부름을 받아 일박을 한 적이 있다. 절 위의 성전암聖殿庵은 성철 스님이 9년동안 장좌불와長坐不臥하며 계시던 곳으로 지금은 철웅哲雄 큰스님이 10년째 칩거수행을 하시고 있는데 인사를 드리고 오는 것이 좋겠다고 하였다.

가파른 길을 따라 한참을 올라가 거처에 도착하니 7~8명의 불자들이 담소를 나누며 앉아 있었다. 우선 큰절을 큰스님께 올렸다. 잠시 후 나의 근기根機를 높이 보셨던지 다짜고짜로 뜻밖에도 여호와에 대하여 말씀하셨다.

여호와(Jehovah)는 야훼(Yahweh)라고도 하는데 이스라엘 민족의 유일신唯一神이라 하였다. 영어로 번역을 하면 'I'm who I am'이라고 하는데 방문 기념으로 번역 한번 해보라고 하셨다. 망설이던 끝에 용기를 내어 두 가지로 답을 드렸다.

① 현세의 나는 본래의 나이다.
② 나는 이 지상의 주인공으로서 나이다.

내친김에, 사람의 마음이 주인의식으로 정착하지 못하는 것을 주착主着이 없다고 하는데, 주착이 훗날 "줏대 없이 이랬다저랬다 하여 실없다"는 "주책없다"의 어원이 되었다는 서론을 말씀드린 다음 '수처작주隨處作主 입처개진立處皆眞(가는 곳마다 주인의식 갖는 사람, 그곳이 바로 다름 아닌 극락이로다)'과 일맥상통한다고 덧붙여 말씀을 드렸더니 크게 기뻐하시면서 일필휘지一筆揮之로 대적광大寂光을 써 주셨다. 맑고 깨끗한 지혜의 광명이란 뜻의 상적광토常寂光土에서 유래된 말이었다.

김수환金壽煥 추기경님의 병상에서의 마지막 말씀은 다음과 같았다.

"누가 나에게 예수님을 뵌 적이 있느냐고 묻는다면 보았다거나 만났다고 말할 수는 없습니다. 그러나 그 분이 내 안에 계시다는 것을 부정할 수 없습니다."

불교의 두 교지教旨 "아심자유불我心自有佛 자불시진불自佛是眞佛"
(내 마음 속에는 본래부터 부처가 계시다네. 내 마음 안에 있는 부
처가 석가모니 부처보다 귀한 부처일세)와 "견성성불見性成佛"(자기
의 본성／처음마음／본래마음의 발견이 곧 득도이니라)와 일맥상통
하는 뜻이다.

천주교의 삼위일체三位一體인 성부聖父와 성자聖子와 성령聖靈은
"다르면서 동격同格"이므로 김수환 추기경님 마음 안에 계신 분은
성령이었을 것이다. 이는 마치 본질을 유지하면서 고체(얼음), 액체
(물), 기체(수증기)로 변신하는 유일한 삼위일체성 물질인 물과 같
다. "성령과 본래마음"은 동위개념이다.

김수환 추기경님과 법정 스님이 생전에 가깝게 지내실 수 있었
던 것은 두 종교 교의敎義의 궁극窮極이 같기 때문이었으리라. 대부
분의 성직자들이 하느님을 말로 표현하는 데 비해 김수환 추기경
께서는 하느님을 "느끼게 하시는 분"이라는 법정의 말씀이 새삼
다가온다.

불교와 천주교는 비슷한 수도제도가 있다. 불교의 동안거冬安居
(음력 10월 15일~이듬해 1월 15일)와 하안거夏安居(음력 4월 15일~7
월 15일)는 3개월 동안 스님들은 외출을 금하고 참선수행을 한다.
천주교에서도 신부나 수녀 또는 신자들이 집을 떠나 며칠 또는 몇
달 동안 수도원에서 기도하는 피정避靜이라는 제도가 있다. 피정은
피세정염避世靜染의 준말로 직역을 하면 "속세를 떠나 고요한 세

계에 물들다"이다. 영어의 retreat는 이 제도의 본질을 잘 나타내준다. re(다시)+treat(고치다), 즉 내 마음의 상태를 '다시 고치다'이다. '다시 고치다'는 '본래대로 새롭게 고치다'라는 뜻이다. 마음의 작용원리는 잠시도 머물러 있지 않기 때문에 지난번에 고쳤지만 다시 고장이 나서 고친다는 뜻이다. 또한 이번에 고치더라도 고장이 나면 다시 고쳐야 한다. 따라서 불자와 신자들은 수시로 조금만 시간이 나면 전철 같은 곳에서도 기도를 하는 것이다. 여기서 '기도와 고친다'는 것은 + 또는 −에 있는 마음자리를 망상妄想에서 벗어나게 하여 '0'의 적정寂靜의 자리로 돌아오게 한다는 뜻이다.

현現의 파자는 '옥玉+견見'이다. 행복은 '지금 여기'에서 구슬 같은 보배를 발견하는 능력에 달려있다. 시간과 장소의 '0'은 '지금 여기'이다. 이러한 '0의 행복'은 발견하는 능력 못지않게 유지하는 것 역시 중요하다. 이를 위해서는 모든 일事과 일(하나)이 되었을 때 가능한 것이다. 식사하는 일事을 할 때는 식사하는 일事과 일(하나)이 되어야 하며 놀 때는 노는 일事과 일(하나)이 되어야 한다.

선禪은 **웰빙**이요 **무사**無事는 **행복**이다

선禪은 산스크리트어 '드야아나(dhyāna)'를 음사한 선나禪那를 줄인 것이다. '고요히 생각하다[정려靜慮]', '생각으로 닦는다[사유수思惟修]'라는 뜻이다. 선은 집중을 통해 인간존재의 실상實相을 깨닫는 일이다. 선은 뜻이 없는 말이며 선정禪定이 올바른 표현이다. 즉 선은 음이고 정이 뜻으로 '족(足(음))＋발(뜻)'과 '역전(前(음))＋앞(뜻)', '처가(家(음))＋집(뜻)' 같은 복합어이다. 임금의 자리를 물려주는 것을 선양禪讓이라 한다. 이때 선禪은 '자리'라는 뜻으로 불교의 선은 '0의 마음자리'이다.

보통 유행어의 수명은 짧은 법인데 '웰빙(Well-being)'은 사람의 건강과 직결되어 있는 상혼商魂 때문에 그런지 오래 간다. 현재의 유행어 웰빙은 원래의 뜻에서 벗어나 전의轉義·확대되어 쓰인다. 본래의 웰빙이라는 뜻은 '몸과 마음이 모두 가장 좋은 상태'이며 반대의 개념 '일빙(Ill-being)'은 '몸과 마음의 부조화不調和' 상태를 말한다.

‘선’의 ‘웰빙’ 영역은 본래의 뜻과 일치하는 작품 같은 번역이다. 번역은 제2의 창작이다. ‘일빙(Ill-being)’의 반대개념인 선은 무사無事이다. 따라서 선을 무사선無事禪이라고도 한다. 우리네 인생살이는 이런저런 크고 작은 근심 걱정으로 무사하기가 쉽지 않다.

무사와 선은 동의어로 일상에서의 인사말 “별고 없지?”, “무사하지?”는 행복의 메시지이다. 선정은 마음자리가 좌표평면에서 0에 있음을 말한다. 즉 정定은 마음자리가 0에 정定해져 머물러 있음을 뜻한다.

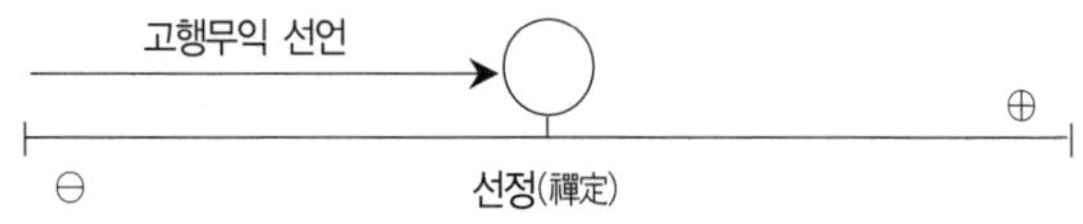

이 글의 줄거리는 태자가 성도를 하기 전 고행수도에서 탈출한 후 다시 보리수 아래에서 두 번째 선정에 든 데까지 나아갔다. 붓다, 득도의 이해를 돕기 위해 거기에 따른 배경의 불교용어를 알아보고 있는 중이다. 선정과 동위개념인 집중集中은 다름 아닌 ‘마음자리’를 ‘중中’, ‘0’에 모으고集 있을 때이다. 지금 고타마 싯다르타의 ‘마음자리’는 일빙(Ill-being)의 마이너스 영역에서 ‘0’의 자리로 옮겨 앉았다. 붓다 깨달음의 특징은 몸을 통한 체득體得, 득도이다.

머리로 배운 지식은 말로 설명할 수 있으나 몸으로 느낀 것과 깨달은 것은 표현할 수가 없다. 입과 코를 통한 미각을 표현할 수 없는 것과 같다 하겠다. 따라서 붓다가 몸소 체득하신 깨달음의 진리는 문자로는 표현이 불가능하므로 문자에 집착하지 않는다는 뜻에서 불립문자不立文字란 말이 나왔다. 또한 붓다의 깨달음은 언어나 문자의 가르침으로는 전달할 수 없기 때문에 가르침과는 별도로 '마음에서 마음'으로 전달한다고 하여 교외별전敎外別傳이 나왔다. 언어도단이니 무설선無說禪도 같은 맥락의 말이다.

좌선하면서 한 가지의 화두를 가지고 의심을 깨트리는 수행법인 간화선看話禪, 이와는 대조적으로 모든 망상을 끊고 묵묵히 좌선하는 가운데 본래부터 갖고 있던 청정한 성품을 발견하는 수행법인 묵조선默照禪이 생기게 된다. 모든 사람은 이미 태어날 때부터 불성佛性이 있기 때문에 복잡한 수행단계를 생략하고 홀연히 단번에 깨치는 돈오頓悟수행, 이와는 정반대로 점진적인 수행으로 여러 단계를 거치면서 깨달음으로 다가가는 점오漸悟수행도 생기게 된다. 흔히 선은 부처님의 마음이요, 교敎는 부처님의 가르침이라 하여 선문禪門과 교문敎門의 양대 산맥을 이루게 된다.

붓다가 법통을 물려준 가섭迦葉에게 난해한 선의 등불을 넘겨준다. 붓다의 임종까지 지켜본 시자侍子(요즘의 비서에 해당함)인 아난존자阿難尊者에게는 선에 비해 덜 까다로운(?) 교敎의 등불을 쥐어준다. 붓다는 자신의 깨달음(마음)과 사상을 가섭과 아난 두 채널을 통해 전파시킨다. 이처럼 붓다가 자신의 깨달음에 대한 명쾌한 해석을 해주지 않아 선종禪宗과 교종敎宗이 생기면서 대립하게 되었다.

선문 쪽에서는 교문 쪽의 수행인 닦아서 깨치는 것을 마치 벽돌을 갈아서 거울을 만드는 어리석음이라 하여 가볍게 여겼다. 또한 교문 쪽에서는 불립문자를 앞세우는 선문 쪽을 요령주의라고 비난하였다. 수학은 눈에 보이지 않는 과학을 설명해 주는 언어이다. 붓다의 말씀인 교敎가 수학이라면 붓다의 속마음인 선禪은 과학에 비유되는 셈이다. 수학 없이 과학을 이해할 수 없듯이 불교를 설명하는 교문 없이는 선문으로 들어갈 수 없는 것이다. 그러나 교문은 지금까지도 언어로서의 본분을 못하고 있다. 잠시 글의 흐름을 멈추고 세 분 문사文士의 선에 대한 해석을 보기로 한다.

청록파(박두진, 박목월, 조지훈) 시인의 한 분인 조지훈은 불교에 해박한 시인이다. 필자의 은사로, 시론詩論 시간의 절반은 불교 개론이었다. 일찍이 19세에 「승무僧舞」로 『문장』지를 통해 등단했으며 21세에는 월정사의 강사를 지내시기도 했다. 지금도 기억나는 말씀은 사법인四法印 설명 중 일체개고一切皆苦에서 '고苦'에는 '본래고本來苦'와 '현실고現實苦'가 있다고 풀어서 설명해주신 것이다. 또한 선방禪房의 다실茶室에서 노승老僧이 "차茶는 찬데(차가운데) 왜 뜨거울까?"라고 묻자 "보리차菩提*茶(곡물의 보리차가 아닌)이기 때문입니다."라고 답했다고 하였다. 사물의 본질은 이름에 있지 않음을 보여주는 다선일여茶禪一如 경지의 선문답禪問答이었다.

'선은 종교에서 형식적인 의례를 빼고 철학에서 논리적 사유를 쫓아내고 예술에서 수식적인 기교를 버리고 남은 것'이라고 했다. 선, 생명 그대로의 발로이다. 조지훈의 시각에서 선은 종교요, 철학이며 예술이다. 한편 미당未堂 서정주徐廷柱는 "선禪은 일상의 잡무를 흥미진진한 멋과 낭만으로 만든다"고 하였다.

석도륜昔度輪(문인화가·미술평론가, 전 동아일보 미술대전 심사위원) 선생으로부터 불교가 고스란히 담긴 도장[도서圖署] 한 방*을 선물 받은 적이 있다. '선여항禪與恒', '선과 항'은 같다. 즉 '마음 심(忄)+◉' 아침에 지평선, 수평선 위에서 아침 해가 떠오를 때의 '하루 첫 새벽 동이 틀 무렵의 마음'과 '본래마음, 선'은 같다고 풀이하였다. 내 이름 끝 자인 항恒이 황송하게도 선과 동위개념이 되었다. 성경에 이 세상에서 가장 귀한 것은 눈에 보이지 않는다고 하였다. 내 이름의 항恒과 일맥상통하는 당호堂號* 반진재反眞齋*와 아호雅號* 눈초聖初를 갖고 있다는 것은 큰 행운이다. 우리집을 방문하는 사람들은 진리를 반대하는 사람의 집反眞齋라고 나를 놀린다. 반진反眞에서 반反은 '되돌아올 반返'이고 진眞은 '어린아이(동童)'라는 뜻이다. 추사秋史가 돌아가기 3일 전에 썼다는 서울 강남 봉은사奉恩寺의 판전板殿은 탈속한 어린아이 글씨 같다 하여 동자체童子体 또는 반진체反眞体라 한다. '모든 사물은 극단에 도달하면 다시 원점으로 돌아간다'(물극필반物極必反)고 하였다. 이 작품은 추사 생애의 마지막 절필絶筆인 동시에 백미白眉이다. 어느 해 정초 은사이신 운정芸丁 김춘동金春東 선생님 댁에 세배 갔을 때 당호를 선물로 주셨다. 선생님의 조카인 여초如初 김응현金膺顯에게 글씨를 쓰게까지 해 주신 작품으로, 나의 가보 1호이다. 여초如初는 추사 이후 최고의 명필이다. 눈초䚟初는 내가 만든 호로 눈䚟은 눈嫩의 속자俗字이지만 파자破字가 재미있어 쓰고 있다. "봄에 새잎이 처음(初) 생겨나오다(生)"의 뜻으로 "나뭇가지에 눈이 트다"처럼 쓰이는 '눈'의 어원이다. 눈을 파자하면 '초생초初生初'로, 앞이나 뒤로 읽어도 '처음처럼 산다. 처음처럼'이다. 모든 사물의 처음은 아름답다.

석도륜은 기인으로 통하며 많은 일화를 남기고 있다. 그중의 하나로, 승려생활 3년째 되던 해 성철 스님을 찾아뵙고 코가 방바닥에 닿을 정도로 절을 올리면서 견성見性에 대해 여쭈었다. 그 순간 성철 스님의 해머 같은 주먹이 뒤통수를 여러 차례 사정없이 내리쳐 실신 직전까지 이르렀다고 한다. 석 선생은 한밤중에 산도둑을 만난 것 같았다고 회고한다. 자신의 본성을 발견하는 견성만으로는 궁극의 목표인 성불이 될 수 없고 다만 불교의 입문이라 생각한다는 건방진 말 때문에 폭행(?)을 당했던 것이다. 불이문不二門은 사찰 안에 있다. 불이不二는 선과 악 같은 대립을 벗어나 둘이 아닌 절대경지를 상징한다. 그러나 석도륜의 해석은 다르다. 즉 둘이 아님은 하나가 아니라 셋이라고 하면서 +의 제1세계, −의 제2세계, 그리고 붓다의 대발견인 제3의 신세계를 뜻한다고 하였다. 다산茶山

정약용丁若鏞은 "경사말년아소원자선經師*末年我所願者禪 경사노년에 바라는 게 있다면 선뿐일세"라고 했다. 유배 18년 생활에서 터득한 물맛 같은 0의 행복관이다. 나는 평소 불교를 철학으로 즐기고 있다.

'철학은 복잡이 여과된 단순이며 지식의 완성이다.'

선의 파자는 '시示+단單'이다. '모든 사물을 단순하되 철학의 눈으로 보며 살자.'

선에 대한 내 식대로의 해석이다.

---

* 보리(菩提) : 깨달음의 지혜
* 방 : 도장의 개수를 나타내는 말.
* 당호(堂號) : 집의 별칭
* 재(齋) : 집
* 아호(雅號) : 인생관이 반영된 개인의 별칭
* 경사(經師) : 불경을 가르치는 스승.

해탈은 탈출Break out 이다

붓다가 보리수 아래서 선정에 드신 후 8만 4천 번뇌를 끊은 다음, 더 이상 새로운 깨달음을 구하지 않았다고 하였다. 붓다의 이와 같은 첫 선언은 번뇌를 끊은 자체가 해탈이라는 뜻이다. 해탈은 고승이나 선승의 예비수능시험 같은 통과의례일 뿐이다. '진리는 진열장의 전시품 같은 것이 아니라 즐겨야 하는 것이다.'

우리는 백 년도 못 살면서 천 년의 근심을 안고 살고 있다. 수많은 붓다의 말씀 가운데 제일 좋아하며 가슴에 품고 다니는 말이 있다. '이고득락離苦得樂'. '고뇌의 사슬에서 풀려났으면 이 세상을 마음껏 향유하라! 즐기라!' 이러한 이념으로 하여 불교는 생활철학인 것이다. 불교는 존재의 '없음', '0', 즉 공空사상은 인간생명의 유한성을 일깨워주고 있다. '인생을 어떻게 살 것인가?'라는 질문을 던지면서 하나의 방편으로 해탈을 제시하고 있다. 해탈解脫에서 해解의 파자는 '소牛가 뿔角을 칼刀처럼 무기로 삼아 깨트리고 탈출하다'의 뜻이다.

해탈과 동의어인 '깨달음'은 '깨다+다다르다'의 복합어다. 서양에서는 '깨달음'의 동위개념으로 Break out이라고 한다. 산의 정상頂上은 한 군데이며 모든 물은 흘러가 바다에서 만나듯, '만법귀일萬法歸一'이란 진리를 새삼 절감하게 된다. '해탈(깨달음)이란 잡다한 현세에서의 틀을 깨트리고 벗어나 이 지구라는 땅에다 자기세계(이상세계)를 이룩함'이다.

불교는 개성주의 종교요 철학이므로 모든 사람마다 자기 세계가 다를 수밖에 없다. 그리고 달라야 한다. 이른바 천상천하 유아독존天上天下 唯我獨尊의 독자적인 경지다. 해탈은 마치 누에가 작은 고치 집에서 탈출, 나비가 되어 산과 들의 이 꽃 저 꽃으로 날아다니듯 대자유인으로 새롭게 태어나는 것이다. 해탈은 먼 훗날에 이루어야 할 신비하고 추상적인 목표가 아니다. 불교의 개인주의·개성주의를 자칫 이기주의와 혼동해서는 안 될 것이다.

불교는 나만으로 끝나는 이기주의가 아니다. 나와 남을 함께 생각하는 자리이타自利利他주의이다. 또한 불교는 지혜를 바탕으로 한 '직관直觀 철학'이다. 붓다는 법구경法句經에서 절묘한 비유를 들어 말씀하신다.

'지혜로운 사람은 훌륭한 사람을 잠시만 가까이 해도 쉽게 알아본다. 마치 혀가 국 맛을 알듯이. 어리석은 사람은 좋은 사람을 평생 가까이 지내도 좋은 사람으로 알아차리지 못한다. 숟가락이 국 맛을 알지 못하듯이.'

요즘 우리 주위에서 박사학위 취득자가 눈에 띄게 많아졌다. 이처럼 해탈도 "아무개가 이번에 해탈하면서 구두쇠가 자선가로 변했어."와 같은 표현을 자주 들을 수 있는 '생활인의 해탈' 사회가 되었으면 한다.

붓다는 인생의 신세계를 발견한 콜럼버스

이제 다시 싯다르타 태자가 선정에 들어있는 보리수 아래로 가본다. 네란자라 강변에서 몸과 마음을 식혀주는 바람이 불고 있다. 끼니를 거르지 않는 정상적인 공양供養*으로 태자의 얼굴에는 살이 오르기 시작한다. 이번 여행으로 미국에 올 때 심한 에어포켓을 겪었다. 기상악화의 기류로 악몽 같은 시간에서 벗어나니 비행기는 미동도 없이 마치 서 있는 듯 무중력상태에서의 안온한 행복감이 스며든다. 이때의 경험으로 싯다르타의 심경을 조금이나마 헤아릴 수 있을 것만 같았다. 싯다르타의 '마음자리'는 고행의 마이너스(-) 시간을 거친 반작용으로 지금은 좌표평면 '0'에 머물러 있다.

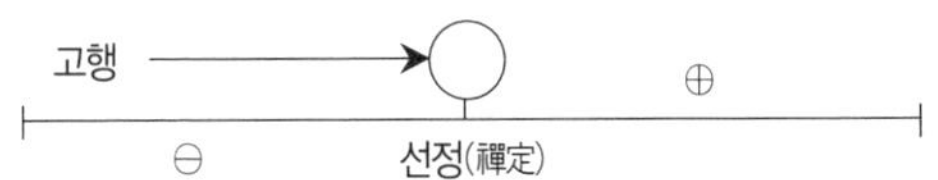

5년 만에 맛보는 심신의 평화다. 나는 가끔 3대 성인의 얼굴을 떠올려 볼 때가 있다. 공자는 근엄하고 엄격한 표정이고, 십자가에 못 박힌 그리스도의 수난을 묘사한 조각상 십자고상十字苦像은 처절하여 가슴이 아프다.

이완된 얼굴에 소리 없이 미소를 머금은 듯한 부처의 표정은 사람의 긴장을 풀어주는 듯하다. 그 미소는 너털웃음과 냉소의 중도이다. 붓다의 무심한 미소는 중도적인 웃음이다.

내가 보아온 인도나 중국의 어느 불상도 석굴암 본존불인 석가모니상 이상 가는 것이 없다. 나는 국수주의자(쇼비니스트)가 아니다. 신라인들의 이상형인 인간상이었을 듯한 석굴암의 석가모니상. 마치 신라의 조각가가 인도여행 중 선정에 든 붓다를 직접 보고 스케치한 그림으로 만든 작품 같다.

산행의 정상에서 느끼는 물맛, 이는 허위단심 올라온 마이너스의 시간을 거쳤기에 느낄 수 있는 '0의 행복'이다. 싯다르타 태자는 공양 때마다 이전에 별 생각 없이 먹고 마셔 느끼지 못했던 '밥맛'과 '물맛'에 대해 마음속으로 새삼스럽게 놀란다. 사람은 식욕본능이 있어 맛에 관한 기억은 오래 가며 뚜렷한 법이다. 고행 중단 이후 보리수 아래에서의 '밥맛'과 '물맛'이 태자시절 때보다 더 맛있는 것은 어째서일까? 고행수도 덕분일까? 그렇다면 고행은 헛된 일이 아니었다. 이때의 심경을 표현하고 싶었으나 느낄 뿐,

설명할 수는 없었을 것이다. '선열여미미禪悅與米味. 중도 깨달음의
법열이 바로 밥맛과 같구나!' 붓다의 무설선無說禪의 답답한 심경을
필자가 대신 주제넘게 지어본 잡문이다. 붓다에게 공양하는 쌀을
선열미禪悅米라고 하는 데서 착상한 것이다. '선열위식禪悅爲食'도
'밥맛의 즐거움이 선열禪悅이구나!(선열=0의 행복)'라는 뜻이 아니
겠는가?

태자는 출가 6년의 고행 끝에 득도하였다고 한다. 그런데 첫 번
째 고행수도는 실패하고 재수再修수행에서 무상정등각無上正等覺*의
깨달음을 구한 것이다. 그리고 득도 후에도 21일간 더 그 자리에
서 머물렀다고 한다.

불교의 교의敎義는 108번뇌처럼 숫자로 나타내어 치밀함을 보여
주고 있다. 6년의 수행 중 득도의 시기는 종반 40일인데 이 기간
중에서도 19일째 깨달음을 얻었다고 하겠다. 선정기간 40일 중 득
도를 하신 후에도 보리수 아래서 21일간 더 머물렀다고 한다면
(40-19=21) 19일째 득도하신 셈이다.

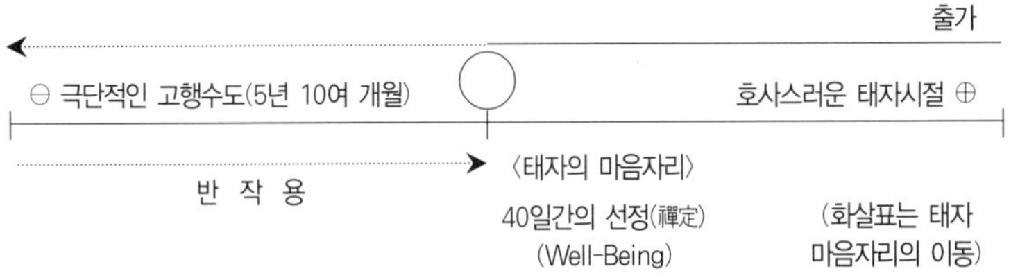

훗날 긴 수행기간을 거치지 않고도 단박에 깨치는 돈오頓悟의 수행법이 붓다의 득도 수행법을 본받았을지 모른다. 붓다의 현 수행 시기는 6년의 맨 끄트머리, 40일 수행 중에서도 득도한 19일 이후의 시점이다. 과연 이때의 붓다는 무엇을 깨달았을까? 태자는 몸과 마음이 일빙(Ill-Being, 몸과 마음의 부조화)의 마이너스 시간을 거친 후 고행을 중단하면서 반작용의 힘으로 자연스럽게 웰빙(Well-being, 선정)에 들어있다. 등산의 힘든 시간 다음 정상에서의 물맛이 새롭듯이 태자의 '밥맛'은 여느 때와 다를 수밖에 없었다. 흔히 불교를 공空사상이라고 한다. 그러나 나는 앞으로 붓다의 깨달음을 '0의 발견'이라 한다.

우리나라의 불교 용어는 중국의 옷을 입고 있다. 욕심을 버리라는 뜻으로 쓰이는 '마음을 비우다'라는 표현도 여기에서 비롯된 듯하다. 동그라미 '0'이 우리나라에서도 기호일 때는 '공일일(011)', '공공칠(007)' 가방처럼 '공'이라고 한다. 그리고 운동기구인 둥근 '공'의 어원도 여기에서 의미가 확대된 듯하다. 그러나 숫자일 때는 '영점일(0.1)'처럼 '영'이라고 부른다. 공空과 영零은 같은 뜻이다.

보리수 아래에서 선정에 들 때 '깨달음'을 구하지 못하면 자리를 뜨지 않는다고 하였다. 제1차 고행 수도의 실패를 인정하는 말씀이다. 재수再修의 선정수행에서는 몸과 마음의 평정으로 1차 수행시기와는 사뭇 다른 집중력이 생긴다. 때문에 짧은 40일의 선정 기간 중에서도 전반기인 '19일째' 깨달음을 얻게 된다. 1차 고행

시기 때까지도 이 세상에는 태자시절에 누렸던 '쾌락의 세계(+)'와 출가 후 겪었던 '고행(고통)의 세계(−)'밖에는 몰랐다. 그러나 '고행무익' 선언 이후 보리수 아래에서의 2차 선정수행에서 이 세상에는 두 극단(즐거움(+)과 고통(−)의 세계)뿐만 아니라 '제3의 세계'인 '신세계(중도 · 0의 세계)'가 있음을 새삼 발견하게 된다.

중도의 깨달음은 오로지 단맛(+)도 쓴맛(−)도 아닌 중도의 구수하고 담백한 '0'의 '밥맛'으로 붓다 자신의 몸을 통해 구체적으로 체득한 득도이다. 그러나 말로 표현할 수 없는 일자불설一字不說*의 깨달음인 무설선無說禪이다. 왜냐하면 석가모니 부처님의 심층의식(잠재의식)이기 때문이다. 중도는 '0의 행복'이다. 붓다는 '인생의 신세계를 발견한 콜럼버스'이다.

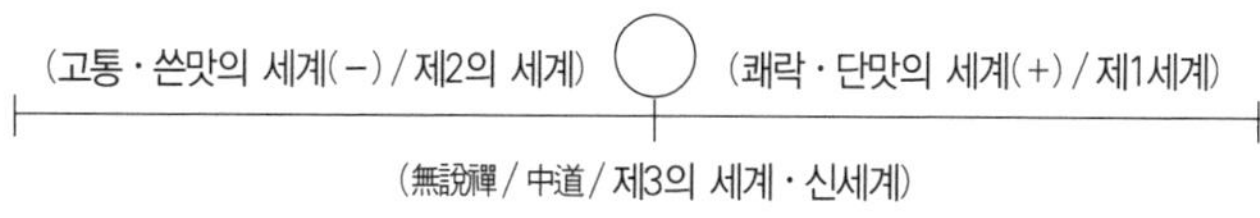

고타마 싯다르타는 한 나라의 태자에서 전 인류를 위한 해탈의 대자유인으로 거듭 태어난다. 붓다의 깨달음은 없던 사실을 발명한 것이 아니라 있던 사실의 '발견'일 뿐이다. 고대 인도인들에게는 '진리 · 실리 · 성애'라는 인생의 3대 요소가 있었다. 붓다는 실리實利에 따라 중도라는 '신세계(0의 행복)'을 인류의 생활철학으로 제시했던 것이다. 우리는 새로운 또 하나의 세계를 차지함으로써 제1, 제2, 제3세계의 풍요로운 삶을 누릴 수 있게 되었다. 사람의 뇌에서 좌뇌 또는 우뇌만 갖고 살 수 없듯이 앞으로 이 지상에서 좌파 또는 우파의 ISM(주의)시대는 사라질 것이다. 단 합리주의인 중도/중용사상과 인간의 원형질原形質인 인도주의만이 영원하리라. 인도 여성들이 두 눈의 가운데 위쪽인 이마에 붙이는 동그란 빨간 연지인 '빈디'. 두 눈으로는 제1세계(+)와 제2세계(−)를 본다면, 사물의 본질을 볼 수 있다는 '제3의 눈 빈디'는 제3의 중도라는 신세계를 보는 눈이 아닐까? 붓다의 깨달음은 상식이다. 그러나 '위대한 상식'이다. 중도中途에서 고행을 중단하였기에 중도中道(0)의 깨달음을 발견하게 된 셈이다.

'좋음(+)의 아님'이 반드시 '나쁨'은 아니다. 그러나 나쁨(−)의 아님은 좋음(+)이다. 붓다의 '중도'는 '좋음/즐거움(+)'과 '나쁨/괴로움(−)'도 아닌 '좋음/즐거움(0)의 행복'이다. 이는 마치 '좋은 사람'과 '나쁜 사람'의 중도인 '보통사람'의 '좋음의 가치'와 같다 하겠다. '보통사람'은 '좋은 사람/착한 사람'으로 요즈음 세상에서 보기 힘들어진 문화재급 인간형이다.

중도란 무슨 뜻인가?

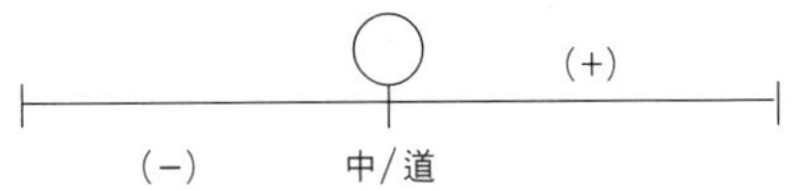

중中은 0이요, 도道 역시 처음 수首+갈 착辶의 '처음으로 가다'로 '0'이다(道＝衜(首＋行)).

이는 짚(실사實辭)+신(실사實辭)과 같이 중도 또한 '中+道'의 두 실사實辭가 중첩된 복합어이다. 결국 석가모니 부처님의 깨달음은 '0의 발견'이다. 득도 하신 후에도 '몸과 마음'이 한결같이 평온한 '선정/웰빙' 상태에 있다. '일빙'의 반대개념인 '웰빙'은 '무사無事의 행복'이다.

붓다의 1차 고행 수도에서의 '해방'은 곧 '해탈'과 통한다. 이때의 '해방'은 '무사의 행복'이었다. 붓다의 중도는 '0의 행복', '무사의 행복'이다. 인간세계(삶)에서 아무런 '나쁜 일/괴로운 일만 없어도 행복할 수 있다'는 행복의 새로운 지평이 열린다. 행복에는 표준행복이 없기에 0의 행복이 가능한 것이다. 0의 행복은 행복의 황금률黃金律(golden rule)이다.

경허鏡虛(1849~1912) 스님도 '무사는 오히려 이루어야 할 일이다無事猶成事.'라 하였다. 일상에서의 인사말 가운데 "별고 없지?"라는 말에서 실제로 내가 무사하면 행복한 줄 알아야 한다. 그러나 우리는 무감각으로 지나치고 만다. 이처럼 '무사'는 우리의 생활 속에 널려있다. 태권도가 입신入神의 경지에 이른 친구에게 싸움을 해본 적이 있느냐는 실례의 농담을 건네 보았다. 뜻밖에도 "싸울 때는 한 대도 맞지 않고 도망가는 것이 상책이야."라고 했다. 무사無事의 무인武人다운 달관이다. 친구의 무도武道 철학은 승패를 떠난 0의 세계에 도달하는 데 있다면서 미국 제자들에게 들려준다는 메시지는 다음과 같다. "The most successful fight is the one you don't have to have(대결 자체로 건강해졌으니 부상 없는 무사가 최선이다)."(저자 의역)

붓다는 단맛(+)도 쓴맛(−)도 아닌 중도(0)의 '밥맛'을 통해 '없는 듯 있는', '없음의 있음'의 깨달음을 구한 것이다. 중도는 중간이라는 말이 아니다.

채소의 '무맛'은 결코 '무無맛'이 아닐뿐더러 '중도'의 맛은 그 범위(+/−)가 넓다(p.48 음식도표 참조). 공기는 흔히 '무색·무미·무취'라고 한다. 그러나 도시에서도 첫 새벽 같은 시간에는 이러한 공기의 정의와는 달리 공기에서 '0의 행복(선미禪味)'을 맛볼 수가 있다.

붓다의 '0의 발견(중도)'은 진공묘유眞空妙有, 색즉시공色卽是空, 공즉시색空卽是色으로 일컬어지고 있다. '없음의 있음'의 교의는 무엇인가? 여기 무지개 빛깔의 찬란한 색칠을 한 둥근 원판이 있다. 정지했을 때는 그 화려한 색감을 느낄 수 있으나 팽이처럼 돌아가면 무채색無彩色으로 보인다. 호흡이 멎으면 몸이 죽고 마음이 멎으면 번뇌가 멎는다고 했던가? 우리는 이 어지러운 현실을 천국이나 극락으로 여기고 살 수도 있다.

'색즉色卽 / 지금 여기 현실세계'가 '시공是空 / 바로 극락세계'이다. '공즉空卽 / 이상세계는 바로', '시색是色 / 지금 여기 속세'이다(色은 현실세계, 쏟은 이상세계를 말함). 석가모니 부처님의 선사상은 일자불설의 '붓다의 마음'으로 추상화처럼 전해질 뿐이다. 붓다의 심층(잠재의식)이기 때문이다.

석가모니 부처님이 깨달음을 이루신 보리수의 학명은 '피나무 (tilia)'다. 붓다 득도의 인연으로 보리수라 출세하게 되었다. 대부분 나뭇잎들의 모양은 길쭉한 타원형이다. 그러나 보리수 잎은 하트형의 원형이다. 둥근 잎을 달고 있는 보리수 아래서 둥근 '0'을 발견한 것 또한 묘한 인연이다. 붓다가 득도하신 12월(음력 12월 8일)은 인도의 가을이다. 1년 중 심신이 가장 평온한 중도의 계절 가을이기에 중도(0)의 발견이 가능했던 것은 아닐까?

왜 붓다의 선사상은 해독불능의 암호 같은 수수께끼로 2천 6백여 년 동안 내려오고 있는가? 이는 붓다의 깨달음인 '0'이 발견된 기원전 525년에는 수학에 '0'이 없었기 때문이다. 이때 잉태된 '0'이 천년 후인 기원후 6세기경에 인도에서 발견된다. 붓다가 자신의 깨달음을 느낄 뿐 표현할 수 없었던 당시의 심경을 헤아릴 만하다. 마치 조선 중엽의 명의였던 허준 선생이 '콜레스테롤'의 개념은 알고 있으나 그 정체를 설명할 수 없었던 것과 같다고나 할까.

토리첼리가 진공眞空의 존재를 설명하기 전에는 무시된 적도 있었다. 하물며 문명 개화시대에서도 아인슈타인의 상대성원리를 그의 생존시에도 이해한 사람이 불과 12명밖에 없었다고 한다. 석가모니 부처님의 '0'을 모체母體로 한 두 번째 0의 요체要諦는 사람을 비롯한 모든 사물은 영원불멸할 수 없다는 제법무아諸法無我(있음의 없음)이다. 실체가 없는 사물이 우연한 인연[연기緣起]으로 잠시 가건물假建物처럼 존재하다가 사라진다는 것이다. 이처럼 석가모니 부처님의 깨달음은 0을 모체로 두 요체의 명제를 낳는다.

이 가운데 중도는 설명 불가의 '심층(잠재의식)'이다. 명백하게 의식되지 않지만 자각된 의식과 같은 행동을 지배하는 의식을 '잠재의식'이라고 한다. 이 잠재의식을 빙산에 비유하면 수면 아래에 잠겨있는 '3분의 2~7분의 6'의 얼음덩어리와 같은 의식으로, 현대 심리학에서도 난해한 의식으로 통한다. 불교의 의식세계는 안·이·비·설·신·의眼·耳·鼻·舌·身·意(六識) 이외에도 잠재의식인 아뢰야식阿賴耶識(八識)과 육식 사이에서 번뇌를 일으키게 하는 말나식末那識(七識)이 있다.

<table>
<tr><td rowspan="7">○의 발견</td><td>①</td><td>• 모든 사물은 영원불멸할 수 없다는 제법무아(諸法無我)
• '있음의 없음'의 세계</td><td>교문
(敎門)</td></tr>
<tr><td rowspan="6">②</td><td>• 두 극단(쾌락·즐거움(+) / 번뇌·고통(−)의 세계를 떠난 '0'의 신세계</td><td rowspan="6">선문
(禪門)</td></tr>
<tr><td>• '중도'의 세계는 붓다의 '심층(잠재의식)'의 세계로 일자불설(一字不說)의 세계</td></tr>
<tr><td>• '중도의 세계', '좋음과 나쁨이 아닌 좋음의 세계이다'</td></tr>
<tr><td>• '색즉시공', '공즉시색', '진공묘유'의 세계</td></tr>
<tr><td>• '없는 듯 있는', '없음의 있음'의 세계</td></tr>
</table>

붓다 깨달음의 중도는 쾌락(+)과 고행(−)의 두 극단을 떠난 올

바른 수행법으로 팔정도八正道를 제시하고 있다. 이는 소승불교의 수행법이다. 다소 잡다한 팔정도에서 앞의 일곱 가지는 여덟 번째의 정정正定 하나를 위하여 들러리를 서 있는 듯하다.

① 인생 고해에 대한 바른 견해 정견正見, ② 남에게 해를 끼치지 않는 바른 생각 정사유正思惟, ③ 거친 말과 쓸데없는 잡담을 삼가는 바른말 정어正語, ④ 문란한 행위를 하지 않는 바른 행위 정업正業, ⑤ 정당한 방법으로 의식주를 구하는 바른 생활 정명正命, ⑥ 선을 지키고 악을 방지하는 바른 노력 정정진正精進, ⑦ 모든 현상을 있는 그대로 통찰하여 바른 마음을 챙기는 정념正念, ⑧ 바른 집중, 마음을 하나의 대상에 집중·통일시킴으로써 마음을 가라앉히는 정정正定.

이처럼 일곱 가지의 정도正道는 정정正定을 위한 예비계율이다. 정정正定이란 다름 아닌 중(0)에 마음을 모으는 일, 집중이다. 즉 정정正定은 선정禪定과 동의어이다.

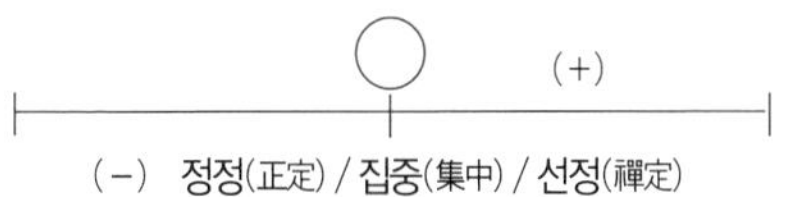

정정은 '마음자리'를 0에 정해놓는 중심中心이기도 하다. 소승의 수행법인 팔정도 중 주개념이 정정正定이라면 대승의 육바라밀六波羅密(보시布施 · 지계持戒 · 인욕忍辱 · 정진精進 · 선정禪定 · 지혜智慧)

가운데 주개념은 지혜와 보시이다. 지혜는 지식이 숙성 단계를 거친 결정結晶이다. 머리에 있는 지식이 입과 목이라는 정거장을 거쳐 지혜가 있는 가슴의 종착역까지 도달하는 데 평생 걸리는 사람, 평생 걸려도 못가는 사람도 있다. 지혜는 지식의 완성으로 삶의 나침반이요 보시는 이타利他의 회향回向이다. 현실에서의 비 본래의 잡다한 마음을 '마음의 고향 / 본래의 마음'에 잡아[집執]놓는 것이 집중執中이다. 따라서 행幸복은 환(둥글 환丸 / 0)과 함께 있을 때이다. 즉 마음자리를 0에 모으는 '집중集中'과 0에 잡아두는 '집중執中'은 쌍둥이 말이다. 행복은 놓치지 않고 잡는 것이다. 우리가 명절에 찾아간 고향에서 행복할 수 있는 것도 그곳에서는 본래의 자기 모습인 진면목을 찾을 수 있기 때문이다. 석가모니 부처님 깨달음의 특징은 6년 수행에서 구체적인 몸의 체험을 통한 체득득도體得得道라는 점이다. 몸으로 깨달은 중도와 선은 추상화처럼 설명할 수 없었던 것이다. 따라서 무설선無說禪은 훗날 장광설長廣舌의 설법으로 끝나 허황된 구두선口頭禪을 낳게 되기도 한다.

석가모니 부처님과 그 이전의 부처님과는 어떤 차이가 있는가?

붓다가 성도하기 전에는 정신이 몸보다 상위개념에 있던 시대였다. 봄을 학대하면 신성神性에 가까워진다고 오해하던 시대이다. 다른 수행자들은 속세에서 하던 고생을, 출가하여 더 심하게 했던 셈이다. 쓴맛만 보는 고행수도는 '고생수도'로 뚜렷한 깨달음의 명제가 없다.

앞의 글에서 이들 과거의 부처를 경량급 챔피언이라면 석가모니 부처님은 헤비급 챔피언이라 하였다. 이는 오늘날의 불가에서도 적용된다고 보고 싶다. 모든 스님이 성철 큰스님이 될 수 없으며 모든 수녀님들이 마더 테레사가 될 수 없기 때문이다. 붓다의 '0의 행복'은 '몸과 마음의 균형(Balance)의 평화'이다. 사람이 먹고 마시는 음식 가운데 발효식품은 어느 것이든 문화적인 식품이다. 김치·청국장, 맥주·와인·꼬냑. 한 예로 맥주는 묘하게도 '0'에서 발효된다. '행복이란 것은 몸과 마음의 화학작용에 의한 즐거움'이다.

붓다의 '0의 행복'은 제1세계의 단맛(+)과 제2세계의 쓴맛(−)을 거친 제3세계의 '성숙된 행복의 맛'이라 하겠다. 그러나 어린이의 세계뿐 아니라 덜 성숙된 사람의 감정 세계는 '좋다 / 싫다'의 이원二元 세계뿐이다. 붓다의 득도에서 '밥맛'이 스승이라면 붓다 자신의 몸은 사원寺院이었다. 붓다의 깨달음은 고행수도의 시기가 있었기에 중도의 세계를 발견할 수 있었다. 결코 고행무익苦行無益이 아니었다. '크게 한 번 죽어보아야 뚜렷하게 사는 법을 배우게 된다[대사일번 대활현저大死一番 大活顯著]'(필자 졸역)는 선시는 모든 중생들이 겪고 있는 고생도 다 뜻이 있다는 희망의 메시지가 담긴 작품이다.

석가모니 부처님은 득도한 보리수 아래에서 21일 동안 더 머물러 있었다. 이는 깨달음의 내용을 점검하는 시간일지 모른다. 마치 대작의 그림을 완성한 화가가 작품 앞에서 도취되어 있는 것과 같다 하겠다. 석가모니 부처님의 성도는 드라마틱하지 않다. 없던 사실을 새로 '발명'한 것이 아니다. 있던 사실을 '발견'했기 때문이다.

'밥맛'을 통한 상식의 발견이었다. 만일 신대륙을 발견한 <콜럼버스>라는 영화가 있다면 선박이 육지에 접근하는 순간 웅장한 음악으로 연출될 것이다. 그러나 '석가모니 부처님'이라는 작품을 만든다면 클라이맥스가 없어 감독의 고민이 클 것만 같다.

고대 인도인들에게는 인생의 3대 요소가 있었다. 그것은 '진리 · 실리 · 성애'이다. 붓다는 이 3대 요소 가운데 실리에 따라 중도라는 '신세계(0의 행복)'를 인류의 보편적 명제인 생활철학으로 제시했던 것이다. 붓다의 깨달음은 '위대한 상식'이다. 붓다가 발견한 '0'이 천 년 후인 기원후 6세기 인도에서 재발견됨으로써 수학에 일대 혁명이 일어나면서 문명의 꽃을 피우게 된다. 석가모니 부처님은 대 수학자이며 중생의 번뇌를 씻어주시니 정신과 의사인 대 의왕大醫王이라 하겠다.

서울 안국동 조계사 경내의 대웅전 지붕 옆면 합각合閣에 ☺와 같은 Symbolmark / 문장紋章이 있다. 불가에서는 불 · 법 · 승의 삼보로만 알고 있으나 나는 그 이상의 무엇이 있을 것만 같았다. ∴는 산스크리트어의 단모음短母音인 옛글자로, '아!'와 같은 감탄사이며, 음音은 '이伊'이며, 특히 고통스러울 때 내는 소리이다. 뜻은 '이것 / 도달하다 / 기도로 얻다'이다. 또한 ∴는 장모음長母音으로 이伊로 음사音寫되며, 뜻은 '부의 여신 / 사랑의 신'이고 진언眞言으로는 삼매三昧이다. 따라서 ‘∴’ 이러한 문장紋章은 ‘伊’라고 발음하는 둥근 점이 세 개가 있다 하여 ‘원이 삼점圓伊三點’이라고 부른다.

이러한 산스크리트어가 신라시대에 들어와 지금까지 불가에서 쓰이고 있다. 인도에서 들어온 외국어가 국어인 외래어로 바뀔 때는 반드시 주체성을 띄게 되는 바 △도 ☺와 같은 형태의 문장紋章으로 변했을 개연성은 충분하다(‘불교적인 지명 인도의 러크나우’에서 외래어의 속성을 이미 밝혔다). 필자는 여기서 ☺이 불·법·승의 뜻 이외에도 ‘이것 / 도달하다 / 기도로 얻다 / 삼매 / 고통스러울 때 내는 소리’라는 불교의 근본적 교의를 가리키는 뜻이 있다는 데 주목하였다. 아울러 ‘점 / ·’은 넓은 의미로는 ‘0’이며 붓다 깨달음의 모체요 핵심은 ‘이것’ 즉 ‘0’이라는 확신을 다시 한 번 깨닫게 된다.

우리나라의 옛문화는 중국에서 들어왔다는 고정관념 때문에 그 밖의 다른 나라로부터의 유입에 대한 인식은 하기 어렵다. 더구나 인도에 대해서는 더욱 그렇다.

우리나라의 문화를 대표하는 자랑거리인 한글창제의 기본이 된 음운音韻이론의 근원이 고대 인도의 음운학에 근거했다는 사실을 아는 국민은 거의 없다. 고대 인도는 음성에 관한 음운학이 일찍이 발달하여 중국에 불교와 함께 음운학이 들어와 한자의 음운에 지대한 영향을 주었다. 이러한 이론이 다시 우리나라에 들어와 15세기 세종대왕은 이를 국어에 적용, 좀 더 발전된 이론의 토대 위에서 한글창제가 가능했던 것이다. 조선의 개국 이념은 유교였으나 현 MB정부에서 청와대에 목사를 모셔다 예배를 보듯이 조선 왕실에서는 백성과 달리 불교를 신봉하여 궁내에서 고승을 모시고 법회를 열었다. 이들 승려 가운데는 산스크리트어에 능통한 스님도 있었는데 세종께서는 이들에게서 한글창제의 결정적인 바탕이 되는 힌트를 얻었을 듯하다. 이들 스님들 가운데 신미信眉와 학열學悅 대사는 산스크리트어뿐 아니라 티베트어에도 능통하였다.

세종께서는 한글창제 이후 맨 처음으로 태조 이성계가 조선왕조를 세워야 했던 당위성을 합리화한 서사시敍事詩 용비어천가를 지으셨다. 그리고 이후 정치와 무관하며 더구나 국시國是에 어긋나는 불경의 저술들은 왜 이루어졌을까? 그 작품들이 유명한 붓다의 공덕을 찬양한 월인천강지곡月印千江之曲과 붓다의 일대기인 석보상절釋譜詳節, 그리고 월인천강지곡과 석보상절을 합본合本, 세종의 의지가 불교적인 숫자 108로 된 어지御旨가 모셔져 있는 월인석보月印釋譜 등이다. 이러한 불경 저술의 대작업은 한글창제를 도와주신 붓다의 은혜에 대한 표현의 발로發露가 아니었을까?

인도는 문화의 선진국이었다. 장기와 체스의 발상지는 인도로, 체스는 서양으로 건너갔고 장기는 중국을 거쳐 우리나라에 들어왔다. 중국을 거치면서 변형되어 장수격將帥格인 큰 짝 초楚한漢 때문에 중국의 놀이문화로 착각을 하고 있다. 그러나 중국에 없는 동물인 코끼리 '象'이라는 이국적인 장기의 짝이 끼어있는 것은 인도가 발상지라는 사실을 입증해주고 있다. 또한 문방사우인 '붓'과 '먹'도 중국이 아닌 인도에서 들어온 외래어이다. 원래 어원은 전거典據가 불확실한 예가 허다하기에 저자가 용기를 내어 관심석으로 풀이해 본다. 불경은 붓다의 말씀을 먹을 갈아서 붓으로 쓴 책이다. 그렇다면 '붓'과 '먹'이라는 말은 '붓다'의 말씀을 '먹'게 해주는 고마운 문방사우가 아닌가?

* 공양(供養) : 절에서 음식을 먹는 일. 스님의 식사.
* 무상정등각(無上正等覺) : 위없는 완전하고 원만한 깨달음. 아뇩다라삼먁삼보리(阿耨多羅三藐三菩提)를 번역한 말. 지혜의 완성이라고도 함.
* 일자불설(一字不說) : 붓다의 깨달음은 말로 표현할 수 없기 때문에 한 마디도 말씀하지 않았다는 뜻.

깨달음의 모티브는 밥맛

과연 '밥맛'이 깨달음의 모티
브가 되었을까?

붓다는 농업국가인 카필라국의 태자이다. 태자로서 당연히 상품
上品의 쌀로 지은 밥을 먹었을 것이다. 그런데 '상품의 쌀만을 좋
아하였다'는 기록으로 보아 '밥맛'을 알고 즐기기도 하였던 것 같
다. 아버지의 이름에 밥 반飯이란 글자가 들어있는 것은 농업국가
의 왕다운 이름이다. 석가모니 부처님 아버지의 형제, 즉 부계父系
의 돌림자인 항렬行列은 밥 반飯이다. 정반淨飯은 산스크리트어인
'숫도다나(Śuddho Dana)'의 번역이다. '숫도(Śuddho)'는 'Pure(순수
한)'이며 '다나(Dana)'는 '쌀'이라는 뜻이다. '순수한 밥맛은 맛의
수명이 길다', '밥맛은 아무리 먹어도 물리지 않는다'는 속뜻을 가
진 말이다. 그러나 명사화 하다 보니 '정반'이 된 듯하다. '순수는
생명이 길다'는 뜻을 살려 본뜻에 충실하려면 '순수반왕純粹飯王'이
옳다. 동양 한의학에서 같은 쌀이라도 '찹쌀'의 성질은 덥고(＋0.7),

보리쌀은 차며(-0.7), 멥쌀은 중도/중용(0)이다. 찬 성질의 음식인 보리밥은 여름철의 별미로 상추나 곰취쌈으로 또는 물에 말아서 즐겨 들기도 한다. 메밀(+0.2)과 수수(+0.2)는 더운 성질의 곡물이다.

농업국가의 왕가다운 이름으로 둘째는 백반白飯, 셋째는 곡반斛*飯, 넷째가 감로반甘露飯(붓다의 시자侍者인 아난존자의 아버지)이다. 이렇듯 붓다는 출가 이전부터 밥과는 불가분의 관계였다. 농경사회에서 밥은 식약일여食藥一如로 식품인 동시에 약이었다. '조강지처와 밥맛은 변하지 않는다'는 속담은 불변의 상징을 나타내는 말이다.

고대 농경사회의 백성들에게 '식'은 '의식주'에서 '의와 주'에 우선하는 필수이다. 단조로운 생활에서 즐길 수 있는 유일한 기호식품으로 농경사회 백성들에게는 절대의 행복이었다. 고대사회 정치통치자의 목표는 오로지 백성들을 굶지 않게 하는 것이었다. 즉 나라의 평화는 백성들의 먹을거리가 입에서 떨어지지 않게만 해 주면 되었다. '벼 화禾＋입 구口＝和'. 백성들의 화평은 나라의 평화였으며 그것은 곧 밥이 가능케 하였던 것이다. '밥이 인삼이다'라고도 하였다. '밥풀' 한 알도 버리지 않았던 우리의 할머니와 어머니들의 검약은 신앙으로, '밥은 하늘'과도 같은 존재였다. 즉 백성들은 먹는 것을 하늘로 여기며 살았던 것이다[민이식위천民以食爲天]. 식생활에서 실제로 인삼을 매일 반찬으로서 먹을 수는 없다. 이 속담은 훗날 "일상의 보통의 것이 최고의 가치"라는 뜻으로 확대되었다. 그러나 '쌀 미米'는 실제로 사방으로 폭발하는 형상의 힘의 상징으로 보이기도 하며, 88세의 장수를 미수米壽라 함은 우연의 일치로 재미있다.

오늘날에도 밥이 주식이고 반찬은 부식의 자리에서 벗어나지 못한다는 것을 얼마 전 국내 관광버스 여행에서 새삼 확인할 수 있었다. 버스 안에서 주는 '스내식'*인 찰밥의 맛이 변변치 않은 반찬을 도와주어 관광객들은 식사에 불평을 하지 않았다. 또한 도착지에서의 대나무통 밥맛은 20여 가지나 되는 반찬들을 압도하여 그 반찬들을 거들떠보지도 않게 하였다. 흔히 밥맛이 좋으면 반찬이 필요 없다고 한다. 밥과 반찬의 주종관계가 좀처럼 깨지지 않을 것만 같다. 오늘날의 고급음식문화 정보사회에서도 밥은 아직도 식도락으로 남아 있으며, 그 가치의 생명은 영원할 것이다.

* 곡(斛) : 곡식을 되는 그릇.
* 스내식 : 비행기에서의 식사가 기내식인 것처럼 버스 내의 식사라는 뜻.

붓다의 스승은 밥

석가모니 부처님은 출가 후 잠시 두 스승을 스치듯 만난 적은 있으나 가르침을 받지는 않았다. 붓다의 스승은 사람이 아닌 '밥맛'이었다. 따라서 붓다는 법통의 상징물로 가사袈裟와 함께 발우鉢盂(바리때, 스님들이 공양 때 쓰는 밥그릇), 즉 의발衣鉢을 전한다. 가사의 전수는 옷을 통하여 스승의 모습을 떠올릴 수 있으므로 수긍이 간다. 그런데 왜 하필 밥그릇인 '발우(바리때)'를 물려 주셨을까?

발우는 산스크리트어 파트라(Pātra)의 음사로 '발鉢'은 발다라鉢多羅의 준말이며 뜻은 식기이다. 우盂는 '그릇'으로 실사實辭 '발鉢과 우盂'의 합성어이다.

붓다의 스승격인 밥을 담았던 발우는 깨달음의 정수精髓가 담긴 기념물이었기 때문이다. 붓다가 깨달으신 도량道場은 붓다가야의 보리수이다. 도량을 산스크리트어로 'Bodhi Manda'라고 한다. 'Bodhi'는 '깨달음의 지혜'이다. 'Manda'는 '공양을 지을 때 보글보글 끓어 오르는 밥물'과 '장엄'이라는 뜻도 있다. 즉 붓다는 달지도(+) 쓰지도(一) 않은 구수한 밥맛(0의 맛)의 지혜를 통해 중도라는 장엄한 깨달음을 득도하셨던 것이다. 붓다 깨달음의 키워드인 '밥맛'에 대해 다시 한번 확신을 갖게 해준다. 이 밖에도 발우는 수행자들에게는 경전으로 통한다. 왜냐하면 집집마다 다니며 음식을 구걸하는 탁발은 선택이 아니라 모든 음식을 차별하지 않고 받아들이는, 살아있는 수행이기 때문이다. 찬밥 더운밥, 반찬이 맛이 있거나 없거나 가리지 않는 탁발은 훌륭한 수행이다. 이러한 무차별심은 불교의 근본 교의로 '어떠한 지금과 여기'도 받아들여 인간의 유한성을 지혜롭게 극복하려는 해법인 것이다. 불교는 연꽃만을 고집하지 않는다. 비로자나불을 모신 대적광전大寂光殿은 잡화雜花로 꾸며져 있다. 이는 무차별심의 상징이다.

밥으로 부처의 일을 행하다[이반식이불사以飯食而佛事]. 밥과 발우는 스님들에게 경전처럼 되었다. 불교의 삼보三寶는 두 가지 비유법을 들어 설명하고 있다. 부처는 스승이요, 법은 마음의 고통을 덜어주니 약이요, 스님은 좋은 친구로다. 또는 부처가 쌀이라면 법은 그 아래 보리요, 스님은 콩이니라. 두 번째 비유에서 감히 부처님을 쌀에 동격同格의 인격체로 견줄 수 있는 것 또한 붓다 깨달음의 동기가 밥에 있었기 때문이리라. 이러한 가사와 발우의 대물림의 전통은 6조 혜능조사(통산 33세 조사. 인도 28조, 중국 6조, 달마대사는 인도의 28조이자 중국에서는 초조初祖로 중복. 따라서 33세가 됨)까지 내려오다 끊어진다. 이는 법통을 이어받지 못한 나머지 많은 제자들에게 위화감을 주어 포교에 지장이 있었을 것이다.

내가 병아리 아나운서 시절 출연자에게 자주 던졌던 "사계절 중 어느 때를 가장 좋아하십니까?"는 참으로 철없는 질문이었다. 인사동에서 어느 스님이 불자에게 차 두 봉지를 건네며 한 차는 우전차雨前茶*인데 다른 하나는 맛이 다소 떨어진다고 하였다. 또한 흔히 두 번째 우린 차가 맛있다고 한다. 이는 정해진 시간 속에서 사는 인생이기에 '모두'를 수용하라는 차를 통한 법문이다. 모든 사물을 우열과 차별심 없이 무위계無位階 / 무등위無等位로 받아들이는 무위진인無位眞人은 불교가 추구하는 궁극의 인간형이다. 무위진인은 서양에서 모든 대상에 주관을 배제하고 객관적으로 직시하는 즉물주의자卽物主義者(thing-itselfist)인 셈이다. 무위진인은 육식六識(眼·耳·鼻·舌·身·意)에 의지하지 않기 때문에 무의진인無依眞人이라고도 한다.

무위진인과 동의어인 대장부大丈夫가 우리나라에서는 씩씩하고 건장한 남자, 일본에서는 '괜찮다(만족하다)'라는 뜻이다. 즉 무위진인은 환경의 조건을 극복할 수 있고 만족능력을 갖춘 인간형으로 확대해석되고 있다.

아마추어(?) 불자인 나는 모든 사물을 있는 그대로 받아들이려고 노력하고 있으나 사람만은 그렇지 못한 편이다.

학창시절부터 인연이 닿아 해인사를 자주 가게 되었다. '깨달음의 도량은 어디인고? 지금 나고 죽는 이 세상이 바로 거기이니라

[원각도량하처   현금생사즉시圓覺道場何處   現今生死卽是]'(필자 졸역).
학생 때는 도무지 낯설기만 하던 장경각藏經閣의 이 글귀를 요즘에
는 짐작은 하게 되었다. 나는 한동안 해인사海印寺라는 절 이름에서
왜 산속의 절에 바다 해海자가 들어가는지 궁금해 한 적이 있다.
좋은 인연으로 일타日陀 스님께서 해인삼매海印三昧라는 작품과 함
께 해답의 글을 독특한 자신의 서체로 써 보내주신 적이 있다.

衆水所歸曰海 중수소귀왈해
諸法總結曰印 제법총결왈인
如海澄清 여해징청
萬象照印 만상조인

모든 물은 흘러 바다로 돌아가고
모든 진리는 믿을 수 있어야 한다.
거세게 출렁이던 바닷물이 깨끗하고 거울처럼 잔잔할 때
모든 사물은 인주 묻은 도서(圖署)*가
화선지에 찍히듯 있는 그대로 비추이도다.

1. 이치가 아닌 듯 하면서 이치가 지극하고(無理之至理)
   그렇지 않은 듯 하면서 크게 그러하다(不然之大然)
2. 지극한 도리는 어렵지 않다(至道無難)
3. 이 세상에서 불교보다 더 쉬운 것은 없다(조계종 전 서암종정)
4. 황벽*선사의 불법은 잡다하지 않다(黃檗佛法無多子)

위의 네 글로 일타 스님의 글에 대한 해설을 대신한다.

어느 해, 방학을 해서 한적한 원광대학교 교정을 거닐었을 때 보았던 글귀가 떠오른다.

'다섯손가락을 모아서 쥐면 하나의 주먹, 주먹을 펴면 손. 만법귀일 일귀하처 萬法歸一 一歸何處. 모든 진리는 결국 한 곳으로 돌아간다네. 그 하나는 또 다시 어디로 가려고 하는가?' 필자가 '일一'을 구태여 마음이라고 군소리를 하는 것은 독자의 근기根機 때문이다.

'물과 마음'의 속성은 닮은 데가 있다. 심교心教인 불교는 물과 밀접한 관계가 있다 하겠다. 물에 비친 달을 내려다보고 있는 수월관세음도水月觀世音圖. 물이 출렁이면 달은 부서진다. 달은 행복, 물은 마음이다. 이는 주로 연못가의 바위에 걸터앉거나 연잎 위에 서서 선재동자善財童子(화엄경에 나오는 구도자. 53선지식을 만나 진리의 세계에 들어감)의 방문을 받고 있는 모습으로 묘사되곤 한다. 관세음보살·관자재보살觀世音菩薩·觀自在菩薩은 현실에서 중생이 갖가지 괴로움을 겪을 때 그의 이름을 부르면 그 음성을 듣고 대비와 지혜로써 자유자재로 괴로움에서 벗어나게 해 준다는 인기 있는 보살이다(觀 : 마음의 눈으로 보다. 見 : 육안으로 보다).

진리 가운데는 믿을 수 없는 진리도 있는지 진리는 믿을 수 있어야 한다는 대목이 재미있다. 일상에서 모든 사물을 있는 그대로 보려면 '마음자리'가 좌표평면에서 '0'에 있어야 한다.

노자老子도 마음을 거울처럼 쓰라고 하였다[용심약경用心若鏡]. 또한 나무의 신록과 녹음의 시절도 꽃 시절 못지않도다[녹음방초승화시綠陰芳草勝花時](필자 졸역).

나무의 두 시절 모두를 즐기라는 뜻이다. 내가 정년 할 무렵 한 친구가 "자네 아나운서로 이름을 꽤 날리더니 이제 해가 서산에 진 셈이 되었군."이라는 농담을 건네기에 "동산에서 달이 떠오르니 달밤도 좋겠지!"라고 답변을 한 적이 있다.

'마음자리'가 '0'의 무심한 경지에 있을 때 이 세상은 미술관과 음악의 전당으로 다가온다. 지상의 행복에는 소유권자가 없다. '이따가'의 일을 모르는 것이 우리네 인생살이다. '지금 여기'를 촛불처럼 완전연소하면서 향유하며 살아야 하지 않겠는가? '인생은 현재완료형'이기 때문이다.

---

* 우전차(雨前茶) : 곡우(穀雨) 전에 딴 일급 차.
* 도서(圖署) : 도장(圖章)과 같은 뜻.
  낙관(落款) : 글씨나 그림에 작가의 이름과 아호를 쓰고 도장 찍는 일.
  도서 / 도장과 낙관을 혼동하는 사람이 많다. 춘원 이광수도 인각(印刻)하는 사람에게 낙관 한 방 새겨달라고 했다는 일화가 있다.
* 황벽(黃檗) : 당나라 승려. 임제의 스승. 이름은 희운(希運)이나 복건성 복주의 황벽산에 출가하여 법명이 되었음. '황벽불법무다자(黃檗佛法無多子)'의 해석을 반대파 또는 무지한 불자들은 '황벽의 불법은 많은 앎이 없다'라고 하였다. 그러나 '황벽의 불법은 잡다하지 않다'가 옳다.

첫 설법을 왜 망설이셨을까?

석가모니 부처님께서 성도하신 후 첫 설법을 망설인다. 붓다의 깨달음은 상식이므로 '법을 가히 설할 것이 없었다[무법가설無法可說].'

깨달음 가운데 ① 모든 사물의 '있음(존재)의 없음'은 설법이 가능하다. 그러나 몸과 마음을 통해 체득한 ② 쓴맛이나 단맛처럼 극단적인 맛이 아닌 구수한 밥맛 같은 중도. 말도 쉽게 하기가 어렵듯 불교의 교의는 밥맛처럼 쉽고 평범하기 때문에 전법傳法이 어려웠던 것이다. 진공묘유眞空妙有, '없음의 있음'은 말로 표현할 수 없는 언어도단言語道斷의 깨달음이기 때문이다. 게다가 사람은 예나 지금이나 인생에 기대가 클 뿐 아니라 허무 같은 주제는 관심을 끌기에 부적절하다. 마치 노자의 심경과 같았을 것이다.

'뛰어난 재질을 지닌 사람은 도를 들으면 힘써 그대로 행하고, 보통 사람은 도를 듣는 척 하면서 안 듣고, 못난 사람은 도를 크게 비웃는다(말도 되지 않는다고 콧방귀를 뀐다는 뜻). 웃지 않으면 족히 도가 될 수 없다[상사문도 근이행지上士聞道 勤而行之 중사문도 약존약망中士聞道 若存若亡 하사문도 대소지下士聞道 大笑之 불소 부족이위도不笑 不足以爲道]'.

붓다의 가르침을 받아들이게 될 사람들은 세 부류로 연꽃에 비유하면, ① 물 위에 떠 있는 꽃, ② 수면 위로 떠올랐다 가라앉았다 하는 꽃, ③ 물속에 잠긴 꽃으로, ①의 경우는 '상식인'이기 때문에 '상식의 깨달음'을 설법할 필요가 없다. ③의 경우는 비웃으며 콧방귀를 뀔 부류이기에 말만 빼앗길 뿐 설법의 필요성을 느끼지 않는다. 다만 ②의 중생들은 가능성이 있을 것 같아 첫 설법[초전법륜初轉法輪]*을 하기로 결심을 굳힌다. 법륜法輪이란 말은 붓다의 말씀이 여러 사람에게 전해지는 것을 바퀴에 비유해서 나왔으리라. 그런데 불교의 상징인 연꽃의 뿌리를 수평으로 자른 연근蓮根의 모양은 우연의 일치로 바퀴 / 법륜(◉)과 흡사하다.

초전법륜에 앞서 득도한 내용을 검증받기 위해 두 스승을 찾았으나 이미 세상을 떠났다. 첫 설법의 대상자는 과거 함께 수행했던 다섯 명의 비구로 정한다. 아무래도 친분이 있는 사람이 나을 것 같아서이다. 깨달음에 대한 확고한 자신감이 없었기 때문에 생면부지의 대상을 피했던 것이다. 그러나 이들의 정확한 거처를 알지 못하던 중 갠지스 강 중류지역에 있다는 소문을 듣는다.

붓다가 성도한 마갈타국 붓다가야에서 일단 출발한다. 이들을 찾아 나선 끝에 갠지스 강의 근처인 바라나시에서 북동쪽으로 7km 떨어진 녹야원에서 이들을 극적으로 만난다. 12일간 200여 km

를 걸어서 간 것이다. 붓다가 입멸入滅*할 때의 나이가 80세. 요즈음 같으면 100세 이상의 장수에 해당된다. 이처럼 붓다의 장수비결은 설법 45년 동안의 보행에 있었던 것 같다. 이 다섯 사람의 비구는 붓다가 고행무익을 선언했을 때 자신을 경멸하고 떠났던 사람들이 아닌가?

첫 설법의 성공여부는 앞으로 수행자로서의 진로와 직결된다고 할 수 있겠다. 사실상 큰 도박(?)이라고 생각했음에 틀림없다.

한 화법話法학자는 3대 성인의 공통점은 절묘한 비유법과 설득력 있는 '입담'이라고 하였다. 붓다의 첫 설법은 사람들을 어떻게 이해, 납득, 설득시키느냐 하는 자신에 대한 첫 테스트였던 것이다. 첫 설법의 주제인 사성제(사제四諦)는 석가모니 부처님 깨달음의 진수眞髓다. 많은 예술가들의 처녀작 또는 초기 작품이 대표작인 것과 같다고 하겠다.

이 사성제(사제)의 정수精髓를 담고 있는 책이 『아함경阿含經』이다. 이 경은 '전해 내려온 가르침'이라는 뜻으로 초기 불교시대에 성립된 수많은 경전들을 통틀어 말한다. 남방불교에서 오로지 『아함경』만을 경전으로 인정하고 있는 데 대하여서는 나도 공감하고 있다. 말하자면 초기경전인 『아함경』만이 붓다 깨달음의 원형原形(Originality)이고 나머지 경전들은 본질과 거리가 있는 희석된 진리로 보고 있다.

성인들의 또 하나의 공통점은 훌륭한 제자를 두었다는 점이다.

붓다의 십대 제자 가운데 네 사람은 많이 알려져 있다. 붓다보다 나이가 많았다고 전해지는 지혜 제일의 사리불舍利弗과 신통력 제일의 목건련目犍連, 법통을 이어받은 두타頭陀*제일의 가섭迦葉, 20여 년 동안 가장 가까이에서 시자로서 임종까지 지켜본 다문多聞 제일의 아난존자阿難尊者 등이다.

지혜 제일의 사리불은 부처님이 바쁘실 때는 설법을 도맡아하는 대강代講전문 제자이다. 붓다의 탄생설화와도 관계있는 코끼리는 중요한 비유법에도 인용, 불교와는 인연이 깊은 동물이다. 특히 호랑이와 싸우지 않고도 동물의 왕이 되었다는 점이 불교답다. 코끼리의 발자국은 동물 가운데 으뜸으로 모든 동물의 발자국이 다 이 안에 들어온다고 하였다. 모든 진리는 사성제(사제) 안에 들어있다[상적유경象跡喩經].

사성제(사제)에서 제諦는 진리라는 뜻으로 괴로움을 소멸시켜 열반에 이르는 성스러운 단언적 진리이다.

I. 고제(苦諦)는 괴로움이라는 진리로 고(苦)에는 팔고(八苦)가 있다.
　　① 이 세상에 태어나는 괴로움[생고(生苦)].
　　② 늙어가는 괴로움[노고(老苦)].
　　③ 병으로 겪는 괴로움[병고(病苦)].
　　④ 죽어야 하는 괴로움[사고(死苦)].
　　⑤ 사랑하는 사람과 헤어져야 하는 괴로움[애별리고(愛別離苦)].
　　⑥ 미워하는 사람과 만나야하거나 살아야 하는 괴로움[원증회고
　　　(怨憎會苦)].

⑦ 구하고자 하나 얻지 못하는 괴로움[구부득고(求不得苦)].
⑧ 색(色)·수(受)·상(想)·행(行)·식(識)의 다섯 가지 감각기
관, 즉 몸에 의한 탐욕과 집착에서 오는 괴로움[오취온고(五
取蘊苦)].

불교는 이처럼 사람의 실생활을 더하지도 덜하지도 않고 있는 그대로 보여주는 이성적이며 구체적인 종교다. 그림으로 말하면 '극사실화極寫實畵'라고 하겠다. 팔고 가운데 특히 원증회고는 현실 생활에서 초연한 체하지 않고 고답적이지 않은 친화성이야말로 불교의 매력이다. 이러한 모든 괴로움은 오취온고 때문이다.

오온五蘊이란 무엇인가? 온蘊은 '모이다', '집합'이란 뜻으로 중생의 다섯 가지 의식작용이다.

① 색온(色蘊) : 대상에 가치나 감정을 부여, 채색(彩色)하는 의식작용.
② 수온(受蘊) : 괴로움과 즐거움을 느끼는 감수작용.
③ 상온(想蘊) : 대상에 이름을 붙여주고 개념을 지어내는 의식작용.
④ 행온(行蘊) : 의욕과 충동을 일으키는 의식작용.
⑤ 식온(識蘊) : 식별하고 판단하는 인식작용.

오온과 같은 개념인 오식五識이란 무엇인가?

안眼·이耳·비鼻·설舌·신身의 기관으로 각각 색色·성聲·향香·미味·촉觸의 대상을 인식하는 안식眼識·이식耳識·비식鼻識·설식舌識·신식身識의 다섯 가지 마음작용이다.

① 안식(眼識) : 시각기관으로 시각대상을 식별하는 마음작용.
② 이식(耳識) : 청각기관으로 청각대상을 식별하는 마음작용.
③ 비식(鼻識) : 후각기관으로 후각대상을 식별하는 마음작용.
④ 설식(舌識) : 미각기관으로 미각대상을 식별하는 마음작용.
⑤ 신식(身識) : 촉각기관으로 촉각대상을 식별하는 마음작용.

이와 같은 오온과 오식의 마음작용에 의해 괴로움이 생기게 되는 것이다.

Ⅱ. 집제(集諦) : 괴로움의 원인이라는 진리. 괴로움이 생기는 원인은 몹시 탐내어 집착하는 갈애(渴愛)*라는 진리. 집(集)은 모았다가 일어난다는 집기(集起), 기인(起因), 원인(原因)이란 뜻이다.
Ⅲ. 멸제(滅諦) : 괴로움의 소멸이라는 진리. 갈애를 남김없이 소멸시키면 괴로움이 사라져 열반에 이르게 된다는 진리.
Ⅳ. 도제(道諦) : 괴로움의 소멸에 이르는 길이라는 진리. 팔정도는 갈애를 소멸시키는 수행법이라는 진리.

이와 같은 사성제(사제)에 대해 불교계와 학계의 정설定說은 고·집·멸·도를 한 흐름으로 보는 것이다. 그러나 나는 고·집·멸을 번뇌의 실체實體와 근본원인을 제시하면서 동시에 괴로움을 없애는 제1단계인 '수행단계'로 보고 있다. 한편 제2단계인 도道는 별도의 생활철학으로 해석하고 있다. 왜냐하면 붓다는 보리수 아래서 8만 4천 번뇌를 떨쳐버린 다음에는 새로운 깨달음을 구하지 않았다고 선언하였기 때문이다. 이는 곧 괴로움이 소멸된 멸제滅諦 자체가 바로 해탈이며 이미 득도 경지에 있음을 뜻한다. 붓다는 녹야원鹿野苑에서 다섯 제자에게 사제四諦를 가르친 초전법륜初轉法輪에서 자신감을 얻으셨다.

이후 마갈타(Magadha)국의 도읍지 왕사성王舍城에서 주로 설하시게 되어 초기설법의 무대가 된다. 이곳은 최초의 절 기원정사祇園精舍가 있는 곳이다. 이전의 이름은 교살라(Kosala)국과 사위성舍衛城이었다. 사위성은 당나라의 승려 현장玄奘이 산스크리트어인 Śrāvasti에 충실하기 위해 실라벌성室羅筏城이라 한 것이다. 실라벌室羅筏은 다시 서라벌徐羅伐과 서벌徐伐로 분화되었고 '서라벌'은 '신라新羅'로 '서벌'은 '서울'로 각각 음운이 변화하였다. 신라와 서울의 유래는 붓다의 초기설법 무대와 인연을 맺고 있다.

* 초전법륜(初轉法輪) : 붓다가 깨달음을 성취한 후 녹야원(鹿野苑)에서 처음으로 다섯 수행자에게 사제(四諦)를 설한 것.
* 입멸(入滅) : 승려의 죽음을 이르는 말.
* 두타(頭陀) : 의식주에 대한 탐욕을 버리고 엄격하게 수행함.
* 갈애(渴愛) : 목이 말라 애타게 물을 찾듯이 탐내고 집착하면서 그칠 줄 모르는 애욕.

쌀의 어원은 보살菩薩,
밥의 어원은 사리舍利

한국문화의 70%가 불교문화라면 일본문화는 80%가 신도神道와 불교문화이다. 우리나라에서 쌀의 어원은 보살菩薩, 일본에서는 격格을 높여 쓸 때, 즉 스시壽司의 밥을 사리舍利라고 한다. 두 나라 모두 불교국가인지라 불교와 관련된 어원이 당연하다고 할 수 있겠으나 곡물의 이미지와는 동떨어져 있어 매우 흥미롭다.

『계림유사鷄林類事』(12세기 초)에 의하면 "白米曰 漢菩薩 粟曰 田菩薩(흰쌀은 하얀 보살 / 한 보살, 좁쌀은 밭에서 나는 보살이다)"이라고 하였다. 계림유사는 송나라 때 백과서이다. 고려 숙종 때 중국의 사신을 따라서 우리나라에 기록관리(서장관書狀官)로 온 손목孫穆이 11~12세기 고려인들이 사용하던 언어를 설명한, 고려시대 언어연구에 귀중한 자료이다. 오늘날 '쌀'의 표기가 'ᄇᆞ술菩薩'이라고 하였다. 즉 우리나라에서는 고려 때부터 조선 중기까지 '보살'로 불리었다. 'ㆍ'의 음가는 'ㅏ'와 'ㅗ'의 중간 발음으로, 오늘날에도 서울지역에서의 '팔(腕)'과 '파리(蠅)'를 경상도 지역에서 '폴'과 '포리'라고 부르고 있다. 보살은 산스크리트어 'bodhi-sattva'의 음을 따온 보리살타菩提薩埵의 준말이다. 'bodhi'는 '깨달음', 'sattva'는 '깨달음을 구하는 중생' / 구도자求道者라는 뜻이다. 기원紀元 전후에 일어난 불교개혁은 소승불교에서 지향했던 이상적인 인간상 아라한阿羅漢에 맞서 평등주의 이념에 따라 새롭게 '보살'이라는 인간상을 내세웠다. 따라서 보살은 출가 전 싯다르타와 동격의 존칭이었다. 하여간 보살은 보편화된 불교왕국 고려인들이 추구했던 이상적인 인간상이었을 것이다.

한편 고려는 농경사회로 "일완지사* 함천지인一碗之食 含天地人(한 사발의 밥은 하늘과 땅과 사람의 합작품일세)", 또 법구경에 "열심히 수행하지 않으면 쌀 한 톨을 먹을 때마다 죄가 일곱 근씩 늘어난다(一米七斤)"라고도 하여 당시 쌀의 존재는 백성들의 최고 가치의 필수품인 동시에 불교인으로서 경건심을 요구하기도 했다. B.C. 6C 석가모니 부처님 깨달음의 스승격이었기에 단순한 곡물로서의 쌀이 아니라 인격체로 의인화擬人化 되어 그 정신이 기원후까지 내려온 것은 아닐까? 불교의 삼보三寶(불佛·법法·승僧)에서 붓다는 '쌀', 법은 '보리', 승은 '콩'으로 비유, 오늘날에도 부처님을 감히 쌀과 동격으로 대접하고 있다.

고대인들의 사유세계는 자연을 인간과 동일시하는 경우가 다반사였다. 가까운 예로 충청도 속리산에 있는 소나무를 '정이품송

正二品松’이라고 한다. 이처럼 고려시대의 농경사회 백성들에게 절대 최고의 필수품인 곡물의 이름을 불자들의 이상이었던 보살과 동위 개념으로 보았던 것은 전혀 무리가 아닌듯하다.

‘흰쌀’은 ‘漢菩薩’이라 부른다고 하였다. ‘ᄇᆞᆯ’의 음운변화 과정을 가정해 본다.

한ᄇᆞᆯ → 한ᄈᆞᆯ(축약) → 합ᄈᆞᆯ → 햅ᄈᆞᆯ → 햅쌀(新米)

‘좁쌀’은 ‘田菩薩’이라고 하였다.

전ᄇᆞᆯ → 접ᄇᆞᆯ(ㄴ탈락) → 접ᄈᆞᆯ → 좁쌀

오늘날 ‘햅쌀, 햇과일’처럼 접두사가 ‘햅’과 ‘햇’ 두 가지로 표기되는 것은 고려시대부터 ‘한ᄇᆞᆯ → 합ᄈᆞᆯ → 햅쌀’처럼 이음절의 초성 ‘ㅄ’이 첫음절의 종성(받침)으로 쓰였기 때문이다.

일본에서는 ‘쌀밥’을 일반명사일 때는 ‘고항御飯 / 메시飯’라고 하지만 격을 높여 부를 때인 스시 집에서는 ‘샤리舍利’라고 한다. ‘사리’는 산스크리트어인 ‘sárira’의 음사로 성자聖者의 유골遺骨이란 뜻이다. 일본에서는 예로부터 왕 다음으로 쌀을 신성시하였다. 『고사기古事記』와 『일본서기日本書紀』에 “쌀은 신의 뱃속에서 자라 나왔다. 옛날 한 왕이 순행하던 날 어느 새벽, 새가 몹시 울어 가 보았더니 갈대 숲에 두루미가 벼 이삭을 물고 있었다. 왕은 그 자리를 신성한 곳으로 여겨 궁전을 지었다”고 하였다. 석가모니 부처님에게 ‘쌀/밥’이 생전에는 득도得道의 스승이었다면 ‘사리’는 80 평생 철저하게 계율을 지키면서 살아오신 수도자로서 사후의 성적표인 결정체이다. 즉 ‘쌀/밥’과 ‘사리’는 동격으로 ‘생전과 사후’ 최고 가치의 기념물이요 표상表象이었다. 여담으로 쌀이 신령시 되었던 우리나라에서는 1950년대까지 쌀알을 소반小盤 위에 던져 홀수와 짝수에 따라 길흉을 보는 점술이 있었다. 흔히 사리는 담석증의 돌로 오해하고 있다. 그러나 사리는 1톤 무게의 물체에도 파괴되지 않는 신비한 결정체인 것이다.

‘쌀/밥’의 어원풀이는 0의 행복의 키워드인 ‘밥맛’과 동시에 ‘쌀/밥’에 대한 어원 자체에도 한층 더 신뢰감과 함께 확신을 갖게 해주었다. 인도에서 우리나라에 들어온 외래어에 ‘붓’과 ‘먹’이 있다. 그러나 B.C. 6세기경 인도땅에서 곡물로 쓰였던 언어가 오늘날 우리나라와 일본에서 같은 뜻으로 환생하여 쓰이고 있는 것은 석가모니 부처님이 또 다른 가피력加被力*을 보여주시는 것만 같다. 아득한 2,600년 전 일상적인 ‘밥맛’에 중도라는 행복이 있음을 발견하고 일깨워주신 붓다! 그러나 21세기 문명사회의 현대인들은 아직도 붓다의 마음을 헤아리지 못한 채 밥을 한낱 에너지원으로 섭취하고 있을 뿐이다.

＊食 : ‘밥’의 뜻일 때 ‘사’로 읽음
＊가피력(加被力) : 붓다가 자비심으로 중생에게 베푸는 힘

석가모니 부처 깨달음(0)의 명제

고(苦) · 집(集) · 멸(滅)

✔ '있음(존재)의 없음'의 없음 / 0

제1단계의 '수행단계'인 '고 · 집 · 멸'에서는 번뇌(괴로움)의 실체
와 해탈에 이르는 길을 밝히고 있다. 인간이 겪는 괴로움은 8가지
로 '주개념'은 '0 / 공空'이다. 모든 괴로움은 욕망에서 비롯된다.
'죽고 싶지 않은 욕망은 가장 큰 욕망'이다.

인간 수명의 한계성은 어느 누구도 죽음만은 피할 수 없게 한
다. 대통령, 장관, 재벌총수, 최고의 건강인이었던 올림픽 금메달리
스트, 인기인, 성직자들……. 그런데 평생 수도(수행)에만 전념하던
덕망 높은 수도인의 죽음은 왠지 서운하고 안타깝다. 성철 스님은
이와 같은 인생의 허무와 자신의 만년심경을 이렇게 노래하고 있다.

千佛萬祖師　천불만조사
紅爐一點雪　홍로일점설
睡罷繞*擧頭　수파재거두
落照掛碧山　낙조괘벽산

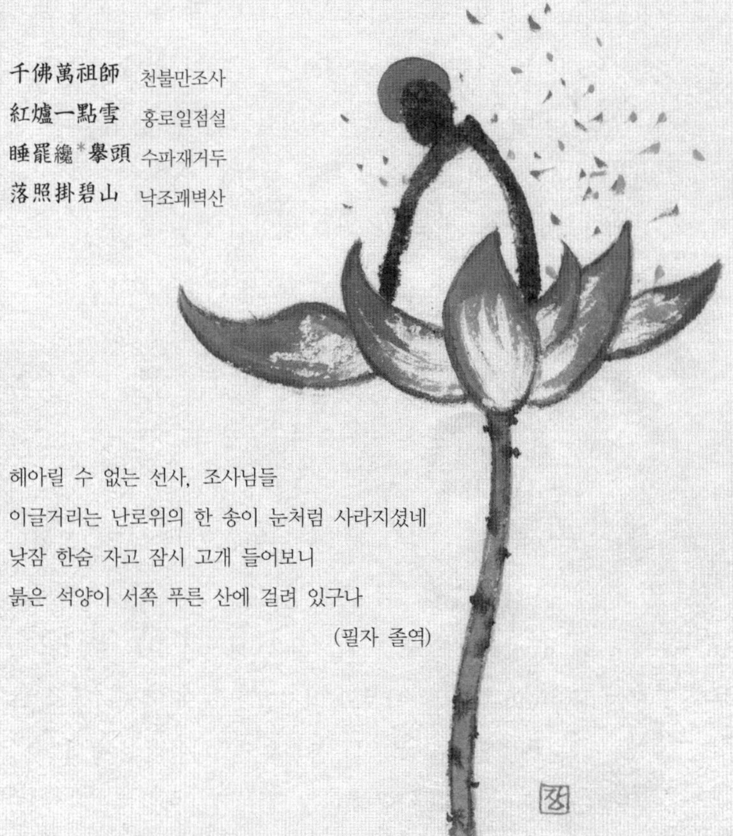

헤아릴 수 없는 선사, 조사님들
이글거리는 난로위의 한 송이 눈처럼 사라지셨네
낮잠 한숨 자고 잠시 고개 들어보니
붉은 석양이 서쪽 푸른 산에 걸려 있구나

(필자 졸역)

　성철性徹 스님의 불교관은 어떠한 것이었을까? 모든 현상은 인연에 따라 일시적으로 나타났다가 사라지는 데 불과할 뿐 생기는 것도 소멸하는 것도 아닌 '불생불멸不生不滅'이었다. 0을 뜻하는 원圓 모양의 단순한 일원상一圓相 휘호를 스님의 전시회에서 본 적이 있다. 위대한 성인은 평소에 무슨 생각을 하며 사실까 궁금할 때가 있다. 어느 해 겨울 큰스님을 찾아뵙게 된 한 문인. 큰 기대를 하며 여쭈었다. "스님, 지금 무슨 생각을 하고 계십니까?" 스님 말씀 "이 방안으로 들어온 따스한 햇볕을 즐기고 있지." 성철 큰스님의 불교의 세계는 "지금 여기"에 있었다. 성철 큰스님 하면 거의 모든 사람들은 "산은 산이요 물은 물이로다"라는 법문을 떠올린다. 사람의 머리에 지식이 들어오기 전에는 "산은 산처럼 물은 물처럼" 보인다. 그러나 도를 조금 닦고 나면 '산은 물처럼 물은 산처럼' 보인다고 한다. 두 번째 단계는 지식의 세계라 하겠다. 그러나 좀 더 정진하면 또 다시 "산은 산처럼 물은 물처럼 보인다"고 한다. 제3의 단계는 지식의 완성인 지혜의 경지라 하겠다. 이리하여 처음 깨달음을 구하려는 마음을 일으키는 '초발심初發心이 곧 부처의 마음이다初發心是便*佛'라는 교의가 나왔으리라. '사람은 누구나 모두 죽는다.' 이는 '당신은 인생을 어떻게 살 것인가?'에 대한 '큰 질문'이다. 사람의 지혜 능력(근기根機)에 따라 '색즉시공色即是空'은 다음과 같이 받아들여진다.

120

색즉시공(色卽是空) : ① 색(色, 있음)의 공(空, 없음)
② 색(色, 현세), 공(空, 이상(理想))

①의 불자는 현세의 허무를 내세인 극락세계에서 찾고 있다. 반면 ②의 불자는 '지금 여기'의 현세에 지구상에 하나밖에 없는 '자기의 이상세계'를 구현하고 있다. 불교는 개성주의 종교이다.

이처럼 고해苦海라는 속세에 대해 하늘과 땅처럼 판이한 해석의 차이를 보이고 있다. 이리하여 불교를 마음의 종교(심교心敎)라고 하는가 보다. 붓다는 성도하기 6년 전 출가 때 이미 가장 힘든 가족과의 혈연의 정을 끊었던 경험 때문에 번뇌의 원천인 집착을 쉽게 소멸시킬 수 있었다. 따라서 40일간의 선정기간 중 전반기인 19일째에 '번뇌를 끊는 것이 곧 해탈'이라고 선언, 득도할 수 있었을 것이다. 모든 괴로움은 오온五蘊과 오식五識, 즉 몸의 다섯 기관이 외부세계와 접촉하면 '마음작용'으로 번뇌가 생긴다.

금강경을 벽력경霹靂經이라고 한다. 번뇌를 번개처럼 단칼에 내려치라는 지혜가 담긴 경經이다. 집착의 대상을 끊는 것은 마치 나무를 베면 밑둥에서 다시 싹이 나오는 것처럼 일시적일 뿐이다. 집착의 주체(주인)인 자신을 내리쳐 무화無化시켜야 한다.

임종을 앞둔 말기 환자가 자신의 생명이 보장되지 않을 때, 비로소 가장 소중한 가족과의 인연을 끊을 수 있는 것과 같다고나 할까. 제1단계인 수행 '고·집·멸'. 괴로움의 소멸(멸제)로 이룬 해탈은 궁극의 이념이 아니다. 본고사를 앞둔 수능시험 같은 것이다. 사람을 비롯한 모든 사물은 실체가 없으며 인연에 의한 결합으로 '가건물'처럼 잠시 존재하다가 사라진다. 제법무아諸法無我의 '0/공空'사상은 아난존자에 의해 교문敎門이 열린다.

도(道) / 팔정도(八正道) / 중도(中道)

✔ '없는 듯 있는 없음의 있음'의 '없음 / 0'

제2단계의 '수행단계'인 도는 여덟 가지의 올바른 길, 팔정도이다. 팔정도의 주개념인 정정正定을 위하여 앞에 일곱 단계가 장식처럼 있는 듯하다.

정정은 '마음자리'가 좌표평면에서 '0'에 머무는 것으로 선정 / 중도는 동의어이다.

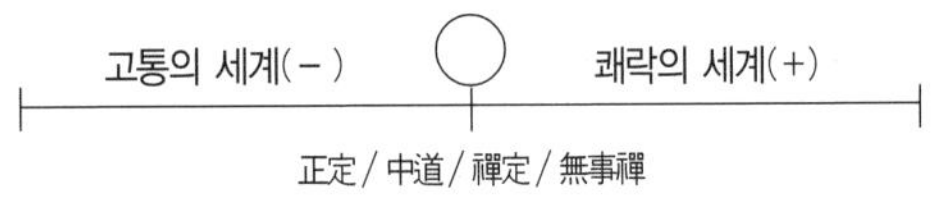

중도는 두 극단의 세계인 쾌락의 세계(＋)와 고통의 세계(－)를 떠난 제3의 세계인 '중도의 세계'로, 곧 고통 없이 살 수 있는 신세계이다. 불교 궁극의 이념은 고통에서 벗어나는 '해탈'에 그치는

122

것이 아니라 이고득락離苦得樂, 세상을 즐기는 데 있다. 마치 누에가 고치 집에서 해탈, 나비가 되어 하늘과 땅, 산과 들의 온갖 풀과 꽃들을 찾아다니는 것과 같다. 진리는 발견의 대상으로 그치지 않고 즐기는 것이다. 진리는 한여름의 부채처럼 실용적이어야 한다. 유한한 인생은 현재진행형이 아니라 '현재완료형'이기 때문이다.

밥맛을 통한 중도/선은 0이 없던 시대이니 표현할 수 없어 무설선無說禪을 낳게 된다. '밥으로써 부처의 일을 행한다[이반식이불사以飯食而佛事]'. 밥은 붓다의 살아있는 경전이요, 발우는 깨달음의 정수精髓를 담았던 식기이다. 밥맛을 통한 득도를 기리기 위해 법통의 상징물로 가섭에게 의발衣鉢을 전수하면서 붓다의 마음을 전하는 선문禪門이 열린다.

---

* 재(纔) : 잠시의 뜻.
* 변(便) : 곧

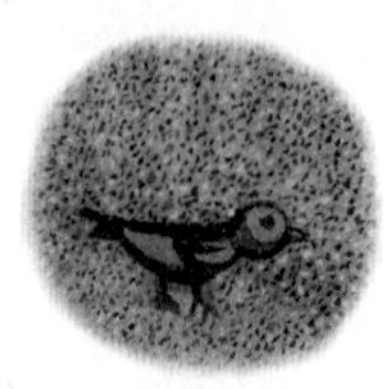

불교의 중도·유교의 중용中庸은
쌍둥이 생활철학

중도가 불교의 생활철학이라면 유교에서는 중용이 실용적인 철학이다. 두 어휘는 유사개념의 동의어이다. 붓다가 '밥맛'을 통해 깨달음을 구했다면 중용에서 공자도 '음식의 맛'을 방편으로 삼고 있다는 점이 흥미롭다. 중용은 공자의 손자 자사子思의 1인작이 아니고 다만 자사는 밑그림을 그린 셈이다. 한 시대, 한 사람의 저술이 아니며 주로 공자의 말씀을 인용, 여러 시대를 거치면서 여러 유가儒家 '무명씨'들 사상의 모자이크로 보는 것이 정설이다. 중용의 풀이에서 '중中'은 '0'이요, 용庸*은 일상에서 만나는 극히 평범하면서平常也, '밥맛', '물맛'처럼 항상 싫증나지 않고 물리지 않는 것을 뜻한다. 여기서 '평상平常'은 '일상日常'의 뜻이 아니라 '평범平凡'과 '항상恒常'으로 풀이해야 한다.

밥맛은 단맛(+)도 쓴맛(−)도 아닌 담백하고 구수한 중도의 맛(0)을 상징하고 있다. '지극히 중요한 것임에도 눈에 띄지 않는 것'이 특징이라 하겠다. 기원전 6세기를 전후한 약 4세기 동안을 인류 정신 혁명의 추축樞軸시대라고 한다. 바로 이 무렵 3대 성인 가운데 두 분인 공자孔子(기원전 551~479), 석가모니 부처님(기원전 560~480)에 이어 예수 그리스도가 탄생한다.

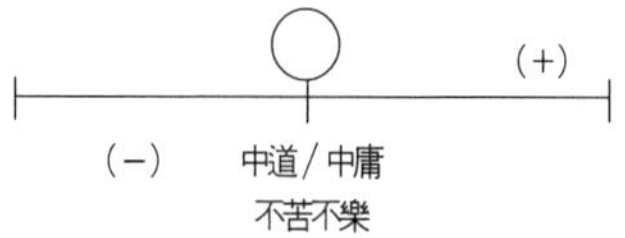

붓다는 공자보다 9년 먼저 태어나 일 년 먼저 세상을 떠났다. 나는 평소 두 분이 요즘 세상 같으면 만날 수 있었을 텐데 하는 아쉬움이 들 때가 있다. 특히 붓다가 자신의 중심사상인 중도를 표현할 수 없다고 하였을 때, 두 분이 묘안을 강구했을지도 모른다. '석가모니 부처·공자 합동 학술대회' 같은 세미나가 열릴 수도 있었을 것이다. 3대 성인의 공통분모는 설법과 설교에서 비유법 구사가 현대화법 학자들의 연구대상이 될 만큼 훌륭하였다. 말하자면 대중을 설득시키는 입담이 능숙했던 것이다.

붓다는 자신의 깨달음 가운데 중도／선은 표현할 수 없는 무설선이기에 제자 가섭에게 이심전심以心傳心으로 전하는 데 그쳤다. 그러나 공자는 붓다의 중도와 동위개념인 중용에 대하여 음식을 키워드로 표현하고 있다. 공자의 고향 노魯나라는 그 당시 주周나라 문화유산이 가장 많이 남아있는 나라였다.

공자의 탄생은 드라마틱하다. 아버지는 노나라 중신 밑에서 군공을 세운 일개 부장에 지나지 않았다. 70세 전후인 아버지 숙량흘叔梁紇과 10대의 무녀巫女였던 어머니 안징재顏徵在 사이에서 야합野合으로 태어났다. 여기서 야합이란 정상적인 절차에 의한 정상 결혼이 아님을 뜻한다. 3살 때 아버지가 작고하여 모자는 갖은 고생을 겪게 된다.

야사野史에 의하면 숙량흘은 본처와의 사이에서 여러 명의 딸과 아들 하나를 두었으나 아들이 총명치 못했다고 한다. 지방 유지급인 아버지 입장에서는 자신의 혈통을 과신(?)했던지 대를 이어 줄 아들이 필요했던 것이다. 숙량흘의 사후, 공자 모자는 우선 큰댁 식구들의 따가운 눈총을 견뎌내기 힘들었을 것이다. 공자는 어릴 때부터 숙명적으로 사색적인 소년기를 보내게 된다. 그러나 불우한 태생과는 달리 문화적으로는 행운을 안고 태어났다고 할 수 있다.

공자는 주나라 문화유산의 복잡하고 정리가 안 된 시·서·예·악을 모두 정리하여 올바르게 잡아 편찬한다. 지금의 국립도서관 사서司書요원 격이었을 것이다. 공자는 주대周代 이전 선현들의 말씀 가운데 자신의 뜻(마음)에 맞는 말만을 골라 능숙한 입담을 섞어 제자 교육용으로 활용한다. 즉 논어에서 '선현들의 말씀을 전했을 뿐, 조금도 더 보태서 한 말이 없다[술이부작述而不作].'라는 겸손한 이 말이 공자 자신의 유일한 말이며 사실일 것이다. 결국 논

어느 명 편집의 저서로 공자가 1차 편집자라면 제자들은 2차 공동 편집자인 셈이다. 나는 붓다와 공자의 이미지를 대조적으로 생각하게 된다.

석가모니 부처님이 늘 미소를 머금은 과묵하고 너그러운 할아버지 상이라면, 공자는 인자하고 자상하되 때로는 잔소리도 하는 할아버지 상으로 떠오른다. 붓다나 예수가 노래하는 모습은 상상하기조차 어렵다. 그러나 3대 성인 중 공자는 유일하게 노래를 좋아해 직접 부르기도 했다. 노래 잘하는 사람에게는 다시 청해 들었다. 그리고 자신도 함께 제창齊唱을 했다고 하니 다정다감한 분이었던 것 같다.

학이불사즉망 사이불학즉태[배우기만 하고 사색이 없는 것은 헛공부요, 사색만 하고 배우지 않는 것 또한 위태로우니라. learning without thought is labor lost, thought without learning is perilious](필자 졸역).

공자는 요샛말로 논술 잘하는 학생처럼 지적균형의 인간을 이상의 인간형으로 삼았던 것 같다. 붓다가 철저한 사색형이었다면 공자는 독서 위주의 사색가였다. 공자는 성자 이전에 음악·미술·음식 등 다양한 문화 분야에 대한 풍부한 감성의 소유자였다. 공자가 제齊나라에 있을 때 순舜임금 시대 관현악인 소韶라는 음악을 들은 적이 있다. 그 아름다운 선율에 감동한 나머지 평소 즐겨 자시던 고기 맛을 잃을 정도였다고 한다.

또한 공자는 진陳나라와 채蔡나라의 중도에서 못된 무리들에게 포위를 당하여 양식이 끊겨 일주일 동안 굶은 적이 있다. 이때 실의에 빠진 제자들을 위해 공자는 가야금을 타고 시를 읊으면서 격려하며 힘을 주었다고 한다. 모든 예술은 인간에게 힘을 주기도 한다.

이야기를 잠시 비약하여 작곡가 바그너가 파리에서 보냈던 젊은 시절을 떠올려 보자. 생활이 궁핍하여 도둑질을 할 수밖에 없었는데, 이때 베토벤의 제9교향악 '합창'을 듣고 아름다움에서 감동의 힘을 얻어 재기할 수 있었다고 한다.

공자는 색채에도 남다른 감각을 지니고 있었다. 색깔로 참다운 사람과 사이비 인간을 비유, 질타하는 글이 있다. '오자지탈주야惡紫之奪朱也, 자색이 주황색의 자리를 빼앗는 것을 미워하노라.'

공자는 원색原色을 순수한 사람, 참다운 사람, 간색間色을 사이비 인간으로 보았다. 요즈음 미술의 상식으로는 빨강에 보라가 섞인 자색紫色이나 빨강에 노랑이 섞인 주색朱色은 모두 간색에 해당된다. 의역을 하면 '악화가 양화를 구축한다'는 명제를 색깔을 통해 문학적으로 표현했던 것이다.

한편 논어의 향당鄕黨편에 공자의 식생활에 대하여 자세하게 기록되어 있다. 이를 간추려 본다.

‘밥은 정갈한 것을 좋아하였으며 회(膾)는 잘게 썬 것을 좋아하고 밥이 쉬어 변한 것과 고기는 뭉크러져 살이 썩은 것은 먹지 아니하며, 빛깔이 나쁘면 먹지 아니하고 냄새가 나쁘면 먹지 아니하며, 알맞게 익지 않으면 먹지 아니하고 바르게 자르지 않은 고기는 먹지 아니하고, 음식에 간과 양념이 맞지 않으면 먹지 아니하며 오직 술은 정량(定量)이 없으나 떠들거나 주정부리며 마시지 않으며[유주무량불급난(惟酒無量不及亂)] 시장에서 사온 술과 포(脯)는 먹지 아니하고 생강은 끼니때마다 먹으며 과식은 삼간다.’

이 글의 요지는 음식은 알맞게 익을 것, 간과 양념이 지나치지 않고 맞을 것, 과식과 과음은 피할 것 등이다. 사례들 자체가 모두 중용이다. 다시 말하면 상식적이다. 요즈음에는 ‘적당適當’의 뜻이 전의轉義되어 엉터리로 변하였지만 ‘중용은 적당’이다. ‘지나친 것은 미치지 못함과 같다(미치지 못하는 것이 더 낫다)’는 과유불급過猶不及은 중용의 절묘한 표현이며 또한 예찬이다. 다만 공자의 식성이 데면데면하게 건성으로 사는 사람에게는 까다로운 성격의 소유자로 여겨질 수도 있을 것이다. 마치 교통법규를 지키지 않는 운전자가 교통순경을 싫어하는 것과 같은 것이다.

다만 주량은 정량이 없는 헤비 드링커(Heavy drinker)였다. 유주무량불급란惟酒無量不及亂. 호주가豪酒家였으나 난잡스럽게 마시지는 않았다. 또 매 끼니마다 생강을 즐겼다는 대목을 보면 식도락가(미식가)였음에 틀림없다. 애주가 가운데 미식가가 많듯이 공자 역시 음식을 하나의 도道로 즐겼던 듯하다. 의식주에서 훌륭한 주택 장만은 돈만 있으면 당대에 가능하다. 그리고 옷을 제대로 멋있게 입으려면 2대가 걸린다고 한다. 그러나 미식가가 되려면 3대나 걸린다고 한다. 음식맛의 분별은 눈에 보이지 않기 때문에 어려운 것이다.

무위자연을 주창한 노자는 식성이 수수하면서 수더분했을 것만 같다. 석가모니 부처님은 태자시절 산해진미 속에서 맛에 훈련된 후천적 미식가였다면, 공자는 태생적인 감성지수(Emotional Quotient)가 뛰어난 선천적 미식가였을 것 같다. 일주일 동안 굶고 있는 제자들에게 음악을 실용적으로 이용하여 격려하면서 힘을 주었듯이 또한 음식의 철학을 키워드로 중용을 풀어준다.

道之不行也 我知之矣　　도지불행야 아지지의
知者過之 愚者不及也　　지자과지 우자불급야
道之不明也 我知之矣　　도지불명야 아지지의
賢者過之 不肖者不及也　현자과지 불초자불급야
人莫不飮食也 鮮*能知味也　인막불음식야 선능지미야

중용의 도가 행하여지지 못하는 이유를 알겠도다
똑똑한 체하는 사람은 지나치고
어리석은 사람은 미치지 못하는구나
도가 밝혀지지 않는 까닭을 알겠도다
아는 체하는 사람은 지나치고 못난 사람은 미치지 못하는구나
사람은 누구나 매일 먹고 마시지만
그 밥맛과 물맛 자체가 중용 / 중용의 맛이라고
짐작하는 사람은 드물도다. (필자 졸역)

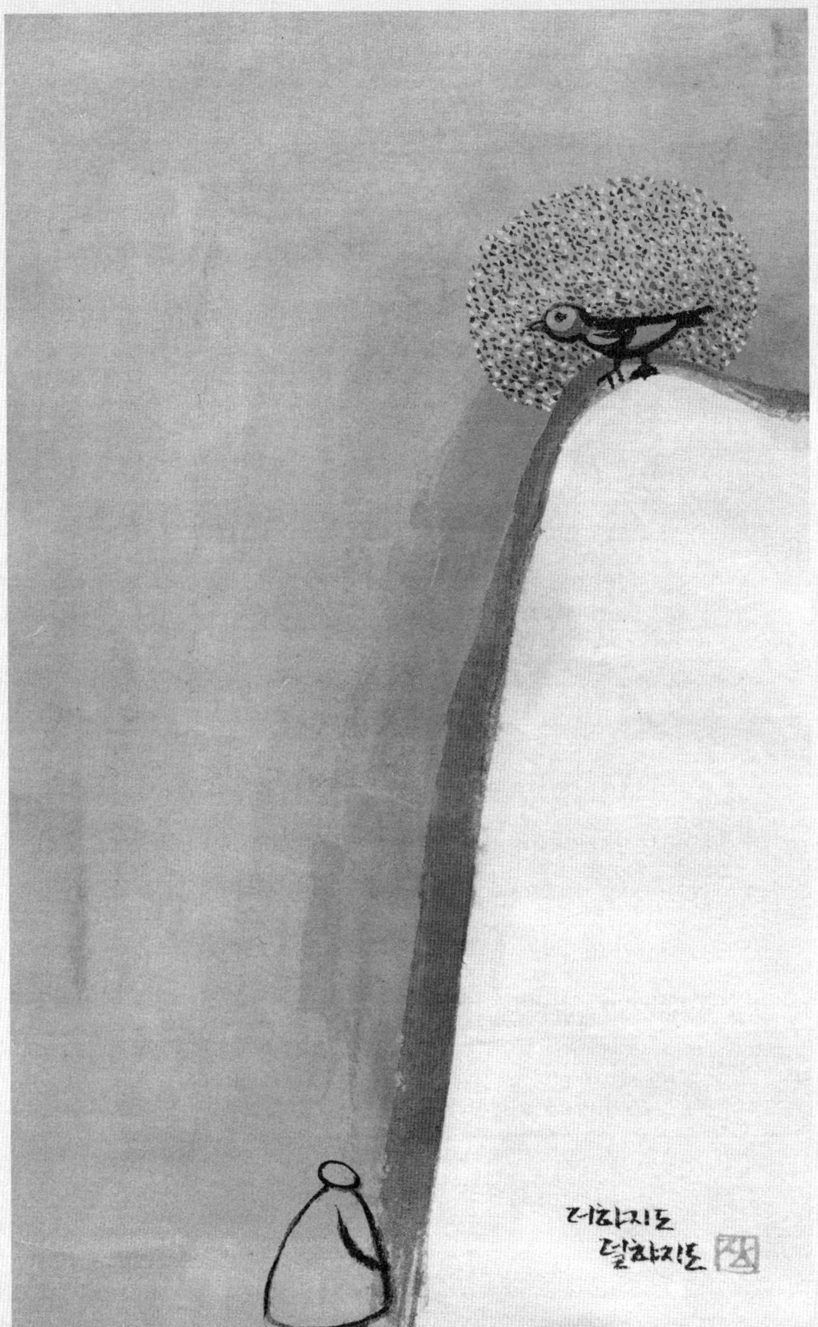
더하지도
덜하지도

앞의 문장 끝부분에서 음식에 관한 글과 불교의 '매일 밥 먹고 차 마시는 일(항다반사恒茶飯事)'은 일맥상통한다. 우리나라 속담에도 '호박 맛을 알 때 인생의 철이 든다.'고 하였다. 호박의 맛은 '0의 맛'에 가까운 '중용·중도의 맛'이다.

세상의 맛에는 단맛(+)과 쓴맛(−)이 있다(p.48 음식도표 참조). 단맛(+)만 좋은 것이 아니라 씀바귀나 고추처럼 맵고 쓴맛(−)도 가치가 있다. 단맛(+)은 직선적인 맛이다. '중용/중도의 맛/0의 맛'은 단맛도 쓴맛도 아닌 담백하고 구수하며 순수한 곡선적인 0의 맛이다. 또한 맛이 물리지 않는다. 순수는 생명이 길기 때문이다. 이러한 일련의 사상은 '범사에 감사하라'는 기독교의 정신과도 닿아있다(천주교에서는 '어떠한 처지에서든지 감사하라', '모든 일에 감사하라'라고 한다. 그러나 내가 번역한다면 '평범한 것에 감사하라'고 하고 싶다).

중용의 비유를 음식으로 한 자체가 중용적이어서 눈에 띄지 않아 우습게보고 지나쳐버려 이 명문名文이 아직도 빛을 못 보고 있다. '수수' 같은 곡식의 '수수한 맛'에서 중용의 맛(인생의 맛)을 발견하기란 쉽지 않다. 수수의 맛은 단맛도 쓴맛도 아닌 담백하고 구수한 중도(0)의 숨어있는 맛이기 때문이나. 또한 대무문 사람늘은 인생에 대한 기대치가 높기 때문이다. 말도 어렵게 하기는 쉬우나 쉽게 하기가 더 어렵듯이 심오한 진리일수록 쉽기 때문에 이해가 어려운 법이다.

‘밥맛’, ‘물맛’, ‘공기 맛’ 같은 ‘없는 듯 있는’ / ‘없음의 있음’, ‘중도 / 중용’은 우리의 눈에 쉽게 띄지 않는다. ‘이 세상에서 가장 귀한 것은 눈에 보이지 않는다’고 하였다. 중용이라는 책을 오페라에 비유한다면 인막불음식야 선능지미야人莫不飮食也 鮮能知味也는 아리아의 절창絶唱이다. 중용의 밥맛과 물맛, 중도의 밥맛과 차 맛, 유가의 중용과 불가의 중도는 인생의 가감 없는 실상實相이요, 막연하나마 붓다와 공자가 그려보았던 ‘상식인의 사회’ 구현을 위한 동위개념의 쌍둥이 생활철학이다.

---

* 용(庸) : 평상야(平常也), 平凡, 日常, 恒常의 뜻으로 밥·물과 같이 평범하고 맛이 물리지 않고 불변하다.
* 선(鮮) : 드물다.

중도와 중용은
중간이 아니다

중용·중도(0)는 중간이라는 개념이 아니며 다분히 플러스(+) 쪽
이며 물에 물탄 듯 술에 술탄 듯 하는 싱거움이 아니라 엄연한 독
자적인 세계를 뜻한다. 중도/선이란 행복은 '중간행복'이 아니다.

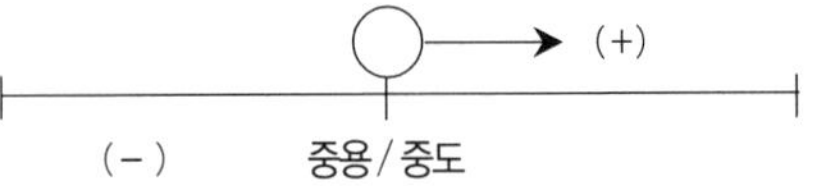

'0'이 숫자상으로는 플러스(+)와 마이너스(−)의 중간이지만 사람
의 '몸'으로는 플러스(+) 영역으로 느껴진다. 대식가의 경우, 밥 3
공기의 중용은 한 공기 반이 아니고 2공기일 수도 있다. 술꾼이
소주 3병의 중용은 2병이다. 가스레인지의 중간 불은 화력의 손잡이
가 한가운데가 아닌 플러스(+)의 강强 쪽이다. 야구에서 10할의 절반
인 5할은 미국 메이저리그에서도 수립하지 못한 꿈의 타율이다.

유도경기에서 ‘절반’은 기술의 ‘유효도’가 50%가 아니라 70~80%이다. ‘보통 사람’은 ‘좋은 사람’과 ‘나쁜 사람’의 중간이 아니라 ‘착한 사람’으로 요즈음 이 시대에 찾아보기 어려운 멸종 위기의 문화재급 인간형이다. 드라마에서 주연과 엑스트라의 역할에 비해 보통쯤 되는 조연은 할머니, 어머니 등 서민층의 역을 두루 맡을 수 있어 생명이 길다. 연필의 육각형(○)은 원형의 아름다움과 책상에서 굴러 떨어지지 않는 실용적인 사각형의 중도이다.

한편 ‘0’은 ‘없음’이 아니라 ‘없는 듯 있는’, ‘없음의 있음’인 엄연한 있음이다. 채소 ‘무맛’은 맛없는 ‘무無맛’이 아닌 것과 같다. ‘없을 무(無)’는 어원적으로 가장 큰 수인 열 십十 자가 수없이 모인 무한無限, 무량無量을 뜻한다. 무나물·무생채·무조림·무국·무즙·무시루떡·무말랭이·깍두기·동치미·무시래기나물 같이 다양하고 오묘한 ‘무맛’을 어찌 한 가지 맛으로 표현할 수 있겠는가? 0의 맛은 무궁무진하다. 또한 무無에는 불교의 자비와 동의어인 어질 인仁도 들어있다(無). 한글에서 이응(ㅇ)이 받침으로 쓰이는 불경, 성경, 공자에서는 엄연한 글자이다. 그러나 ‘아버지, 어머니’처럼 단어의 초성일 때는 무음가無音價이다. 이처럼 우연히 국어에서도 ‘0’을 닮은 이응(ㅇ)이 ‘있는 듯 없는’, ‘소리가 없는 글자’가 되기도 한다. 음식의 섭취(Input)와 배설(Output)이 원활하여 몸속의 노폐물이 ‘0’일 때 건강이 보장된다. 기온 ‘0’도는 ‘영상 0.1도’보다 낮지만 ‘영하 0.1도’를 비롯한 그 아래의 모든 온도보다 높다. 고3

학생의 '0교시' 수업은 자율학습보다 중요한 수업이다. 눈의 시력 '0'은 '-0.7'에 비하면 매우 좋은 눈이다. 건물 0층(인도와 영국에서는 1층을 0층이라 함)의 안정감은 지하층의 답답함과 고층의 불안이 없다. 직사광선 햇볕(+)을 싫어하는 난초는 반음半陰 반양半陽의 그늘(0)을 좋아한다. 덥지도(+) 춥지도(-) 않은 중도의 계절 봄과 가을은 모든 이의 사랑을 받는다. 악몽(-)에서 깬 후 잠자리에서의 안도감(0), 무음주無飮酒 다음날 아침의 상쾌함(0)은 음주 때의 즐거움(+)도 음주 후의 괴로움(-)도 아닌 또 다른 즐거움(0)이다. 음주 / 쾌락(+)의 시간이 길고 도가 지나치면 반드시 고통(-)의 시간이 뒤따른다는 필연의 인과가 음주세계의 교훈이다. 인도에서는 술을 good medicine이라고 한다. 과음하면 독주毒酒, 적량適量을 지키면 약주藥酒인 것이다.

축구 골키퍼의 목표는 '노 골'의 '0 지키기'이다. 야구투수의 꿈은 '방어율 0'이다. 교통과 건설현장의 사고건수 '0'은 최상의 목표이다. 맥주는 0도에서 숙성된다. 낙엽의 바스락거리는 낭만의 소리는 데시벨 0이다. 로켓 발사의 카운트다운 '0'은 완벽한 상태일 때다. 중요한 군사용어인 Ground Zero는 폭탄의 낙하점이다. 21세기 인류를 행복하게 해주는 컴퓨터의 원리는 '0과 1'의 이진법 二進法이다.

위선僞善은 선악의 중도적 선이다. 인간에게는 선을 기대하기 어렵기 때문에 위선은 미덕이 될 수 있다. 맹자의 성선설 때문에 사람들은 인간의 본성이 착하다고 착각을 하는 듯하다. 성선설의 지지자들 때문에 위선은 오랫동안 평가절하 되어 왔다. 사람은 '선악의 씨'를 동시에 갖고 있다. 다만 상대적으로 선의 씨가 크면 착한 사람이라 할 뿐이다. 순자荀子의 성악설의 본질은 인간의 본성은 '악의 씨'가 '선의 씨'보다 크기 때문에 사람은 나쁜 환경에 쉽게 물들어 악한 일을 저지르게 되므로 '작은 선의 씨'를 키우는 후천적인 교육이 필요하다는 설이다. 반면 인간은 이기적인 욕망의 덩어리이기 때문에 '큰 선의 씨'라 할지라도 후천적인 반복습득교육에 의해서만 가능하므로 '선의 씨'를 키우는 교육을 강조한 것이 맹자의 성선설이다. 결국 두 학설은 대동소이大同小異하다. '僞'는 '人＋爲'인 '人爲'로 '선'의 전 단계인 위선은 미완성된 '인위人爲/인공人工'의 '선'이다. 오히려 '프로종교선수' 같은 신자의 진실을 연기하는 선은 악이다. 기원전의 두 학설 이래 수없는 전쟁이 일어난 것을 보면 순자의 성악설이 한층 설득력이 있다. 운전자의 교통규칙준수는 아름다운 위선이요 위선자가 많은 사회가 곧 선진국이다. 일본인의 친절인 '다테마에立前'(본심에서 우러나오지 않는 언행)는 대원칙大原則이란 뜻으로 일본 사회질서의 원동력이다. 다테마에는 아름다운 위선이요 교육의 결정結晶이다. 이처럼 일상생활에서 중용과 중도, 그리고 없음의 있음인 0은 그 폭이 넓을 뿐 아니라 '중간' 아닌 플러스(+) 쪽이다. 인생의 살림살이에서 절대가치의 제3의 신세계인 것이다.

　개인이 물질적으로 잘 산다고 할지라도 문화적 생활도 그만큼 정비례하지는 않는다. 한 국가도 문명과 문화가 반드시 정비례하지 않는다. 짧은 역사의 문명왕국 미국은 문화를 쌓아가는 나라다. 음식의 문화민족인 우리나라가 건강의 척도인 비만도에서 비만국가 미국을 바짝 뒤쫓고 있다. 미국의 영양학자들이 미국의 식생활은 개척시대로 돌아가야 한다는 식생활 혁명을 이미 오래전에 주창한 바 있으나 사회는 냉소적으로 받아들였다.

마음도 '처음마음'이어야 하듯이 모든 사물도 앞으로 나아가는 것만이 발전이며 가치가 있는 것이 아니다. 근래 미국 하버드대학 식당 메뉴에 건강의 상징음식인 두부의 등장은 이제야 비로소 미국도 음식문화에 눈을 뜬다는 증거라 하겠다. 콩국을 만들 콩을 삶을 때 지나치면 메주 냄새, 모자라면 비린내가 난다. 중용일 때 비로소 고소하다.

추운 겨울이 되면 서울에서 즐겨먹던 따끈한 순두부(중도/ 중용(0)의 구수하고 담백한 맛) 맛이 그리워진다는 크리스토퍼 힐(미 국 무차관, 6차 회담 미국 측 수석대표)의 '중용음식'의 상징인 순두부 예찬은 인생과 음식 모두에 철이 든 발언이다.

원圓/0에 만족하는 원만圓滿은 행복이다. 'Happy medium'. 중용의 영역이다. 서양에서도 '보통'을 행복으로 보고 있다. 중용/ 승도(0)는 가치의 수명이 긴 행복이다. 동양과 서양 모두 궁극의 지극한 진리는 일치한다. 하늘의 둥근 해와 달은 지구에 하나일 뿐이다.

유가의 중용과 불가의 중도는 우리네 인생살이에서 '보통의 행복’을 ‘큰 행복’으로 보아야 한다는 가르침이다. 중도와 중용은 중간이 아닌 ‘0의 행복’으로 행복의 황금률이다.

깨달음의 모체는 0,
'있음의 없음(제법무아)·없음의 있음(진공묘유)'

석가모니 부처님 깨달음의 모체는 '0/없음'으로 동위개념의 두 명제를 안고 있다. '없는 듯 있는 듯한', '없음의 있음' 중도는 생활철학이요 '있음의 없음'인 제법무아諸法無我는 인생의 가감 없는 실상이다. '있음의 없음'/제법무아는 삼법인三法印* 중 한 명제이다. 제법무아諸法無我, 제행무상諸行無常, 열반적정涅槃寂靜은 믿을 수 있는 세 가지 진리를 말한다.

식당의 이름 가운데 '진짜 원조집'처럼 진리에도 믿을 수 없는 것이 있는 모양이다. 불교가 지금보다 더 깊이 대중사회에 파고들지 못하는 이유는 바로 난해하고 공허한 용어 때문이다. 위의 용어 중 인印은 인감도장이 연상되어 비교적 이해하기가 쉽다. '삼법인'에서의 '인印'은 믿음으로 해석하면 된다. 모든 불교용어가 우리 국어의 어법과 정서와 관계없는 중국식 용어이므로 어려울 수밖에 없다.

불교 용어는 산스크리트(Sanskrit)*어와 팔리(Pali)*어의 음에 충실한 음사音寫와 뜻에 따라 번역되어 있다. 불교용어의 대표 격인 열반涅槃(산스크리트어 nirvana, 팔리어 nirbana)은 두 언어의 음사이다. 뜻은 불어서 불을 끄듯, 모든 번뇌의 불꽃이 꺼진 심리상태이며, 의미가 확대되어 석가나 승려의 죽음을 말하기도 한다.

열涅은 '개흙', 반槃은 '즐기다', 즉 '속세에서도 즐겁게 살다'의 뜻으로 열반은 원어의 음에 따른 음사의 표기이지만 뜻에도 충실하려는 번역처럼 보이는 금쪽같은 말이다. 이는 마치 '클럽(club)'의 음역(음사)이 '더불어 함께 즐기다'는 '구락부俱樂部'인 것처럼, 뜻이 담긴 것과 같은 것이다. 불교는 연화蓮華*를 연상시킨다. 연못의 진흙 속에서 자라지만 물위에는 맑고 밝은 꽃을 피워 '처염상정處染常淨'으로 일컬어지며 이로 인하여 불교의 상징이 된 연유라 하겠다. 조용한 곳에서 고요한 마음을 갖기는 쉽다. 그러나 혼탁하고 어지러운 속세에서 청정한 마음으로 즐겁게 살기는 어렵다. 불교의 진정한 궁극의 이념은 이고득락離苦得樂으로 번뇌의 소멸로 끝나는 열반 자체는 의미가 없다. 게다가 '죽음'의 뜻이라면 더더욱 무의미하다. 차라리 언제나 변함없는 '반석 위의 행복'이라는 뜻의 '열반悅盤'*이 나을지도 모르겠다.

여래如來는 "진리에 도달한 사람 / 진리에서 온 사람"이란 뜻이지만 나는 "본래와 같은 사람, 즉 본심을 간직한 사람"으로 해석하여 어려운 불교용어를 나의 식으로 스스로 극복해 오고 있다.

중국으로 이민 와서 중국식의 옷으로 갈아입은 불교용어이니 어찔 수 없다고 치부해 두자. 삼법인三法印의 한 명제인 제법무아諸法無我의 법法은 법률, 법칙과 같은 뜻의 법이 아니라 '모든 존재'를 말한다. 즉 인간이 작위적으로 만든 인위적 존재인 유위법有爲法과 사람이 조작한 것이 아닌 '스스로 그러한 존재(자연)'인 무위법無爲法을 함께 아우르고 있다. 또 하나의 명제인 제행무상諸行無常, 여기에서 행行은 '간다', '행한다'는 뜻이 아니라 인간이 작위적으로 만든 인위적인 존재 유위법의 모든 것이다.

우리는 인위적인 모든 존재를 덧없다고 한다. 무아無我는 '내가 없음'이 아니라 실체가 없는 '무실체無實体'이다. 즉 자성自性없이도 모든 존재와 현상이 성립할 수 있다[일체공무자성一切空無自性]. '유위법'과 '무위법'을 아우르고 있는 제법무아는 유위법인 제행무상의 상위개념이다.

삼법인 가운데 제3의 명제인 열반적정涅槃寂靜은 탐욕과 노여움과 어리석음이 소멸된 모든 번뇌의 불꽃이 꺼진 상태다. 열반에도 등급이 있어 '유여有餘열반'과 '무여無餘열반'이 있다. 유여열반은 불완전연소로 타다 남은 잉걸불 같아 장작이 꺼지기는 했으나 숯불은 남아있는 상태이다. 따라서 육체의 욕망과 집착이 남아있어 윤회가 계속된다. '무여열반'이야말로 숯불은 물론 잿불조차 남지 않은 완전연소상태를 말한다.

어느 고찰의 노스님이 흉허물 없는 사이의 같은 스님에게 자기 마음속의 속내를 털어놓는다. "이제 속세의 모든 인연은 다 끊었지만 아직도 색욕은 어쩌지를 못하겠네 그려.”라며 쑥스럽고 열없는 웃음을 띠면서 심경을 토로했다고 한다. 참으로 인간다운 이 말씀은 살아생전 무여열반은 중생의 영원한 숙제임을 일깨워주고 있다.

‘성性’을 초월한 인간은 이 지구상에서 단 한 사람도 없었고 또 앞으로도 없을 것임을 단언케 한다. 성은 인간본능 가운데 으뜸본능으로 인간의 한계점이다. 이미 예기禮記에 ‘음식과 남녀에는 사람의 큰 욕망이 있느니라 [음식남녀인지대욕존언飮食男女人之大欲存焉]’이라고 인간의 본성을 갈파하고 있다. 맹자의 제자 고자告子 역시 ‘먹는 것과 색욕은 인간 제일의 본성[식색성야食色性也]’이라고 하였다. 생식기가 불완전한 사내를 고자鼓子라고 하는데 고자告子가 섹스 운운 하는 것이 재미있다.

무여열반은 사람이 죽어서나 이룰 수 있는 이상세계(?)이다. 삼법인 가운데 실제로 불가능한 열반적정은 마치 장식품처럼 들어있는 공리空理 공론空論이라 하겠다. 나는 이러한 교의敎義를 대할 때마다 보건체조를 상업화한 건강센터가 떠올려진다. 무엇이든 사람의 손에 오래 머무르다 보면 잡다하게 속화俗化되는가 보다. 하다못해 한자도 정자보다 속자의 획수가 많다. 예로 동백冬柏 → 동백冬栢(俗字), 영화映畵 → 영화暎畵(俗字), 후쿠오카福岡 → 후쿠오카福崗(俗字) 등이다. 마음의 실체/본질은 고요함을 좋아하는 메커니즘(작용 원리)이다. 따라서 열반적정涅槃寂靜을 중도/선으로 해석할 때라야 뜻이 있다. 열반은 온갖 번뇌와 욕망의 불꽃이 꺼진 후 마음자리가 '0'에 머문 상태, 즉 '소멸중도消滅中道'에 이른 '멸도滅道'의 경지이다.

과거 불가에서는 스님들의 견성見性(자신이 본래 갖추고 있는 부처의 성품을 꿰뚫어보아 깨닫는 것. 자신 안의 부처를 발견하는 일) 시기가 빨라 20대와 30대에 해탈하는 분이 많았다. 그러나 견성 못지않게 보임保任(깨달음의 상태를 보호하여 온전하게 간직함)이 어렵다고 하였다. 이는 마치 스포츠에서 챔피언의 등극을 지키는 것이 쉽지 않은 것과 같다 하겠다.

흔히 생사해탈이라고 하는데 '생멸生滅해탈 / samsara'이 더 적확的確한 표현이다. 이는 번뇌망상이 생겨났다 없어졌다 하는 일에서 벗어남을 뜻한다. 그러나 과연 절대불변의 해탈이 가능한 것일까?

스님들의 깎은 머리에서 다시 새로운 머리가 나오듯이 탐·진·치도 사라졌다가 다시 생겨나는 것이리라. 다만 세속적 욕망의 씨는 어쩔 수 없이 남아 있는 '중생적 부처', '번뇌적 보리'의 불완전한 해탈이 있는 것은 아닐까?

연수선사延壽禪師(904~975, 흔히 영명永明연수선사라 함. 송나라 승려)는 다음과 같은 사자후獅子吼(크게 부르짖어 열변을 토하는 것)를 토하신다.

"탐·진·치 삼독은 불교에서 자나깨나 노래하는 마음속에서 뿌리째 뽑아 버려야 하는 무명 / 번뇌의 원조이다. 그러나 이를 버리고 없앤 사람 있는가? 바로 이 삼독이 우리들의 삶이며 사람이 가는 길이며 불법佛法이다." 이는 불교 가르침의 절정絶頂으로 팔만대장경과 조사의 어록도 이 경지에서는 빛을 잃을 것이며, 어느 대승경전과 선문어록이 이 도리를 능가하겠는가? 탐·진·치는 인간의 원죄原罪이다. 그리하여 불교의 포살布薩(스님과 불자가 한 곳에 모여 계율의 조목을 독송하면서 잘못을 참회하는 것. 마음의 꽃밭에서 잡초를 뽑는 일)과 천주교의 고해성사告解聖事(죄를 뉘우치고 신부神父에게 고백하여 용서받는 일)가 있게 마련이다. 종파를 초월한 모든 종교인과 세계인이 숭앙했던 마더 테레사 수녀님의 고백 중 뜻밖에도 "예수님을 보려 해도 보이지 않고 들으려 해도 들리지 않는다"며 신의 존재를 깊이 느끼지 못해 평생 남모르는 고뇌 속에 살다 가셨다.

삼법인은 일법인一法印으로 함이 옳을 듯하다. 모든 사람은 반드시 죽는다. 이 세상에 기대와 집착이 큰 사람일수록 실망도 클 것이다. 인생의 깨달음을 얻고도 남을만한 어느 원로 시조시인이 한 선승에게 죽음에 대한 두려움과 인생의 미련을 호소하였다. 선승께서는 뜻은 생각하지 않아도 좋으니 매일 큰소리로 금강경을 독송하라는 처방을 내렸다. 이는 선승의 마음의 집중 메커니즘을 선용한 처방이었다. 얼마간의 세월이 흐른 후 선승은 그 시조시인의 부음을 들게 된다. 문상을 가보니 상청 향불 아래 금강경이 놓여 있었다.

붓다는 보리수 아래서 선정으로 깨달음을 구했다. '마음자리'를 '0'에 모으는 집중이 바로 선정이다.

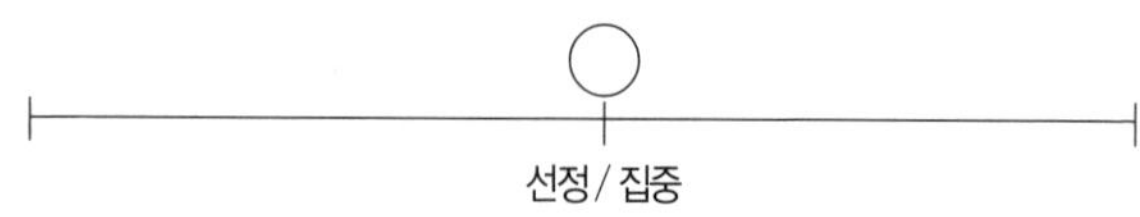

나이가 60이 넘게 되면 수명의 유한성에 대해 느끼기 시작하여 나이에 7자가 붙으면 그것을 절감하게 된다. 어느 친구가 일 년을 4년처럼 풍부하게 살기 위해 분기별로 송년회를 하고 있다고 장수의 묘안을 들려준다. 나는 그에게 즉석에서 한 수 위의 해답을 천기누설 하듯 일러주었다. "한 달을 일 년처럼 살게. 일 년에 한 번 가던 극장, 음악회, 미술관을 매달 가게나. 일 년에 한번 꼴로 읽던 책도 매달 한 권 이상 읽으라."고 하였다. 이처럼 살면 앞으로 10년을 120년이나 사는 셈이라고 하였다. 노후에 아직도 살아남은 욕망의 불씨에서 비롯되는 부질없는 짓거리들이다. 그러나 삶이 커지면 죽음이 작아지고 삶이 작아지면 죽음이 커지는 법이나.

이 세상의 어느 누구라도 반드시 죽는다는 명제는 잔인하게 들린다. 그러나 실상이니 어찌하랴. 이 투명하고도 지적인 허무주의는 인생 최대의 질문인 동시에 답이기도 하다. '유한한 인생을 어

떻게 살 것인가?'에 대한 답은 사람마다 천차만별일 것이다. 우리
는 '이따가의 일'을 모르고 살고 있다. 유한한 인생을 어떻게 살
것이냐에 대한 해답의 공통분모는 '지금 여기'부터 잘 살아야 한
다는 점이다. '바로 지금 여기'가 인생이요, 다시 기약할 수 있는
훗날이 실은 없다[즉시현금 갱무시절卽時現今 更無時節]. 더구나 착
하게 살아온 사람의 행복을 어느 무엇도 보장해 주지 않는다.

'인생은 현재진행형이 아니고 현재완료형이다.' 입멸을 앞둔 최
후의 설법 또한 붓다의 첫 설법과 함께 불교의 진수를 보여주고
있다. 다소 뜻밖일 수도 있는 유언이다. '나를 믿지 말고 나의 가
르침을 믿으며(법등명法燈明), 어느 누구도 믿지 말며 자신을 믿으
라(자등명自燈明).'

불교는 석가모니 부처님을 믿는 우상偶像 종교가 아니다. 그 분
의 가르침을 본받아 붓다를 뛰어넘는 '또 다른 새로운 부처님으로
태어나는 개성주의 종교이다.' 똑같이 생긴 사람이 없듯이 똑같은
생각을 하는 사람도 없다. 붓다의 가르침을 공통분모로 제 각각의
불심을 분자로 하는 종교가 불교의 진면목이다. 따라서 불교는 다
신교이다. 우리는 일상에서 즐거움이 극에 달하면 '죽어도 좋다'고
한다. 완전연소된 현재완료형의 인생을 살았을 때 저절로 나오는
탄성이다.

지금 살고 있는 이 계절을 내년에 살지 않아도 될 만큼 '지금 여
기'를 잘 살아야 한다. 현세에서의 어쩔 수 없는 절반의 패배자(실

패자)를 위한 '인공의 극락'은 필요하다. 현세에서의 업보에 따라 다시 좋은 극락에 태어나는 윤회가 이들에게는 희망의 등대이기 때문이다. 또한 인과응보의 업보에 따른 윤회는 사회질서의 확립과 유지를 위한 필요조건이다. '미래의 세계(극락)'가 없는 불교였다면 신라를 지켜주었던 호국불교는 있을 수 없었다. 꽃다운 목숨을 전장戰場에서 아낌없이 떨구었던 화랑들의 산화散華*가 가능했겠는가?

윤회는 불교의 본질이 아니다. 윤회가 전제되면 '종교'요, 무시하면 '현재주의 생활철학'이 된다. 내일과 내년의 기약 없이 '지금 여기'에 철저하면 윤회는 거부되면서 '지금 여기'가 낙원이 된다. 이러한 불교관은 '속세(현세)色'를 이상세계空로 만든다. 이러한 가르침이 바로 색즉시공이다.

윤회는 인생을 재수再修하는 삶이다. 재수의 삶은 재수[운]가 없어서가 아니다. 자기의 책임이다. 눈과 귀와 영혼을 위한 미술과 음악과 문학이 우리의 삶을 풍요롭게 가꾸어 주고 있다. 근대 중국교육의 선각자였던 채원배蔡元培(1868~1940)는 "사람에게 생활 속에서 아름다움을 가르쳐 인간의 심성을 순화하는 교육을 통해 종교를 대체한다"는 엉뚱하지만 귀 기울일 말한 미육대종교설美育代宗敎說을 주창하였다. 마음은 우리의 몸에서 가슴에 있다고 보았다. 그러나 이제는 머리에 있다는 것이 정설이다. 마음과 영혼을 담고 있는 머리가 몸의 최상단에 자리 잡고 있다. 뿐만 아니라 머리는 0처럼 둥글고 좌표도 0과 같다. 마음을 의마意馬, 심원心猿이라고 말과 원숭이에 비유함은 '수시 이동 속성' 때문이었으리라. 그러나 '마음자리'의 본적 / 고향이 오묘하게도 0의 좌표처럼 양 어깨의 한가운데 머리에 있다.

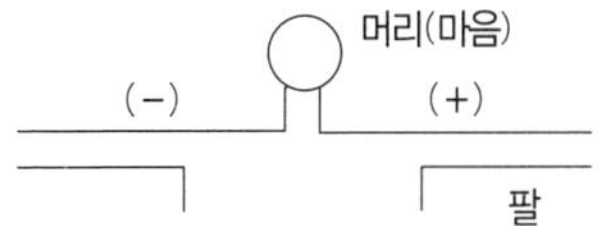

미술과 음악을 담당하는 눈과 귀의 미감기관은 식욕과 성욕을 책임지는 쾌감기관인 코와 입, 성기보다 상위에 배치되었다. 눈·귀·코의 한 가지 기능과 달리 입과 성기는 말하기와 먹기 배설의 기능 외에도 섹스라는 대욕大欲의 임무도 겸하고 있다. 눈과 귀처럼 성기가 둘이었다면 성직자와 도인의 존재는 불가능했으리라! 말하는 입이 하나인 것을 보면 도인과 말수는 관련이 있는 듯하다. 이러한 기관들이 하나만이라도 지금과 같은 자리가 아니라면 어찌되었을까를 생각하면 폭소와 함께 형이상하학에 따른 상하우열上下優劣배치의 신비에 조물주의 존재를 새삼 느끼게 된다. 어떤 음식도 냄새만큼 맛있지 않다. 이는 후각 기관이 미각 기관보다 상위에 있기 때문은 아닐까? 구운 밤과 불고기 굽는 냄새를 미각은 100% 표현하지 못하고 있다. 사람의 오장육부 가운데 왜 심장에 마음 심心이 들어가며 심장과 마음은 무슨 관계가 있는가? 사람은 희로애락에 따라 심장의 박동수에 변화가 생기게 마련이다. 초기경전인 숫타니파타의 "소리에 놀라지 않는 사자처럼"이나 노장老莊의 평상심시도平常心是道처럼 깨달은 성자와 도인은 외부의 어떠한 상황에서도 마음이 흔들리지 않는가 보다. 로마의 베드로 성당 앞 광장에는 142분의 성인석상聖人石像이 있다. 142란 숫자는 어디에서 비롯되었을까? 사람의 1분간 맥박수는 71번으로 2배의 숫자에서 142가 나왔다. 성인의 자격기준을 동서양 모두 마음의 장기인 심장의 정상박동수에서 찾았다는 것은 참으로 재미도 있으려니와 과학적이라 하겠다.

* 印 : 인가(印可)의 준말. 인정할 수 있다, 믿을 수 있다의 뜻.
* 산스크리트(Sanskrit)어 : 기원전 5~4세기 문법학자 파니니(Panini)가 만든 문장어. 대부분 대승경전 원전은 이 언어로 쓰여 있음.
* 팔리(Pali)어 : 중세 인도의 민중어. 팔리는 성전(聖典)을 뜻함. 스리랑카에 전해진 상좌부(上座部)**의 삼장(三藏)***이 동남아시아로 전해지는 과정에서 삼장의 언어를 '성전어 / 팔리어'로 부르게 된데서 비롯되었음.
** 상좌부(上座部) : 붓다가 입멸한 100년 경 보수파와 진보파가 계율문제로 분열. 보수파를 상좌부, 진보파를 대중부라 함.
*** 삼장(三藏) : 부처의 가르침을 기록한 경장(經藏), 계율을 기록한 율장(律藏), 경장·율장을 주석·연구·정리 요약한 논장(論藏)을 말한다.
* 화(華) : 마음의 눈 / 심안으로 보는 꽃. 화(花)는 육안으로 보이는 꽃.
* 반(槃) : 쟁반, 소반, 즐기다.
* 반(盤) : 너럭바위. 槃=盤.
* 산화(散華) ; 꽃다운 모습이 전쟁터에서 주는 것.

붓다의 **입멸 후**
경·율·논을 정리하다

붓다가 입멸하신 후 통곡하는 제자가 있는가 하면 잔소리꾼으로 깎아내려 폭언을 하는 사람도 있었다. 이러한 무리 때문에 가섭은 옳지 않은 법이 정법으로 행세하는 날이 올지도 모른다고 우려했다. 따라서 교법과 계율의 결집 필요성을 느낀다. 이러한 대 작업은 뛰어난 제자가 없으면 불가능한 일이다.

3대 성인 공통점의 하나는 훌륭한 제자를 두었다는 점이다. 의식주의 탐욕 없이 수행에만 전념한다고 하여 두타頭陀제일로 불리며 법통을 전수받은 가섭존자, 지혜제일의 사리불, 붓다의 가르침을 임종 때까지 제일 많이 들은 다문多聞제일의 아난존자. 아난존자는(정반왕淨飯王, 백반왕白飯王, 곡반왕斛飯王, 감로반왕甘露飯王) 붓다의 셋째 삼촌인 감로반왕의 아들로 사촌동생이다. 아난阿難은 산스크리트어 ānanda의 음사이고 뜻은 환희歡喜이다. 붓다가 성도成道하시던 날 아난존자가 출생, 겹경사가 났다 하여 정반왕이 지은 이름이다. 기독교에서 빌려갔음직한 말이다. 아난존자의 형인 제바달다提婆達多는 아난존자와 달리 붓다의 수행에 훼방꾼이었다. 붓다에게 승단을 물려달라는 터무니없는 요청이 거절당하자 5백여 명의 비구를 규합하여 승단을 이탈하였다. 그리고 여러 번 붓다를 살해하려다 실패하기도 했다. 같은 형제라도 두 사람은 정반대의 DNA를 타고 났다.

대사를 앞둔 가섭에게 절망할 일이 생겼다. 그것은 제1결집에 반드시 참여해야 할 아난존자가 500인 성인 대열에 낄 수 없었던 것이다. 시자(비서)로서 붓다의 말씀을 가장 가까이에서 20여 년간 제일 많이 들은 아난존자가 500인 제자 안에 못 들어간다는 것은 불가사이한 일이다. 많이 들어서 아는 지식과 몸으로 터득하는 깨달음은 다른 세계인가? 하는 수 없이 가섭은 일대 용단을 내린다. 가섭은 아난존자에게 단기간의 특별과외(?)를 시켜 극적으로 500인 성자 대열에 합류하게 된다. 제1차 결집이 우여곡절 끝에 왕사성 부근 비파라 산에 있는 칠엽굴에서 이루어진다. 가섭은 의장이 되고 교법에 대해서는 아난존자가, 계율은 노예출신이며 이발사 출신이기도 한 우바리優婆離가 담당, 두 사람이 더블MC를 맡아 진행하게 된다. 우바리는 계율에 엄격하여 시계持戒 제일로 일컬어진다. 두 MC는 기억을 더듬어가며 '나는 이렇게 들었다[여시아문如是我聞]. 어느 때 붓다께서는······.'

이처럼 두 진행자가 번갈아가며 암송으로 선창을 하면 참석한 비구들은 두 사회자들의 기억이 맞는지 확인한다. 잘못이 있으면 고친 후 다시 모두 함께 합송合誦함으로써 석가모니 부처님의 가르침과 계율이 훗날 경장經藏과 율장律藏으로 성립된다. 이러한 대역사代役事에서 아난존자와 우바리의 기억력에 의심을 가질 수 있다. 그러나 문자가 보편화되지 않았던 말은 있으나 문자가 없던 유언무문有言無文 시대에는 문자보다도 뛰어난 암기력을 누구나 가졌다고 한다.

지금도 미얀마에는 대장경을 처음부터 끝까지 외우는 신통력 있는 사람이 있다. 이러한 제1차 결집에 이어서 제2차 결집은 붓다가 입멸한 후 100년경에 7백여 명의 비구들이 바이샬리의 파리가 동산에 모임으로써 이루어진다. 제3차 결집은 기원전 3세기에 아쇼카 왕의 주선으로 아육승가람에 천여 명의 비구들이 모여 경·율·논의 삼장을 정리한다. 제4차 결집은 기원후 2세기경에 건타라 국의 카니슈카 왕의 주선으로 가습마라에 5백여 명의 비구들이 모여 경·율·논을 정리한다.

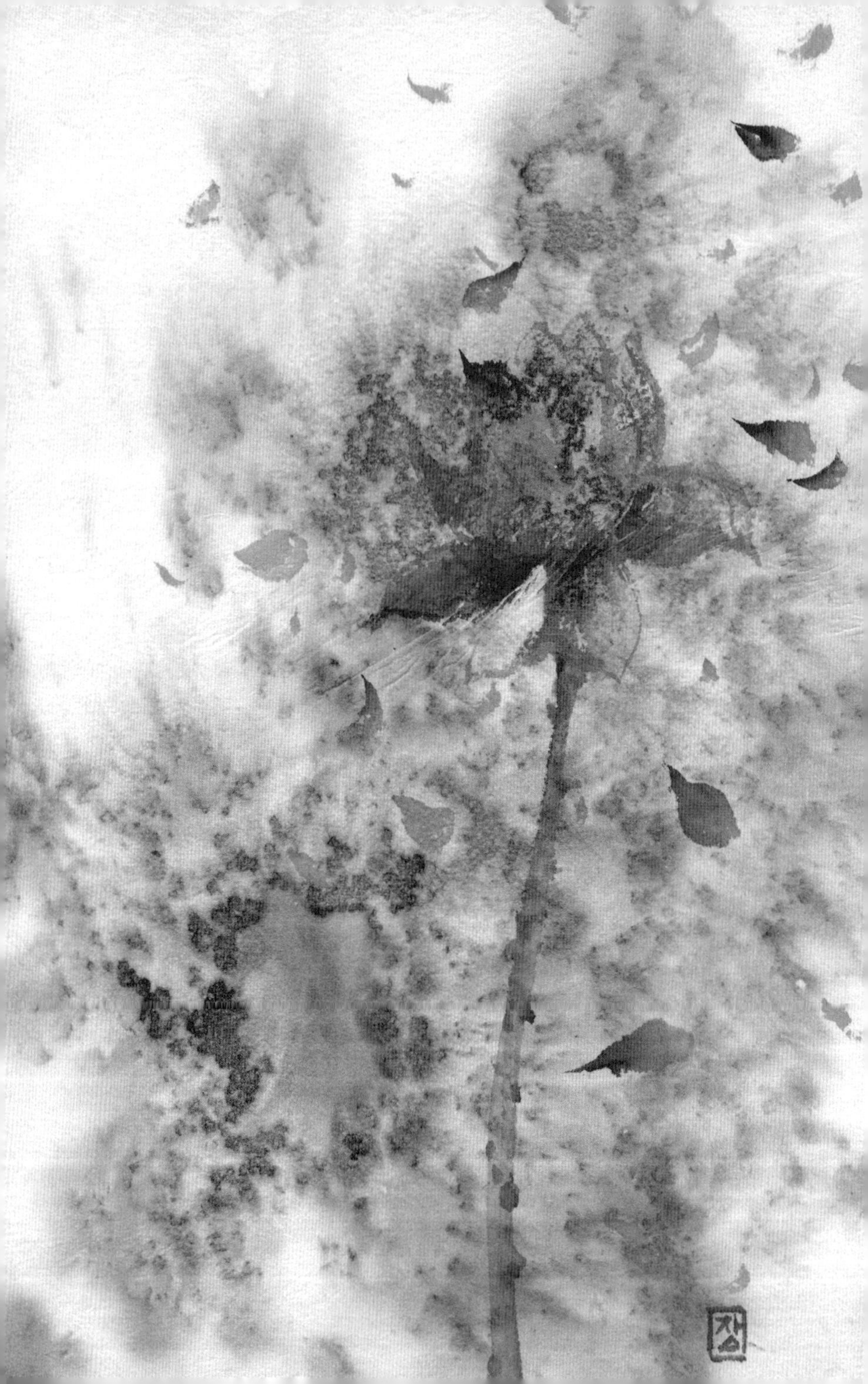

0이 **없던 시절**
붓다는 속마음(심층의식)을
이심전심으로 **전하다**

석가모니 부처님은 깨달음 가운데 말로 표현할 수 없었던 '없음의 있음' / '진공묘유 / 공즉시색' / 중도사상인 자신의 속마음과 교의를 이심전심으로 세 번 전한다. 생전에 의식이 있을 때 두 번, 무의식상태의 의식이 가물가물하는 임종 때 다시 한 번 보여주신다. 그 첫 번째가 '다자탑전 분반좌多子塔前 分半坐'이다. 다자탑 앞에서 설법하실 때 가섭존자가 누더기 옷을 걸치고 뒤늦게 참석하자 수행자들은 그를 못마땅하게 여긴다. 그러나 붓다는 오히려 앉았던 자리를 내주시면서 가섭을 앉게 한다. 제자인 가섭을 스승인 자신과 동격으로 인정하는 것이다. 이는 상하가 없는 평등사상인 대승불교의 보살정신 원형을 보여준 것이다.

대승불교는 기원 전후에 일어난 일대 개혁운동이다. '대승大乘'은 개혁파들이 스스로 일컫는 말이며, 전통적인 보수파들을 낮추어 '소승小乘'이라고 하였다. 대승불교는 자신의 깨달음을 구하면서

남도 구제하는 보살의 수행법이다. '상구보리 하화중생上求菩提 下化
衆生.' 두 번째는 유명한 '영산회상거염화靈山會上擧拈花'이다. 영취산
에서 설법하실 때 허공에서 꽃잎이 흩어져 내려왔다. 붓다는 한 송
이 꽃을 들어 보인다. 수만 대중들은 무슨 영문인지 몰라 어리둥절
하는데 가섭존자만이 빙그레 웃는다. '바른 법, 해탈의 오묘한 마음
을 가섭에게 전한다.'고 선언하신다. 이 장면이 널리 알려진 '염화미
소 이심전심拈花微笑 以心傳心'의 고사이다.

대체 이 같은 연출의 장면을 일반 불자들이 어떻게 이해하고 받
아들일 수 있겠는가? 이러한 유형의 해괴(?)한 일 때문에 사람들은
불교에 거리감을 느끼게 되는 것이다. 이를 나의 얄팍한 불교 소
양으로 풀어보았다. '깨달음을 구한 사람 / 마음자리가 0에 있는 사
람은 이 세상이 온통 꽃 같은 미술관이며 음악의 전당'이 된다. 그
리하여 '행복의 샘'은 무진장 가슴에서 솟아오른다.

나의 건방진 이야기 한 토막

어느 날 전철로 한강을 건널 때 차창의 문 프레임(Frame)이
'Picture window'*로 보인 적이 있다. 우리의 마음자리가 0 / 중도에
머물러 있기만 하면 이 지구라는 낙원에 무진장無盡藏, 지천으로
피어있는 눈에 보이는 꽃花뿐만 아니라 마음의 눈으로 보이는 꽃華
이 보이는 법이다. 내가 병아리 아나운서 시절 법명이 무진장無盡

藏이라는 스님과 대담방송을 한 적이 있다. 철없던 시절 법명이 이상스레 느껴져 방송 내내 웃는 결례를 했다. 얼마 전 인사동에 나갔다가 먼발치에서 참으로 오랜만에 스님을 뵈었으나 손님과 함께 계시어 인사를 못 드렸다.

세 번째 붓다가 보이고 싶었던 자신의 속마음은 사라쌍수하 곽시쌍부紗羅雙樹下 槨示雙趺이다. 석가모니 부처님께서 죽음의 시간이 다가오자 아난존자에게 하명하신다. 쿠시나가라의 사라수 8그루가 둘씩 마주 서있는 사이에 자리를 깔게 하신 다음 옆으로 누워 열반하신다. 이때가 기원전 480년, 80세. 45년이란 긴 세월 설법의 문이 내려진다. 우선 붓다의 몸을 관에 모셨다. 뒤늦게 도착한 가섭존자가 관 주위를 세 번 돌고 세 번 절을 하자 관 속으로부터 두 발을 내밀어 보이셨다.

나는 여기서 붓다의 마지막 두 가지의 메시지를 발견하였다. 석가모니 부처님 자신처럼 깨달은 사람조차도 죽음은 피할 수 없으며 빈 몸으로 간다. 그리고 특히 사라수 두 나무 사이 가운데에 자리를 깔게 하신 것은 꺼져가는 희미한 의식 속에서도 깨달음의 정수精髓인 중도를 나타내 보이고 싶으셨던 것이다.

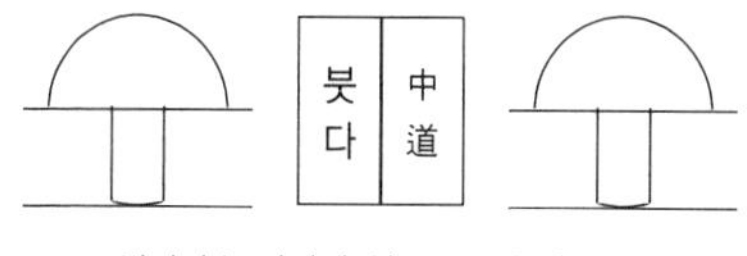

쌍사라수 사이에 옆으로 누우신 붓다

붓다는 45년의 긴 설법의 여정에서 한 번도 선의 참뜻을 명쾌하게 말씀으로 전하지 못하고 입멸하신다. 일찍이 35세에 모든 번뇌를 떨쳐버리고 득도하셨으나 선을 전하시지 못하는 또 다른 고민은 평생 따라다녔을지도 모른다. 베일 속에 감추어진 선은 신비의 대상이 된다. 실용적 생활철학인 선은 까다롭게 전문화되어서 산속 절집 선승들의 전유물로 특허품처럼 변한다. 스승이 제자에게 선을 설명하지 못하여 비정상적인 행태가 나타난 것이다. 이러한 대표적인 상징이 '덕산방德山棒*, 덕산선사의 몽둥이질'이요, '임제할臨濟喝*, 임제의 고함소리'다.

임제선사가 임종할 때의 일화 한 토막

머리맡에 앉아있는 한 제자에게 불법의 교의에 대하여 물으니 대뜸 벽력같은 소리를 질렀다고 한다. 크게 실망한 임제선사가 "내 평생 너를 헛 가르쳤구나."라고 한탄하면서 숨을 거두었다고 한다. 이 에피소드가 실화라면 인과응보의 업보요, 아니라면 '임제할'을 평소에 못마땅하게 여겼던 사람이 꾸며낸 이야기라고 생각된다. 두 선사의 이와 같은 기이한 언행을 미화하는 사람도 있다. 괴짜 짓 하는 사람을 깨달은 사람으로 착각하는 경우도 있기 때문이다. 조주선사처럼 할아버지가 손자에게 다정스레 차근차근 가르치듯 해야지 수도자로서 몽둥이를 휘두르고 고함소리를 내는 것은 마땅한 도리가 아니라 하겠다. 그러나 임제는 붓다 이래 최고의 선승으로 추앙받고 있다. 임제 전에 임제 없고 임제 후에 임제 없다고 한다.

'모든 것은 변한다. 나를 믿지 말고 나의 가르침을 등불로 삼아 법에 의지할 것이며(법등명法燈明/법귀의法歸依), 어느 누구도 믿지 말고 스스로를 등불로 삼아 자기에게 귀의하여라(자등명自燈明/자귀의自歸依)'.

석가모니 부처님의 최후의 가르침이다. 공자 같은 성인도 '나이 70이 되어야 자기가 하고 싶은 대로 해도 법도에 어긋나지 않는다[종심소욕 불유구從心所欲 不踰*矩*].'라고 하였다. '예술에는 젊은 천재가 있으나 인생에는 천재가 없다. 팔구십을 살아도 모르는 게 인생이요, 철들지 못한 채 가는 게 또한 인생이다.' 80평생 오로지 '중도인생'이란 주제 하나만 생각하며 살아온 석가모니 부처님의 최후의 말씀은 큰 믿음으로 다가온다.

---

* Picture window : 붙박이 한 전망창(展望窓).
* 방(棒) : 말로 표현할 수 없는 깨달음의 경지를 선승들이 나타낼 때 주장자로 수행자를 후려 치는 것.
* 할(喝) : 선승들의 표현이 과격한 것은 산 체험을 죽은 문자로 나타내기 때문이다. 수행자를 꾸짖거나 호통칠 때 내는 큰 소리.
* 유(踰) : 넘다.
* 구(矩) : 법도

붓다의 속마음 선,
끝내 설명 불가로 입멸

45년의 설법 여정에서 석가모니 부처님의 설법의 주제는 '허무'와 '무상'으로 일컬어지는 '공 사상'이다. 이 공의 깨달음은 '모든 사물, 존재(있음)의 없음'의 말씀으로 표현이 가능한 깨달음이었다. 그러나 보리수 아래에서의 깨달음은 인생의 실상인 '존재(있음)의 없음'만이 아니었다. 또 하나의 깨달음은 중생의 생활철학으로 제시하고 싶으셨던 '없는 듯 있는 중도 / 선정'이었다.

이 '중도와 선정'은 몸과 마음이 0에 머물 때 느끼는 행복이다. 이 중도의 즐거움·기쁨은 쾌락의 시간과 수명이 짧은 데 비하여 절대의 시간이다. 즉 석가모니 부처님 깨달음의 모체는 0으로 동위 개념의 두 쌍둥이 명제를 낳는다. 붓다의 깨달음은 '0의 발견'이다.

① • 두 극단의 세계(쾌락(태자시절)(+) / 고통(고행수도)(−)을 떠난 제3의 세계인 중도 / 붓다의 심층(잠재의식)
  • '공즉시색(空卽是色)'(극락 / 이상세계(空)가 바로(卽) '여기'(현실 是色이다)
  • '진공묘유(眞空妙有)'
  • '없는 듯 있는 없음의 있음'의 '없음 / 0'(줄이면 없음의 있음)
② • 인간을 비롯한 모든 사물은 영원불멸할 수 없다는 제법무아(諸法無我).
  • '있음의 없음'의 '없음'*(줄이면 있음의 없음)

붓다는 보리수 아래서 득도하신 후에도 '중도 / 없음의 있음'의 깨달음에 대한 설명불가로 일생을 번뇌 아닌 고민 속에서 살다 가셨을 것이다. 오죽 여한이 되셨으면 돌아가시는 순간에도 중도를 나타내 보이시기 위해 쌍사라수 두 나무 사이에 몸을 뉘게 하셨겠는가?

석가모니 부처님 깨달음의 특색은 자신의 몸을 통한 체득 득도이다. 지식은 설명할 수 있으나 몸으로의 느낌은 표현할 수가 없다. 음식의 맛을 설명할 수 있겠는가? 붓다가 깨달으신 때가 기원전 525년, 석가모니 부처님께서 잉태하셨던 0이라는 개념이 꼭 천 년 후 기원후 6세기 인도에서 탄생된다(0의 탄생에서 추가 설명).

0이 탄생된 지 1,600여 년이 지난 지금도 붓다의 깨달음 가운데 주개념 중도 / 선을 0으로 설명하지 못하고 있지 않은가. 수학에 0이 없던 시대, 석가모니 부처님께서 생전에 가지셨을 깨달음에 대한 설명 불가의 고뇌를 짐작하고도 남을 만하다.

흔히 '인생은 무상하다', '허무한 인생'으로 통하는 제행무상은 우리 모두가 정도의 차이는 있지만 저마다 느끼며 살고 있다. '인생이 허무하고 무상하니 어떻게 살 것인가?'라는 큰 질문이기도 하다. 사람의 지혜의 능력[근기根機]에 따라 '극락세계'를 위한 불자와 '지금 여기'를 '이상세계'로 삼는 불자로 나뉘어진다. 전자는 종교이며 후자는 철학이다.

'있음의 없음', '허무 / 무상'만이 불교가 아니다. 오히려 '없음의 있음', '중도'의 세계가 불교의 본질인 것이다. '지금 여기'를 '극락 / 이상세계'로 사는 불자가 참다운 불자이다. 수수께끼 같은 붓다의 또 하나 0의 깨달음은 이들 불자에게 아직도 생활인의 철학임을 보여주지 못하고 있다. 신비에 싸인 붓다의 '0의 발견 / 사상'은 암호처럼 치부된다.

불립문자不立文字*, 교외별전教外別傳*, 언어도단言語道斷*, 무설선無說禪 등으로 표현되면서 붓다의 참 진리 만나기는 어렵다는 불법난망佛法難望은 통념이 되어버린다. 이 0이라는 깨달음의 모체는 유사개념의 다른 낱말로 파생된다. 즉 중도, 선, 공, 무, 염불, 원, 다라니陀羅尼 등으로 변주變奏되었다. 그리고 석가모니 부처님의 깨달음은 가섭존자와 아난존자의 두 채널을 통해 전달되니 이것이 선문禪門과 교문教門이며 후에는 다시 밀교密教와 현교顯教가 된다.

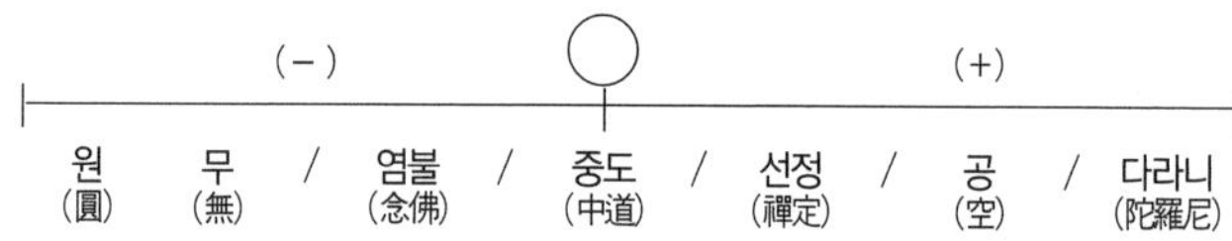

0에서 변주된 이러한 낱말은 다시 파생된다. 즉 공허空虛, 공염불空念佛, 좌선坐禪, 허무虛無, 무상無常, 무아無我, 무념無念, 원각圓覺, 원적圓寂, 원통圓通, 원융圓融, 원만圓滿…….

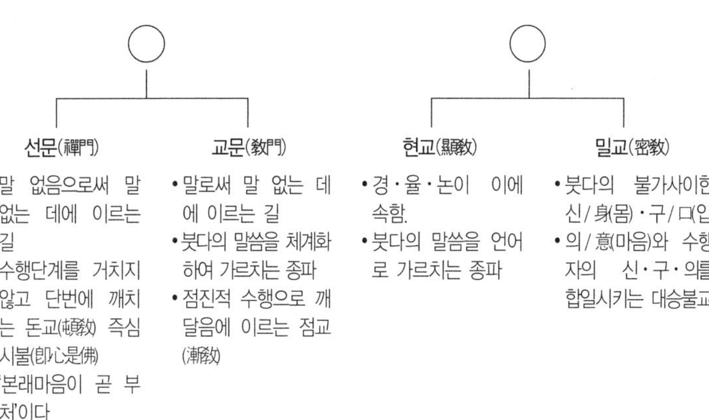

석가모니 부처님의 입멸 후 수많은 조사와 선사들은 수수께끼의 깨달음을 찾아 끊임없는 탐구가 이어진다. 문헌과 경전 그리고 종파와 불상에 나타난 그분들의 발자취를 더듬어 본다.

* '있음의 없음', '없음의 있음'으로 생략하여 쓰고 있음.
* 불립문자(不立文字) : 붓다가 체득한 진리는 문자로 표현되지 않으므로 문자에 집착하지 않는다는 뜻.
* 교외별전(敎外別傳) : 붓다가 체득한 깨달음은 언어나 문자의 가르침으로 전달할 수 없으므로 마음에서 마음으로 전달한다는 뜻.
* 언어도단(言語道斷) : 언어의 길이 끊어짐. 언어로 표현할 수 없음.

최초로 0이 나타나는 문헌 『선가귀감』

『선가귀감禪家龜鑑』은 사명대사의 스승인 서산西山대사의 명저이다. 최초로 0이 나타나는 보배와도 같은 저서이다. 서산대사께서 400여 년 전 제자들의 교육용으로 50여 권의 경론과 조사들의 어록을 추려 모아 엮은 책이다(법정 번역).

이와 같은 『선가귀감』이 우리나라에 있다는 것은 우리 불자들의 더없는 복이다.

내가 고서점에서 우연히 이 책을 구하게 된 것은 오로지 역자譯者가 유명하신 법정 스님이었기 때문이다. 지금 이 글을 쓰고 있는 힘이 되어준 문헌의 하나이다. 법정 스님께서 출가하신 후의 첫 저술로 보이는 이 책에 나는 특별한 애정을 지니고 있다. 내가 이 책을 통독하고 난 후에는 왕성하던 식욕도 떨어졌었다. 구리를 캐던 광부가 금을 발견한 횡재요, 기쁨이었다고나 할까.

有一物 於此 유일물 어차
從本以來 昭昭靈靈 종본이래 소소영영
不曾生 不曾滅 부증생 부증멸
名不得 狀不得 명부득 상부득

여기 한 물건이 있는데
본래부터 한없이 맑고 신령스러워
일찍 나지도 죽지도 않았다.
이름 지을 길 없고 모양 그릴 수도 없도다.

이러한 원문에 서산대사는 알기 쉽게 보충설명 하시기를

一物者 何物 일물자 하물	한 물건이란 무엇인가?
'0' 古人頌韻 '0' 고인송운	'0' 옛 어른은 이렇게 읊었다.
古佛未生前 고불미생전	옛 부처님이 나시기 전에
凝然一相圓 응연일상원	의젓한 둥그러미
釋迦猶未會 석가유미회	석가가 몰랐거니
迦葉豈能傳 가섭기능전	어찌 가섭이 전하랴.

이어서 육조혜능선사六祖慧能禪師께서 당신이 법통을 이을 제자와 대중들에게 테스트하는 글이 이어진다.

此一物之所以 不曾生 不曾滅 차일물지소이 부증생 부증감
名不得 狀不得也 명부득 상부득야

이것이 한 물건의 나지도 죽지도 않으며
이름 지을 길 없고 모양 그릴 수도 없는 까닭이다.

六祖告衆云 육조고중운
吾有一物 오유일물
無名無字 무명무자
諸人還識否 제인환식부

육조스님이 대중에게 물었다
나에게 한 물건이 있는데
이름도 없고 모양도 없다
너희들은 알겠느냐?

神會禪師 卽出曰 신회선사 즉출왈
諸佛之本源 제불지본원
神會之佛性 신회지불성
此所以爲 六祖之庶子也 차소이위 육조지서자야

신회선사가 곧 대답하기를
모든 부처님의 근본이요
신회의 부처성품입니다 하였으니
이것이 육조의 서자가 된 연유이다.

懷讓禪師 自嵩山來 회양선사 자숭산래
六祖問曰 什麽物 伊麽來 육조문왈 집마물 이마래
師罔措至八年 方自肯曰 사망조지팔년 방자긍왈
說似一物卽不中 설사일물즉부중
此所以爲 六祖之嫡子也 차소이위 육조지적자야

회양(懷讓)선사 숭산(嵩山)으로부터 와서 뵙자
육조스님 묻기를
'무슨 물건이 이렇게 왔는고?'할 때
회양은 어쩔 줄 모르고 쩔쩔매다가
8년 만에 깨치고 나서 말하기를
"가령 한 물건이라고 하여도 맞지 않습니다"라고 하였으니
이것이 육조의 맏아들이 된 연유이다.

서산대사께서는 운문체로 이렇게 노래하고 있다.

三教聖人 從此句出 삼교성인 종차구출
誰是擧者 惜取尾毛 수시거자 석취미모

삼교의 성인들 모두 이 말에서 나왔네
뉘라서 말할 것인가 눈썹이 빠질라!

이 『선가귀감』의 특색은 하이라이트가 앞부분에 있다는 점이다.
즉시성卽時性 종교인 불교다워 또 한번 이 책에 반하게 된다. 붓
뚜껑처럼 보여 지나쳐버렸던 동그라미(0)를 다시 발견했을 때의 그
희열을 어찌 표현할 수 있었겠는가. 이 법열의 힘이 이 책의 집필
에 또 하나의 원동력이 되었다. 『선가귀감』의 역자이신 법정 스님
께서는 좀 더 뜻을 선명하게 드러내기 위하여 쉽게 풀이하고 있다.
'0', 이것을 일원상一圓相이라고 하는데 삼조 승찬대사僧璨大師(?~
606)의 『신심명信心銘』에 '허공같이 두렷*하여 모자랄 것도 남을

것도 없다[원동태허 무결무여圓同太虛　無缺無餘]’라고 한 말이 있다. 마음이라 성품이라 진리라 혹은 도라 하여 억지로 이름을 붙였으나 어떤 이름으로도 맞지 않고 무슨 방법으로도 그 참 모양을 바로 그려 말할 수 없는 것이다. 그것이 무한한 공간에 가득 차서 안과 밖이 없으며 무궁한 시간에 사뭇 뻗혀 고금과 시공이 없다.

또한 크다·작다, 많다·적다, 높다·낮다 시비할 수 없으며 거짓이라·참이라, 망령되다·거룩하다 하는 온갖 차별을 붙일 길이 없으므로 어쩔 수 없이 한 둥그러미로써 나타낸 것이다. 이것을 좀 더 자세하게 설명하기 위해 혜충국사慧忠國師*(?~775, 육조혜능의 제자)는 97가지 그림으로써 가르쳐 보이기도 했다. 그러나 아무리 애써 보아도 그 전체를 바로 가르치는 것은 도저히 불가능했기 때문에 이것을 가르치려고 한다면 ‘입을 열기 전에 벌써 그르쳤다[미개구착未開口錯]’고 하였다. 또한 ‘알거나 알지 못한 데에 있지 않다[도불속지부지道不屬知不知].’라고 하는 것이다.

깨쳐서 부처가 된다고 하지만 깨친 바가 있다면 부처가 될 수 없다. 그러므로 ‘석가여래도 몰랐고 모든 조사*들도 그 법을 전하거나 받지 못한다’고 한 것이다. 이것이 아는 것이나 알지 못하는 것에서 다 뛰어나는 뜻이다.

불교의 구경究竟 목적은 부처님을 믿으라는 것이 아니다. 누구나 다 부처가 되고 그 부처에서까지 뛰어나야 한다. 그러므로 ‘이 일원상一圓相의 이치를 분명히 알면 팔만대장경이나 모든 성인이 무슨 소용이 있겠는가[직거본분 불조 무공능直擧本分 佛祖 無功能]'라는 글에 대하여 법정께서 역주하시기를 '부처다 중생이다 하는 것은 꿈속에서나 하는 말이다. 누구나 본바탕은 본래부터 그대로 부처이다. 그러므로 근본 깨달음本覺이라 하는데 일원상은 이것을 나타낸 것이다. 또한 서산대사의 '본분을 바로 들어 보일 때'는 부처님이나 조사도 아무 소용없는 것을 말한다.'라고 하셨다.

수학의 세계에 1~9까지의 숫자만 있고 0이 편입되기 이전 여러 선사*와 조사들의 '표현불능' 고민이 오죽했겠는가. 석가모니 부처님의 깨달음인 '0'이 성도(기원전 525년, 6세기)하신지 천년 후인 기원후 6세기 인도에서 숫자 '0'이 발견된다. 기원후 7세기에 입적한 삼조 승찬대사* 시대의 문헌에 기호 동그라미(0)의 출현은 '최초' 또는 적어도 '초기'의 기록임에 틀림없다.

0의 발상지 인도에서 불과 백년 사이에 중국으로 건너가 전파되었다는 사실은 신기한 일이다. 이러한 0의 '동그라미' 형태에 석가모니 부처님의 참 깨달음이 있다는 심증心證이 당시 몇몇 선사들의 믿음이었던 것 같다.

선문禪門에서는 종사宗師*들이 종종 제자들을 인도하는 법을 내릴 때 주장자拄杖子*막대기나 털이개(먼지털이) 또는 손가락으로 허공이나 땅에 일원상을 그리기도 하였다. 어쩌면 우리나라 원불교의 법신불法身佛인 일원상은 소태산小太山 박중빈朴重彬 대종사께서 이러한 선사들의 표색表色(몸으로 나타내는 형상)에서 힌트를 얻어 창안한 것일지도 모른다. 위의 글 가운데 0에 유불선의 동양 사상이 모두 집약되었다는 선언은 동양사상 대통합의 새벽을 여는 대발견이다.

* 두렷 : 엉클어지거나 흐리지 않고 아주 분명함.
* 국사(國師) : 신라·고려·조선시대 백성의 정신적 지도자로 임명된 승려의 가장 높은 지위.
* 조사(祖師) : 한 종(宗)이나 파(派)를 처음 세운 승려.
* 선사(禪師) : 오랜 기간 참선만 닦은 수행승에 대한 존칭.
* 대사(大師) : 덕이 높은 승려에 대한 존칭.
* 종사(宗師) : 한 종(宗)을 처음 세운 승려 도는 그 가르침을 계승하여 전한 승려.
* 주장자(拄杖子) : 수행승들이 지니고 있는 지팡이.

선/0은 암호 같은 수수께끼

내가 이 『선가귀감』에서 넋을 잃고 매료되었던 두 글을 다시 음미해본다.

一物者 何物 일물자 하물	한 물건이란 무엇인가?
'0' 古人頌韻 '0' 고인송운	'0' 옛 어른은 이렇게 읊었다.
古佛未生前 고불미생전	옛 부처님이 나시기 전에
凝然一相圓 응연일상원	의젓한 둥그러미
釋迦猶未會 석가유미회	석가가 몰랐거니
迦葉豈能傳 가섭개능전	어찌 가섭이 전하랴.

나는 위의 글에 혹시 새로운 뜻이 더 있을지도 모른다는 생각을 하게 되었다. 재야 한학자인 추전秋田 김화수金禾洙 선생께 해석을 의뢰하였다. 중풍으로 와병중인 추전께서 왼손 글씨로 회답을 보내 주었다. 법정 스님의 번역 내용과 대동소이하였으나 다음의 어휘에서 다소 이견의 차이를 보였다.

‘옛 부처님’→‘과거세 벽지불’
‘의젓한 둥그러미’→‘응연히 둥근 것’

　　벽지불은 ‘스승 없이 홀로 깨달은 부처’라는 뜻이고, ‘응연(凝然)’은 ‘움직이지 않는 부동의 진리가 응집되어 있다.’는 뜻이다. 이 글에 대한 나의 의견이다.

　　옛 부처님들 몰랐던 0
　　석가모니 부처님
　　보리수 아래에서 깨달았으니
　　그 법열 어떠하셨을까?
　　그러나 0이 없던 시절
　　0의 표현불능 새로운 고뇌 되셨겠네
　　가섭에게 이심전심으로 전했다는 깨달음의 0
　　과연 가섭존자 붓다의 마음 읽었을까
　　대체 그 깨달음 무엇이뇨
　　후대에 전해 지지 못하나니 답답하구나

『선가귀감』에서 다음의 글 역시 나의 혼을 빼앗았다.

三敎聖人 從此句出 삼교성인 종차구출
誰是擧者 惜取尾毛 수시거자 석취미모

삼교의 성인들 모두 이 말에서 나왔네
뉘라서 말할 터인가 눈썹이 빠질라!

(법정 번역)

유·불·선의 성인 이 말에서 나왔네
누가 이를 들어 보여 설명할 것인가?
애석하도다. 미모(尾毛) / 허상(虛像)만 취한 것이

(추전 번역)

　내가 조사한 '석취미모惜取尾毛(눈썹 빠지다)'의 뜻은 '부처님 말씀인 경전에 대해서 함부로 해석하고 떠들면 벌을 받아 눈썹이 빠진다'로, 절집에서 전해 내려오는 말이었다. 추전은 미모尾毛를 '흰 눈썹은 도인의 상징으로 산신령 같은 외모의 도인 가운데는 사이비가 있다'고 하였다. 따라서 '미모'를 '허상虛像'으로 풀이하였다.

　석가모니 부처님의 깨달음인 0에 공자와 노자의 진리도 응축되어 있다는 단정적인 명제 앞에 나는 형용할 수 없는 도취감에 빠져 한동안 헤어나지 못하였다. 붓다의 깨달음인 0이 노자의 도나 공자의 유학과 어떻게 동위개념의 명제가 될 수 있을까? 앞으로의 글에서 밝혀보고자 한다.

중국으로 이민 간 불교,
선이란 시민권을 얻다

중국에서 불교가 쉽게 받아들여졌던 것은 이미 무위자연인 노장 사상의 풍토 덕분이다. 유교는 종교가 아니다. 내세來世가 없으면 종교가 될 수 없기 때문이다. 유교는 생활윤리철학이다. 공자를 믿으면 천국 간다든지, 논어를 읽으면 복을 받는다든지 하는 기복문구祈福文句가 단 한 줄이라도 있었다면 유교도 불교와 기독교처럼 대중화되어 오늘날과 같은 쇠락의 길은 가지 않게 되었을 것이다. 그렇다면 종교란 작은 욕구는 버리는 대신 영생永生과 더 큰 욕망을 채워주기 위한 산물일지도 모른다. 유교에서는 사람이 죽으면 그 영혼은 150년(5대)간 살아 있다고 보았다. 죽음은 인정하되 인간으로서 바랐던 최소한의 욕망이었을까? 돌아가셨으되 살아계신 혼령을 4대까지 직계자손이 모시는 것이 제사이다. 5대조 윗분의 조상님들은 시제時祭*에서 흠모欽慕의 정으로 기리고 있다. 화장火葬 문화 풍습은 중국뿐 아니라 일본에도 있는데, 여기에서 현세 위주의 인생경영을 엿볼 수 있다. 불교는 생전에는 마음을 열심熱心히 연소하는 현재완료형의 인생관이고, 사후에는 몸을 불태워 없애는 철저한 철학이다. 나는 가끔 중국 봉건사회 왕족과 귀족들의 생활상을 떠올리면서 혼자 웃을 때가 있다. 이들은 하루 종일 살아생전 마음껏 즐길 주색과 식도락의 궁리만 했던 것 같다. 상류층은 '인의예지'로 백성들을 무장시켜 사회질서를 확립해 놓아야 마음이 놓였을 것만 같다. '인의예지'는 귀족들의 사치생활에 대한 '백성 반발 방지용'의 방편처럼 느낄 때가 있다. '인의예지'와 같은 사회질서유지 방편의 장치가 한국에서는 군사부일체君師父一體로, 이는 부모님과 스승을 모시듯 임금을 모시라는 속뜻이 아니겠는가. 오늘날 중국의 세계적인 초호화 음식문화는 노조가 없던 시절 하층계급의 희생과 착취의 산물일 것만 같다. 유교를 '정통철학'이라 한다면 노장은 '재야철학'이다. 노장철학은 당시 중국 고대사회에서 성공하지 못한 수많은 절반의 패배자들의 위안처요, 도피처로 종교의 역할을 겸하고 있었다. 그러나 무위의 노장사상으로서는 사회의 질서유지·확립이 불가능했다. 뿐만 아니라 나라가 운영될 수 없었기에 이에 반작용으로 등장한 대안이 유위有爲의 인의예지를 이념으로 한 유교였던 것이다.

개인도 자연에 순응하기만 하는 무골호인의 인간형은 사회 적응이 불가능하다. 대체로 운동을 생활화하는 사람은 자기의 천명을 다하고 있다. 무위자연적인 건강철학을 따르는 것은 태만으로 노장의 부작용이다.

‘무위자연無爲自然’을 ‘불위자연不爲自然’으로 오해하는 사람들이 뜻밖에 많다. ‘무위’는 ‘인위 / 작위 / 꾸밈의 없음’이요, ‘불위不爲 / 하지 않음 / 게으름’이 아니다. ‘자연’은 ‘스스로 본연 / 본래대로 있다’이다. 무위자연은 마음자리가 0에 있음을 뜻한다.

개인에 있어 인위의 ‘유교 7분分’, 무위의 ‘노장 3분分’의 인생관은 이상적이다. 어느 시대에나 성공인이 있는 반면 절반 이상의 패배자가 있게 마련이다. 절반의 패배자들의 위안처로써 종교의 역할을 해주던 노장이 쇠퇴하여 공백이 생긴다. 때마침 불교가 이민을 오게 되어 이주자로서 자리를 잡는데 배타성의 저항을 받지 않게 된다. 노장의 공백을 불교가 메워 주었기 때문이다. 노장의 이념인 ‘무위’와 동의어인 ‘도’를 해자解字(파자)하여 본래의 뜻을 보기로 한다. 수首는 ‘첫머리’, 착辵은 ‘가다’이다(道＝衜(首＋行)). 즉 사람의 현재 속세의 ‘비 본래 마음의 나(가아假我)’가 ‘본래 마음의 나 / 참마음의 나(진아眞我)’를 찾아가는 일이다. 즉 가아회귀진아假我回歸眞我(필자의 졸시)이다. 내 마음 안에는 여러 가지의 ‘나’가 있다. 그 가운데는 내가 잘 아는 ‘나’가 있는가 하면 내가 잘 모르는 ‘나’가 있다. 그 가운데 ‘본래 마음의 나 / 참마음의 나’는 ‘잘 모르는 나’이다.

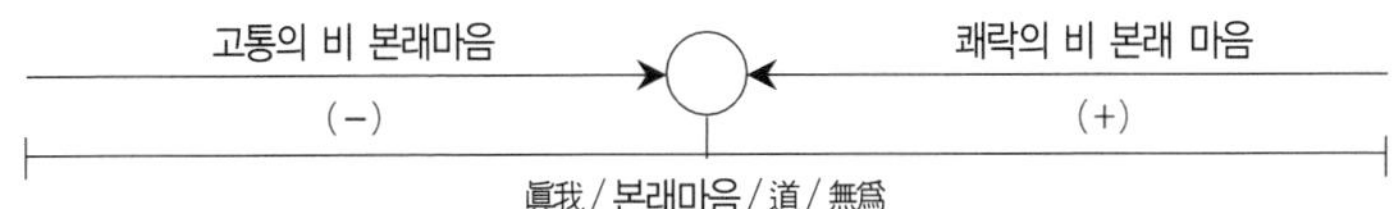

불교의 이념 '0 / 공空'과 노장의 '무위 / 도'가 이질감 없이 자연스레 손을 잡게 된다. 이는 우리나라의 경우, 토속 무속신앙(Shamanism)이 중국에서 이민을 온 불교와 수월하게 동화한 것과 같다 하겠다. 한편 이민자 격인 불교 역시 원주민 격인 민속신앙을 배격하거나 무시할 수 없었다. 독자가 없는 책을 상상할 수 없듯이 불교의 포교 때문이었다. 새로운 불교에 서먹서먹해 하는 토속 신앙인들을 불자로 개종시켜야 할 절박감에 처해 있었을 것이다. 지금도 우리나라의 절 꼭대기에 삼성각三聖閣, 독성각獨聖閣(칠성각七星閣) 등 산신을 모신 건물인 작은 암자가 있다. 불교가 우리나라에 전래되었던 초기 토속신앙 포용성의 전통이 지금까지 내려오고 있는 것이다. 일본에도 신도神道라는 재래신앙이 있었다. 한·중·일 전통신앙의 차이점을 한국은 산악신앙에서 찾을 수 있다. 중국의 명산인 태산과 일본의 상징 후지산에는 있을 법한 절이 없다. 우리나라의 절은 명산대찰名山大刹이란 말이 있듯이 거의 산속에 있다. 중국백성들에게 불교를 쉽게 이해시키기 위해 비슷한 성격의 재래 노장 사상을 적용시킨다.

인도불교는 중국에서 새로운 옷으로 갈아입고 격의格義*불교로 태어나며, 이에 만족하지 않아 또다시 거듭 태어난 것이 선종이다. 불교의 무차별심 정신이 노장세계에도 있다. 요즘도 중국집 음식점의 그릇에 금이 가거나 깨진 것들이 유난히 많은 것을 볼 수 있다. 중국어의 '깨지다(破, pou)'와 '복(福, fu)'은 발음이 흡사하여 그릇이 깨진 만큼 정비례로 복이 온다고 긍정적으로 받아들이고 있기 때문이다. 깨진 도자기를 금으로 때워 무가보의 보물로 승화시키기도 한다. 중국불교는 '노장을 어머니'로 '불교를 아버지'로 그 사이에 '선'이라는 이름의 '아들 종교'가 태어난다. 부대사傅大士(양梁·진陳의 거사居士, 497~569)는 선을 이렇게 예찬한다.

道冠 儒履 佛袈裟 도관 유리 불가사
會成 三家作 一家 회성 삼가작 일가

선은 도가(道家)의 관(冠)을 쓰고 유가(儒家)의 신발을 신고 불가(佛家)의 옷을 걸치니 세 집안이 모여 한 집안을 이루었도다.

천주교가 우리나라에 들어오기 이전, 이미 외국의 신부님들은 중국에서 전교활동을 활발히 하였다. 신부님들의 취미와 여가의 대상은 중국 전통적인 동양화와 불교가 많았다. 동양화의 대가로 활약한 분이 있는가 하면 불교에 심취한 신부도 있었다. 토마스 베리(Thomas Berry)는 선을 동양사상의 최고봉이라고까지 예찬한다.

요즘도 우리나라의 신부님과 수녀님들은 산사를 찾아 차를 마시면서 스님들과 두터운 교분을 나누는 것을 볼 수 있다.

항다반사와 범사에 감사하라

도에 가장 가까운 것이 물이다. 이 책의 앞부분 음식도표에서 물은 0의 좌표에 있다. 물은 모든 물질을 본래의 모습으로 돌아가게 표백漂白작용을 한다. 비와 물은 만물을 이롭게 한다. 물만 잘 마실 줄 알아도 현대인의 병을 3분의 1이나 예방할 수 있다고도 한다. 물은 몸속의 노폐물을 배출시키기 때문이다.

물은 모든 사람들이 싫어하는 낮은 곳으로만 흐른다. 또한 둥근 데서는 둥글다가도 모가 난 데서는 모가 난다. 물은 어떤 환경에서도 자기를 내세우지 않으면서도 본질은 변하지 않는다. 낙숫물이 돌을 뚫듯 부드러운 것이 단단한 것을 이기기도 한대[유능제강柔能制剛].

따라서 노장에서는 '이 세상에서 가장 가치 있는 것은 물과 같다(상선약수上善若水).'라고 한다. 사람의 몸은 소우주이다. 지구에 오대양 육대주가 있듯이 몸에는 오장육부가 있다. 바다가 ⅔를 차지하듯 인체는 70% 가량이 물이다. 따라서 건강과 물은 밀접한 관계가 있다. 의사들은 하루 2리터의 물을 마시라고 권장하고 있다. 물은 화학공장인 몸의 구석구석 사정을 잘 아는 공장장工場長이기 때문이다. 불교에서의 '지금 여기'와 마찬가지로 노장에서도 '거선지居善地'라 하여 지상을 사람의 살 곳으로 제시하고 있다. 사람이 살만한 곳은 저 높은 하늘이 아니라 잡스러운 것이 모여 있는 곳일지언정 땅이 좋다고 한다.

어느 해 성철 스님께서 이런 법어를 남기셨다. '아무리 눈을 크게 부릅뜨고 저 하늘을 올려다보아도 극락은 보이지 않는구나'라고 하셨다. 이는 인공으로 설정된 극락이 불교의 궁극이 아님을 뚜렷하게 밝힌 것이다. 다도의 높은 경지에서 노닐으셨던 경봉 스님이 어느 날 혼자 앉아서 한가하게 차를 들고 계셨다. 이때 상좌가 살며시 방문을 열고 고개만 내밀면서 장난기 어린 말투로 "스님, 스님은 정말 극락이 있다고 생각하십니까?"라고 묻자 경봉 스님이 "예끼! 이놈" 하셨다고 한다.

인위(작위)가 없는 무위와 도는 불교의 선(웰빙)/0과 좌표평면에서 같은 자리이다. 도가 통한 사람은 마음자리를 0에 자리 잡은 사람이다.

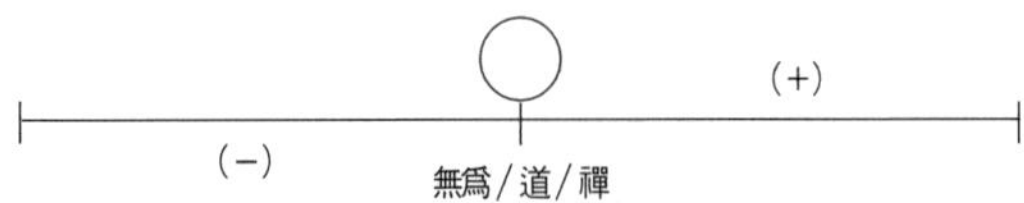

'자연 그 자체'인 도는 수행을 필요로 하지 않는다. 0의 상태이기 때문이다. 다만 물들지 않고 순수를 지키면 될 뿐이다. 불자들이 산사를 찾는 것은 속세에서 쌓였던 마음의 눈에 있는 티끌과 먼지를 닦아내고 마음바탕의 때를 표백하기 위해서다.

불자들의 하산 길이 즐겁고 행복한 것은 하얀 마음의 바탕에 산천초목이 그림으로 그려지기 때문이다. 도는 특별한 마음이 아니며 바로 일상의 마음이다(평상심시도平常心是道). 아무런 욕심의 작위(+)가 없는(0) 평상(일상)의 마음과 심신의 나쁜 상태(−)가 아닌 불교의 무사선은 모두 0의 행복이다.

등산은 오르막도 있지만 저절로 내려가는 내리막도 있다. 그런가 하면 산등성이를 걷는 편안한 길도 있다. 이렇듯 인생에는 세 가지 마음의 길이 있다. 좋음(내리막)도 나쁨(오르막)도 아닌 평평한 평지를 걷는 편안한 '평지 보행'의 즐거움이 바로 0의 행복／무사선／웰빙이다. 제3세계인 산등성마루(강岡)는 제2세계인 오르막(−)과 제1세계인 내리막(+)의 중도이다. 산의 정상을 오르막(−)의 시간이 없이 케이블카로 힘들이지 않고 올라간다면 '산마루 보행의 묘락妙樂'은 맛볼 수 없을 것이다. 오르막의 마이너스(−)의 시간은 무의미한 시간이 아니라 중도의 제3세계인 0의 행복으로 가는 예비된 시간이다. 뿐만 아니라 즐거움과 좋음에도 괴로움과 싫음이 섞여있듯이 오르막의 괴로움에도 즐거움이 섞여있게 마련이다. 프로야구 선수는 잡기 어려운 공의 수비를 쉽게 한다. 전문 산악인에게 등산의 시간은 어려움이 아니라 그 자체가 즐거움의 시간이다. 산전수전을 겪은 '프로인생'은 '싫음의 시간'을 '좋음의 시간'으로 승화시키는 능력을 갖고 있다. 흔히 우리는 '양(+)음(−)'이라 하지 않고 '음양'이라고 하는데, 이처럼 어순에서 마이너스(−)가 먼저 오는 것은 제2의 마이너스(−) 세계의 과소평가를 방지하기 위함이 아닐까. 우리의 삶은 일체개고一切皆苦가 아니라 일체개락一切皆樂이다. 등산의 세 가지 코스와 인생의 세 가지 길은 닮은 데가 있다. 즉 인생에는 세 가지의 길이 있다. 제1(+)의 '즐거운 길 / 좋아하는 길', 제2(−)의 '괴로운 길 / 싫어하는 길', 제3(0 / 中道)의 '크게 즐겁지도 괴롭지도 않은 즐거움의 길 / 크게 좋지도 싫지도 않은 좋음의 길'이다. 제3세계인 '중도 / 0의 세계'는 제1(+)과 제2(−)의 세계에 비해 풍부하여 일상에서 자주 만나지만 평범하고 비자극적이어서 놓치기 쉬운, 붓다가 발견한 신세계의 행복이다.

불교는 과학종교로 모든 교의가 숫자로 표현되었다. 108번뇌는 어떻게 계산된 것일까? '안眼·이耳·비鼻·설舌·신身·의意'(6)의 육감六感인 '시각·청각·후각·미각·촉각·그리고 마음'이 각각 분별작용을 일으킬 때 '好(좋음)', '惡(싫음)', '좋지도 싫지도 않은 좋음(平)'(3)과 '苦(괴로움)', '樂(즐거움)', '괴롭지도 즐겁지도 않은 즐거움(捨)'(3)(보통의 / 평범한 행복이라 버리기捨 쉽다)에 과거, 현재, 미래(3)가 있어 108번뇌가 되었다(6×(3＋3)×3＝108).

186

그림 산 (B)에서 산등성마루의 평지를 걷는 '平'의 시간은 평범하여 놓치기 쉬운 행복이요, 산 (C)에서 '사捨'의 시간 역시 보통/0의 행복이라 버리기捨 쉽다. '중도中道 / 선禪 / 0'의 교의敎義가 '사捨/평平'으로의 오묘한 표현은 또 하나의 법열法悅이라 하겠다. 조주趙州 스님을 뵈러 온 한 스님이 큰절을 올리는 순간 후려치셨다. 매를 맞은 스님이 "절하는 것은 좋은 일인데 왜 때리십니까?"라고 하였더니 조주 스님 말씀 "호사불여무好事不如無 / 좋은 일만 알고 있는 것은 알고 있지 않으니 만도 못하다(필자 졸역)." 즉 이 세상에는 '좋음의 제1세계'뿐만 아니라 '싫음의 제2세계', '좋음도 싫음도 아닌 좋음의 제3세계'가 있는데 '좋음의 제1세계'만 알고 있으니 불교를 편협되게 오해하고 있는 병폐를 나무라신 것이다.

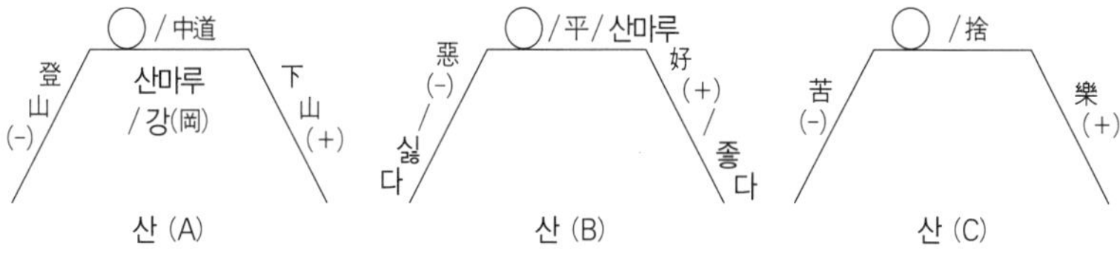

이 책의 화두話頭인 0(＋와 －의 중도)은 '산등성마루(등산(－)과 하산(＋)의 중도)' 강岡과 동위개념이다. 불교의 정수精髓가 담긴 '강岡'은 일상에서 잘 쓰이지 않는 일종의 벽자僻字이다. 그런데 일본지명에는 강岡이 들어간 지명이 후쿠오카福岡, 시즈오카靜岡, 오카야마岡山 등 무수히 많다. 일본의 불교는 이처럼 생활 속에 뿌리

깊게 스며들어 있음을 알 수 있다. 이 가운데 두 지명을 어원적이 아닌 관심석觀心釋으로 풀이해 본다. 고요함은 행복의 제일조건이다. '시즈오카靜岡.' 조용한 산등성마루. 고요한 마음으로 조용한 산등성마루를 걷는 즐거움. 소리의 조용함은 음악과 소음의 중도요, 마음의 고요함은 곧 0의 행복이다.

후쿠오카福岡에서 산등성마루길 '강岡'은 중도의 평지보행, '복'은 행복을 의미한다. 후쿠오카는 괴로운(−) 등산도, 즐거운(+) 하산도 아닌 '괴롭지도 즐겁지도 않은 즐거움(0 / 강岡)'인 평지보행의 행복이다. 후쿠오카는 붓다의 득도인 선열禪悅(中道 / 禪의 法悅)과 문자의 형태가 다르고 뜻은 같은 이형동의어異形同意語이다.

일본은 고령사회답게 서화작품의 낙관에도 90세 이상의 노작가가 눈에 많이 띈다. 동경의 '아사쿠사' 골동상가 거리에서 초서라 알아볼 수 없는 두 글자로 된 소품의 낙관에 96세가 눈에 들어온다. 고령의 노인이 생각하는 인생이 담긴 글일 것만 같았다. 주인에게 물으니 '무사無事'라는 글씨라고 한다. 그리고 그 작품 맞은편에는 역시 자그마한 두 송이의 동백꽃 그림이 걸려 있었는데, 그 작품의 화제畵題 역시 '무사'였다. 무사하면 동백꽃 같은 마음이 된다는 것일까?

한·중·일 예술의 고전적 해석은 한국은 선線 / line, 중국은 양量 / volume, 일본은 색色 / color이다. 그런 뜻에서 화려한 붉은 색 위주의 아사쿠사淺草는 가장 일본적인 관광명소이다.

입구인 뇌문雷門을 들어서면 양쪽에 일직선으로 단층상가가 쭉 뻗어있고 그 끝에 아사쿠사절淺草寺이 있다. 고색창연한 절의 명필 현판 무외시無畏施(남을 마음의 고통에서 벗어나게 해주는 보시)는 도통道通한 고승처럼 의인화擬人化되어 관광객들은 지금 자기의 고민을 털어놓고 싶어 할 것만 같다.

다음은 불교의 참모습을 엿볼 수 있는 경봉 스님의 차시茶詩이다.

喫飯喫茶人生 끽반끽다인생
日常三昧之消息 일상삼매지소식
會得麽 茶 회득마* 차
(경봉 스님 시)

밥 먹고 차 마시는 일이 인생이라네
이러한 밥맛 차 맛 같은 재미도
늘 곁에 있어주지 않는다네
파도가 거세다 잔잔하다 하듯이
일상의 그런 즐거움마저도
보이다 안 보이다 한다네
알겠는가? 차의 위대함을.
(필자 의역)

인생에 큰 기대를 걸고 있는 사람은 이런 선시에서 큰 실망을 느낄 것이다. 그러나 더하지도 덜하지도 않은 우리네 인생의 참모습이니 어찌하랴! 일상생활에서 밥 먹고 차 마시는 일, 밥맛, 차 맛 같은 것이 바로 인생의 맛일 뿐이다[항다반사]. 인생은 특별한 날, 특별한 것에 있지 않고 일상의 일상적인 데에 있다. 인생은 일상이다.

차의 맛은 0의 맛이요, 선미禪味요, 무위/도의 맛이다.

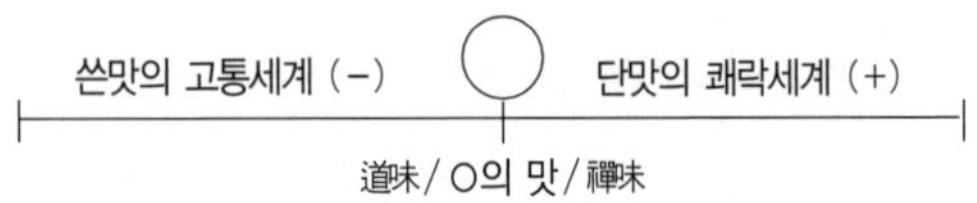

불가의 항다반사와 동위개념인 '범사에 감사하라'는 기독교의 행복론이기도 하다. 이 지상에는 쾌락의 단맛세계(＋)와 고통의 쓴맛세계(−)뿐 아니라 제3의 신세계인 단맛도 쓴맛도 아닌 중도의 세계도 있다. 쾌락의 세계는 그 가치의 수명이 짧아 비아그라 같은 쾌락 연장의 신약이 나타난 것이다.

밥맛과 차 맛은 물리지 않는다. 순수는 생명이 길기 때문이다. 밥맛과 차 맛 같은 붓다의 중도/0의 세계와 노장의 무위자연세계는 절대 불변하는 대자유의 신세계인 것이다.

경봉鏡峰 스님께서 애송하시던 또 다른 한 편의 차시茶詩이다.

山頭月掛雲門餠　산두월괘운문병
門外水流趙州茶　문외수류조주차
箇中何者眞三昧　개중하자진삼매
九月菊花九月開　구월국화구월개

산머리에 걸린 달은 운문스님 좋아하시던 떡 모양 같고
문 밖에서 흐르는 물소리는 조주스님 차 우리는 소리
달과 떡, 물소리와 차 우리는 소리 중 어느 것이 진삼매인가?
구월국화는 구월에만 핀다네

(필자 졸역)

운문 스님은 떡을 좋아하셨고 조주 스님은 차를 즐기셨다. 둥근 달과 물소리를 들으니 두 스님이 생각났다. 그러나 모든 자연은 완벽하기 때문에 본래대로 있을 때라야 가치가 있는 것이다. 달과 물소리에 군말이 보태진다는 것은 명화名畵에 개칠改漆을 하는 것이요, 명곡名曲을 편곡하는 셈이다. 가을에 국화가 피듯 봄에는 개나리, 진달래, 여름에는 나팔꽃, 채송화, 겨울에는 매화, 동백이 핀다. 꽃들은 자기의 계절에만 핀다. 이러한 교의는 서양사상의 모든 사물에서 주관을 배제하고 '있는 그대로' 객관적으로 직시하는 즉물주의卽物主義(thing-itselfism)와 같다. 불자가 큰스님들에게 불교의 본질을 묻는 대표적인 화두로, 조주종심趙州從諗(778~897, 120세로 최장수 당나라 승려)의 "끽다거喫茶去"는 "사람이 곧 부처이므로 특별히 절에서 가르칠 것이 없다. 손님께서 이왕 절에 오셨으니 차나 한 잔 들고 가시라."는 뜻일 것이다. 또한 조주 스님의 "뜰 앞의 잣나무"는 잣나무는 덥거나 춥거나 자리를 옮기지 않고 늘 그 자리에서 잎에서 받은 태양빛과 뿌리에서 빨아들인 물로 자기 본래의 일인 본분사本分事 탄소동화작용을 하듯, 불교는 각자의

'본분사 철저 실천'이란 뜻은 아닐까? 운문문언雲門文偃(864~749, 당의 승려) 스님의 "마른 똥 막대기 / 간시궐乾屎橛"은 무슨 뜻일까? 운문 스님이 바로 막 밭에 거름을 주기 위해 마른 똥 막대기로 똥통을 젓고 있을 때 질문을 받았다. 따라서 "불교는 생활과 동떨어진 그 무엇이 아니며 지금 내가 할 일인 밭에 거름을 주는 것과 같은 것이다."라는 뜻으로 대답하셨을 것이다. 인간에게 주어진 조건은 지위와 신분의 고하를 막론하고 누구든지 "언제 어디서나 지금 여기에서 자기의 일"이 있게 마련이다.

이처럼 경봉선사의 선시와 조주 스님과 운문 스님의 화두는 "불교는 다름 아닌 모든 사물은 본심本心의 눈으로 본래대로 보며 지금 여기에서 자기의 일에 집중하여 지혜롭게 또한 즐겁게 하는 일"이라는 뜻일 것이다. 불교는 신神에 귀의하는 '의타依他 종교'인 기독교와 달리 어느 누구도 믿지 않고 자기에게 귀의하는 '의자依自 종교'이기에 자신의 일에 최선을 다하지 않을 수밖에 없는 것이다. 어떠한 일이든지 간에, 심지어는 싫어하는 일이라 할지라도 집중하면 일이 즐겁게 된다. 집중集中은 마음자리가 0에 있기 때문이다. 이와 같이 불교는 쉽기 때문에 오히려 이해하기 어려운 종교이다.

돌아가신 나의 할아버지는 무신론자이셨다. 약주가 거나하게 취하시면 주제가처럼 노래삼아 하시는 말씀이 있었다. "나는 불교를 믿지 않고 나를 믿어요. 나는 본심대로 살다 갑니다." 작고하신 후 비석을 세울 때 묘비명으로서는 초라한 듯하지만 그래도 비석 측

면에 생전의 말씀을 새겨드렸다. "종교 대신 본래의 당신만을 믿
고 본심本心대로 / 본심本心을 지키며 살다가신 분."

0에서 **양과 음이 나오다**

유학의 이념 가운데 하나인 인의예지는 사회질서 확립을 위한 생활지침 윤리이다. 유학을 발전시켜 철학으로 끌어올리면서 성리학과 경전인 주역에서 꽃을 피운다. 성리학의 근본은 태극太極이다. 태극은 천지개벽 이전의 상태, 우주만물의 근원이며 본체이다.

‘태太’를 ‘크다’의 개념으로 보면 ‘유한’의 개념이므로 본래의 뜻과 어긋난다. 송나라의 주돈이는 태극을 쉽게 이해하기 위해 노장사상에서 ‘무극無極은 태극과 같다[무극이태극無極而太極].’라는 명제를 빌려온다. 따라서 태극의 영역에서 The great ultimate보다는 The ultimate of non-being이 본질에 가깝다. 태극(무극)은 0으로 여기에서 음(-)과 양(+)이 생긴다.

바라밀波羅蜜은 ‘부극으로 건너가다’, ‘무극에 다다르다’로 깨달음의 저 언덕으로 간다는 뜻이다[도무극道無極]. 궁극의 이상세계인 무극은 0의 세계이다.

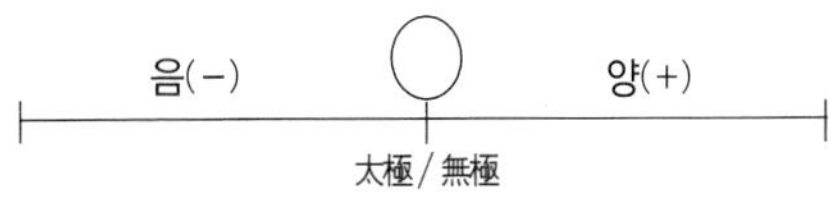

주자는 이기론二氣論을 정립하였다. 이는 타고난 성격과 소질 같은 '본연지성本然之性(Born nature)'과 후천적인 교육에 의해 변할 수 있는 '기질지성氣質之性(Material nature)'으로 나눈다. 주자는 본연지성에서 '모든 사람은 똑같은 소질을 갖고 태어날 수 없다'고 하였다[혹불능제或不能齊]. 동서양의 모든 사람들은 99.99%는 닮아서 태어났다. 그러나 0.1%의 DNA 안에 개인이 차별화되는 소질과 성격 등 인간의 우주가 들어있다.

주자의 이기론에서 변하지 않는 본연지성은 0이요, 후천적인 교육에 의해서 다양하게 변할 수 있는 기질지성은 +/ −이다. 우리는 흔히 몸으로 타고나는 것을 '소질'이라 하고 마음으로 타고나는 것을 '천품'이라 한다. 운동이나 노래 잘하는 것을 천품이라 하지 않고 소질이라 한다. '열 길 물속은 알아도 한 길 사람 속은 모른다'고 하였다.

사람의 마음은 복잡한 메커니즘 때문에 '좋고 나쁨'의 변별이 어렵다. 소질 못지않게 천품 잘 타고 나는 것은 큰 행운이다. 나는 관상학을 전적으로 무시하는 편이 아니다. 재야철학쯤으로 대접하는 셈이다. 관상에서 '얼굴 잘 생긴 것보다 몸매 좋은 것이 낫고, 몸매보다 마음바탕 잘 타고난 것이 더 낫다[관상불여신상 신상불여심상觀相不如身相 身相不如心相].'고 한다.

요堯임금 같은 성군 밑에 상象이라는 고약한 성질의 신하가 있었다. 또한 어진 순舜임금의 아버지인 '고수'는 포악하였다고 한다. 사람은 환경의 동물이라는 말이 절대임을 부인하고 있는 예들이다. 종교와 거리가 멀고 살기가 힘겨운 사람이 본심을 지키며 사는 경우가 있는가 하면, 반면 독실한 신앙인으로 알려진 사람이 평생 남의 손가락질을 받으며 살기도 한다.

동네 앞산에서 산책을 마치고 내려오는데 어린 아들이 엄마에게 뛰어가는 개를 가리키며 "엄마, 저 개 훈련시킨다고 진돗개 될까?"라는 말을 한다. 나도 어린이와 동감이다. '개에게도 불성이 있다'는 말이 있다. 나는 그 말이 '못된 사람에게 불성이 있다느니 차라리 개에게 불성이 있다'는 말로 들린다.

기독교에서 '7번씩 70번 용서하라'는 말씀에는 수긍이 가지만 '원수를 사랑하라'는 말씀에는 아직 전적으로 동의하는 편은 아니다. 나는 직업의 인연으로 정신분석의 창시자 프로이트(1856~1939)보다 더 다양한 인간형을 보고 살아온 행운아이다. 나는 때때로 강력범은 용서하면서도 다람쥐의 겨우살이 먹이 도토리를 주워가는 '인격불구자'와 물가에서 한가롭게 노는 오리에게 돌을 던져 괴롭히는 '인격파탄자'는 아직까지 용서 못하고 있는 편이다.

성직자의 길에서도 타고난 기질에 따라 천직天職이 수행되고 있다. 천주교에서 수사修士가 신부神父와 다른 점은 육체노동으로 수도자의 길을 걷고 있다는 점이다. 불교에서는 사찰의 사무나 운영에

종사하는 사판승事判僧이 수사와 흡사하다 하겠다. 이와 달리 참선만 하는 선승禪僧은 이판승理判僧이라 한다. 우리의 일상에서 어떤 일이 막다른 데에 이르러 어찌할 수 없게 된 상황을 '이판사판'이라 하는데, 불교에서 유래된 말이다. 학승學僧 역시 이판승이라 하겠다.

그러나 현실적으로 이판승과 사판승이 엄격하게 구별될 수는 없을 것이다. 전 조계종의 지관智冠 총무원장은 불교 대학자이나 총무원장으로 일하셨다. 성우性愚 스님(전 대구 파계사把溪寺 주지)은 선승이며 학승이지만 지금은 불교TV 회장으로 사판승직을 수행하고 있다. 과거나 현재나 선승을 절대 우위로 모시는 전통은 앞으로도 변함이 없으리라.

생활체육운동이 건강유지뿐 아니라 그 시간 자체가 즐겁듯이 선승의 참선도 견성한 깨달음을 보임保任(온전하게 간직함)하는 데 그치는 것이 아니라 '0의 행복'을 누리는 시간이다. 참선을 통해 불교는 오직 '마음'만 잘 쓰면 행복할 수 있어, 훗날 '천상극락' 이전에 이 지상이 이미 '마음극락'임을 입증하여 주고 있다. 불교는 스스로 자신의 위대한 본성을 발견하여 부처가 되는(견성성불見性成佛) "마음의 종교"(심교心敎)이다.

　　따슨 볕 등에 지고 유마경(維摩經) 읽노라면
　　어지럽게 나는 꽃이 글자를 가리운다.
　　구태여 꽃잎 밑에 있는 글자를 읽어 무삼하리오.

불교는 앎이 아니라 느낌이다.

0은 동서양 정신의 히말라야 봉

주역周易은 마음먹기에 따라 변할 수 있는 변역變易(+ → -, - → +)과 높은 하늘과 낮은 땅과 사계절처럼 바뀌지 않는 것 불역不易, 그리고 간단하고 쉬운 것 간이簡易로 이 세상을 해석하고 있다. 여기에서 불역은 0이요, 변역은 음(-)과 양(+)이다.

이처럼 0은 유·불·선의 정수임을 알 수 있다. 한편 천주교에서는 둥근 모양의 밀떡인 성체聖體를 하느님의 몸이라고 한다. 미사의 하이라이트는 신자들이 성체를 받아 모시는 영성체領聖體다. 이는 둥근 성체를 입에 넣어 받아 모시는 순간, 신자의 마음은 0/무욕이 된다. 천당을 가기 위하여 어린이의 마음(0의 마음)이 되어야 하기 때문이다. 0은 동양의 삼교三敎뿐 아니라 서양 기독교의 정신도 아우르는 '동서양 정신의 히말라야 봉'이라 하겠다.

석가모니 부처님의 깨달음의 테마뮤직인 0이 『원각경圓覺經』과 심우도尋牛圖에서는 원圓으로, 불상에서는 가락지 모양의 수인手印*으로 변주된다.

원각경은 부처님의 호흡과도 같은 깨달음의 요체로 한국불교의 기초교재였다. 문수文殊(지혜 으뜸의 제자) 보살이 붓다에게 깨달음의 진수에 대하여 여쭈어 본다. 진리의 왕인 '대다라니문'이 있으니 원각圓覺이라 하였다. '다라니'라는 말은 붓다 깨달음의 본질을 모두 갖고 있다는 총지總持이다. '문'은 진리의 관문이다. 원(0)을 깨닫는다는 원각경은 이름 자체에 진리가 있음을 짐작케 한다.

세상의 보배는 그 생명이 다할 때가 있다. 그러나 원각경의 가르침은 평생 써도 진리의 재산[법보法寶]이므로 다함이 없다. 이 책 한 권을 이해하지 못해도 된다. 다만 원각경을 다르게 명명한 책이름 다섯 가지만 들어도 행복을 누릴 것이라고 중생들의 마음을 들뜨게 한다.

① 대방광원각다라니大方廣圓覺陀羅尼의 뜻은 '커서 두루 하지 않은 곳이 없으므로' 대大요, '방정하여 갖추어지지 않은 것이 없으므로' 방方이요, '광대하여 활용되지 않는 일이 없으므로' 광廣이다. '원각'앞에 대·방·광大方廣으로 완벽하게 수식하여 다섯 가지 이름 가운데 대표적인 명칭이다.

② 수다라요의修陀羅了義에서 '수다라'는 붓다의 말씀이며 '요의'는 깨달음을 명료하게 드러낸다는 뜻이다.

③ 비밀왕 삼매秘密王三昧에서 '비밀왕'은 눈앞에 있는 듯하지만 찾으면 보이지 않고 가까이 있는 듯하지만 어느새 멀어지기 때문에 붙여진 이름이다. 여기에서 '비밀왕'은 바로 '0'이요, '삼매'는 '행복'으로, 원각경은 '0의 행복'이 들어있다는 뜻이다.

④ 여래결정경계如來決定境界라는 원각경의 또 다른 이름은 석가모니 부처님의 결정적인 깨달음의 경지가 있는 책이라는 뜻이다.

⑤ 여래장 자성차별如來藏自性差別은 위의 네 가지 이름의 흐름과 동떨어져 흥미롭다. '여래장'은 '부처가 될 그릇(씨앗)'이며 '자성'은 '본래 타고난 본성'이다. 불성을 누구나 타고 났다고 하나 여기서 예외를 둔 것이 재미있다. 즉, 중생의 소질을 차별하여 오성五性*으로 나눈다. 이 가운데 네 번째 까지는 부처의 그릇을 갖고 태어났다고 한다. 그러나 다섯째 무성無性

은 청정한 성품으로 될 가능성이 전혀 없다는 뜻이다.

선천적으로 성문聲聞·연각緣覺·보살菩薩 가운데 어느 하나의 소질을 지니고 태어난다는 정성定性*을 인정하고 있다. 사람은 숙명적으로 태어나는 동물이다. 누구나 부처가 될 수 있다는 보편적 교의에서 벗어나는 예외는 왜 두었을까? 이는 초기불교의 '한 사건'을 권선징악의 교육적인 차원에서 상징적으로 반영하고자 했던 듯싶다.

붓다의 셋째 삼촌인 감로반 왕은 두 아들을 두었는데 둘째인 아난존자는 20여 년 동안 시자로 붓다의 수발을 들었다. 그런데 같은 형제인데도 형인 제바달다는 붓다의 포교활동에 방해가 되었을 뿐 아니라 여러 번 살해까지 시도하다 실패했다. 이 다섯 번째 원각경의 다른 이름은 아무나 부처가 될 수 없다는 차별상을 보여주고 있다. 마치 제바달다를 응징하고 있는 듯하다. 이러한 불교의 교의에 어긋나는 차별성은 마치 '극락유무'의 융통성과 흡사하다 하겠다.

요즈음은 개만한 사람 만나기도 어려운 세상이 되어버렸다. 어느 개 사회에서 우두머리 개가 말썽꾸러기 졸개에게 "너는 어찌하여 하는 짓이 사람만도 못하냐?"라고 했다는 나무람은 귀담아 들을 만하다. 바다는 시냇물과 강물뿐 아니라 태양·달·구름, 갈매기조차 모든 사물을 있는 그대로 받아들이고 있다. 이와 같은 일체의 무차별심이 불교인의 자세다. 그러나 나는 사람에게는 예외를 두고 있다. 이것이 나의 색다른 불교관이다.

공자도 모든 사람을 다 좋아하지는 않았다. '훌륭한 사람과 어리석은 사람은 변하지 않는다[상지하우불이上知下愚不移]'. 즉 착한 사람은 어떤 나쁜 환경에서도 나쁜 사람으로 변하지 않으며, 파렴치한(인격불구자·인격파탄자)은 좋은 환경에서도 좋은 사람으로 바뀌지 않는다는 뜻이다.

어느 고승 한 분이 나에게 인간적인 속마음을 드러낸 적이 있었다. 주지住持의 경지에 이르도록 평생 수도를 하였으나 함량미달인 스님도 있다고 하였다. 절집에서는 '걸레는 빨아도 걸레'라 한다 하였다. 하기야 걸레를 빨아본들 행주는 될 수 없는 노릇이다. 나는 "호박에 줄긋는다고 수박이 되겠습니까?"라며 스님의 말씀을 받았다. '사람의 DNA 운운……'은 내가 가까이 지내는 사람과의 대화 때 자주 나오는 말이다.

송나라의 곽암이 쓴 십우도十牛圖는 견성에 이르는 과정을 열 단계로 간명하게 묘사한 그림이다. 이 책에 '둥근 원모양'이 나온다. 선가에서는 마음 닦는 일을 소 찾는 일에 비유한다. 십우에는 열 개의 원 안에 소를 찾아나서는 과정이 그려진다. 그런데 8번째 그림 인우구망人牛俱忘에서는 아무 그림도 없는 텅 빈 일원상一圓相이다.

재가불자인 부대사傅大士는 심왕명心王銘에서 붓다가 깨달은 진리 가운데 하나인 없는 듯 있는 진공묘유眞空妙有 / 중도 / 선, 없음의 있음 / 0이 분명 있는데 모양을 알 수 없다면서 이렇게 극명하고 절묘하게 표현하고 있다. 물속에 소금이 들어있으나 볼 수 없고 물감 속에 아교가 녹아있으나 볼 수 없듯이 그 무엇이 보이지 않는다고 안타까워하고 있다.

역대 선사 가운데 이와 같이 중도/선을 부대사傳大士처럼 표현한 분이 있었을까? 이미 앞의 글에서도 선을 도가의 관冠을 쓰고 유가의 신발을 신고 불가의 옷을 걸친 유·불·선의 합작품이라고 하였다. 그리고 붓다는 심외무법心外無法(마음 이외에는 진리가 없다고 한데 비해 마음은 진리의 왕/심왕心王)이라고 은유적으로 표현하고 있다. 부대사는 표현의 달인이다. 현대적으로 비유해보면 전파는 눈에 보이지 않지만 분명히 있기 때문에 우리는 일상생활에서 라디오나 TV 그리고 휴대전화를 사용할 수 있는 것과 같다고나 할까?

십우도十牛圖에서 '도를 배우려면 무심無心을 찾아야 한다. 무심해지면 도를 찾기 쉽다[학도방무심 무심도이심學道訪無心　無心道易尋].'고 하였다. 여기에서 도는 0이요, 심우尋牛(처음 마음·본래 마음)는 마음자리가 0으로 돌아가는 일이다.

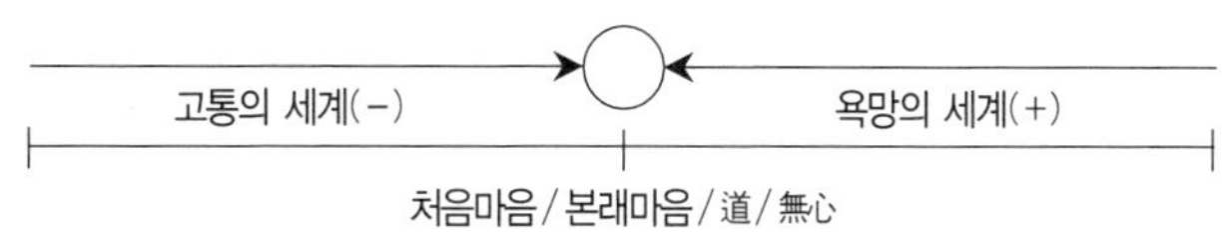

(화살표는 마음자리의 이동)

불교는 눈에 보이지 않는 마음을 탐구하는 심리학으로 마음의 종교 / 심교心敎이다. 방대한 불경은 위대한 문학작품으로 은유법이 특징이라 할 수 있다. 십우도는 견성見性으로 가는 길을 가시적으로 표현한 전무후무한 선화禪畵이다. 일찍이 선가禪家에서는 마음 닦는 일을 소牛 찾는 일 / 심우尋牛, 소 먹이는 일 / 목우牧牛에 비유하였다. 곽암廓庵(송나라 사람. 성은 노魯)이 지은 십우도는 화두와 정면으로 대결, 이를 깨트리고 깨우치는 돈오頓悟의 과정을 그린 간화선화看話禪畵라 할 수 있다.

　10개의 원으로 된 공간에 견성에 이르는 길을 불교의 초심자에게 가르치듯 그림으로 재미있게 보여주고 있다. 원각경과 십우도(심우도라고도 함)는 원圓이라는 글자와 그림의 공통점 이외에도 불교의 요체要諦를 친근하게 보여준다는 점에서 가장 잘 어울리는 항 쌍의 경전이라 하겠다. 여기에 소가 주인공으로 나오는데 본래의 마음 / 선禪을 상징하고 있다.

　① 소를 찾아나서(심우尋牛)

　② 그 발자국을 보고(견적見跡)

　③ 소를 보게 되고(견우見牛)

　④ 마침내 소를 붙잡아(득우得牛)

　⑤ 소를 길들이고(목우牧牛)

　⑥ 소를 타고 집으로 돌아간 다음(기우귀가騎牛歸家)

　⑦ 집에 도착하자 소에 대한 생각은 다 잊어버리고(도가망우到家忘牛)

　⑧ 드디어 사람도 소도 다함께 생각하지 않게 되는 상태에 이르

고(인우구망人牛俱亡)

⑨ 본래 마음의 고향에 돌아왔다가(반본환원返本還源)

⑩ 세상 밖으로 나와 자유롭게 중생들을 교화(입전수수入鄽垂手)
하는 장면을 그렸다.

10개의 그림 가운데 ⑧번째부터의 그림이 진수眞髓이다. ⑧번째의 그림은 텅 빈 백지의 공간이다. 화제畵題 인우구망人牛俱亡에서 인人은 열등劣等의 속인俗人이요 우牛는 우등優等의 성인聖人을 뜻한다. 이러한 상대적인 대립을 의식하지 않는 이상형理想型인 무위진인無位眞人의 경지를 보여주고 있다.

⑧번째의 그림 인우구망과 ⑨번째의 그림 반본환원返本還源은 속세의 마음에서 본래의 마음인 선의 자리로 돌아온 해탈의 경지이다. 견성한 무위진인은 이 지구가 곧 천국이요 지상미술관으로 꽃과 바위와 물 같은 아름다운 자연이 그려져 있다. ⑩번째의 그림 입전수수入鄽垂手에서 전鄽은 '가게, 시장'의 뜻으로 속세이다. 즉 속세로 들어간다는 말이다. 수수垂手는 '손을 내리다', 무위無爲의 뜻이다. 그러나 손을 내려놓고 쓰지 않고서는 사회에서 중생을 도울 수 없다. 따라서 수수垂手는 손을 써야 하기 때문에 '중생을 돕다'로 바꿔 풀이하고 있다. 그러나 생색을 내면서 남을 도와주는 것이 아니라 표시가 나지 않는 무위無爲의 위爲를 뜻한다. 즉 세속에 들어가 세상 사람들을 어리석은 중생생활에서 벗어나게 하여 자연스럽게 해탈의 경지로 이끌어주는 화광동진和光同塵과 입전수

수入塵垂手는 동의어이다.

　신라의 원효 대사는 '처음 元, 아침 曉'라는 이름처럼 한국사상의 첫 새벽의 지평을 열어주신 분이다. 곽암의 심우도 가운데 소승과 대승 사상을 상징하는 ⑧ 인우구망과 ⑨ 반본환원 그리고 ⑩ 입전수수는 원효 사상의 정수인 귀일심원歸一心源(마음의 고향 / 선禪으로 돌아온 다음) / 해탈(소승)과 요익중생饒益衆生(중생들을 깨달음의 길로 인도하다)(대승)의 사상과 일맥상통한다. 결국 불교 궁극의 길이요 이상은 나와 타인을 동등하게 사랑하는 자리이타와 위로는 지혜의 완성을 이룬 다음 아래로는 아직 깨닫지 못한 중생들을 교화하는 상구보리上求菩提 하화중생下化衆生 정신이라 하겠다.

　심우는 많은 불자들이 당호堂號(재호齋號) 또는 법명으로 탐냈을 법한 문학적인 표현이다. 심우장尋牛莊은 독립운동가이며 불교혁신운동을 부르짖었던 저서『불교유신론』과『님의 침묵』이라는 시집으로 유명한 만해 한용운의 당호이다. 만해는 만년의 심우장에서 주옥같은 선시를 탄생시켰다.

　수인手印은 석가모니 부처님이나 보살의 깨달음 또는 서원을 나타낸 여러 가지 손 모양을 말한다. 수인하면 우선 엄지와 검지로 만든 동그라미 모양의 가락지가 연상된다. '동그라미 / 0'에 붓다 깨달음의 비밀이 있다는 심증을 가졌던 불가에서 여러 가지의 수인 가운데 동그라미 수인을 만든 것은 아닐까?

　붓다의 입멸(기원전 480) 후 300~400년 사이를 무불상無佛像시대라고 한다. 이 무렵 석가모니 부처님께서 첫 설법하시는 초전법륜의 그림에는 가슴 중앙에 두 손으로 원모양을 한 수인이 보인다. 또는 한 손에 수레바퀴 모양이 보이는데 이러한 둥근 형태에서 착상을 얻어 가락지 모양의 수인이 나왔을 수도 있었을 것이다. 석가모니 부처님이 전생에서 연등불燃燈佛*로부터 수기授記*를 받는 '연등불수기본생도燃燈佛授記本生圖'*에 수인이 나타난다.

인도에서 숫자로서의 0이 발견된 것이 기원후 6세기로, 앞의 조각 작품(기원후 2~3세기경)에 나타난 '동그라미'로서의 수인은 오히려 0의 발견보다 3~4세기 빠르다. 이러한 기호로서의 동그라미로는 이 작품이 최초 또는 적어도 초기임이 틀림없다. '기호'란 어떠한 뜻을 나타내기 위하여 쓰이는 부호다. 석가모니 부처님의 성불을 예언했던 과거의 부처인 연등불 조각의 '동그라미', '수인'의 출현은 무엇을 뜻하는 것일까?

장차 인도에서 석가모니 부처님 깨달음의 정수인 0이 탄생된다는 필요충분조건의 분위기로 보는 것은 무리한 논리일까? 수인의 동그라미는 선정 때 나타내는 손 모양 정인定印*으로 수행자의 마음자리가 0에 있음을 뜻한다. 이러한 수인은 우리나라의 경우 실상사實相寺의 철조여래좌상, 장곡사의 금동약사여래좌상, 선원사의 철조여래좌상, 금산사의 석가모니 부처님상 등, 그 밖의 여느 절에서도 쉽게 볼 수 있다. 내가 중국에서 본 수인 가운데 특이한 것은 무창 귀원선사 석가모니 부처님의 수인으로 두 손의 손가락 모

본래
마음

두 원모양이었다.

일본 진언종眞言宗 대일여래상의 수인은 두 손을 펴서 왼손을 아래 겹치고 두 엄지손가락의 끝을 서로 맞대어 '타원형 동그라미'의 법계정인法界定印이다. 법계정인은 진리의 세계法界인 선정/0의 세계에 들 때 나타내는 손 모양定印이다.

모든 종교는 눈에 보이지 않는 '그 무엇'을 눈에 보이는 것처럼 믿는 마음의 발로라 하겠다. 불자의 불심의 정도와 수준이 한결같을 수는 없는 것이다. 불자 가운데 믿음이 약한 사람의 신앙심을 자극하기 위하여 불상이 만들어지게 된다.

알렉산더 대왕의 동방원정 이후 그리스와 동양이 서로 영향을 주고받으면서 헬레니즘 문화가 탄생된다. 인도의 간다라 지역에서 전통양식과 그리스 요소가 짙은 간다라 미술이 꽃을 피우면서 기원전 1세기에 불상이 등장하게 된다. 이처럼 비교적 빠른 시기인 석가모니 부처님 입멸(기원전 480년) 후 400여 년 만에 불상이 나타나게 된다. 그러나 중국의 선종에서는 3조 승찬대사 때까지 사원조차 갖추지 못했었다.

내가 본 우리나라와 인도, 중국 등의 불상 가운데 아직까지 경주 토함산 석굴암의 석가모니 본존불만한 부처님 상을 본 적이 없다. 그렇다고 내가 배타적인 국수주의자는 아니다.

신라의 조각가가 인도에 가서 직접 보리수 아래서 선정에 드신 모습을 스케치하여 그 이미지를 옮긴 조각 작품 같기만 하다. 전체의 부드러운 선, 이완된 근육의 양감(볼륨), 미소를 머금은 얼굴은 사람의 긴장된 마음을 완전히 풀어놓아 준다. 무엇을 구하고자 하는 집착과 욕심은 긴장이며 긴장이 풀어진 상태가 무심無心이다. 무심은 욕심(+)도 근심걱정(-)도 없는 마음자리가 0에 있는 고요한 마음이다. 무심은 현대인의 고질병인 스트레스의 반대 개념이다. 무심은 넋이 나간 바보 같은 멍텅구리의 마음이 아니다. 무심은 좋음(+)과 나쁨(-)이 아닌 '중도', '0의 행복'이다. 붓다의 미소는 '0의 행복'이 피어오르는 중도적인 웃음이다.

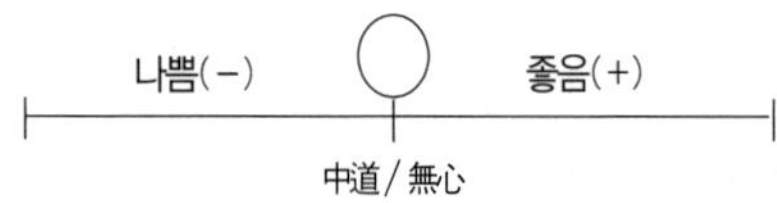

* 수인(手印) : 엄지와 검지로 둥글게 하여 석가모니 부처님이나 보살의 깨달음 또는 서원을 나타낸 여러 가지 손 모양.
* 오성(五性) : 선천적으로 정해져있는 중생의 소질을 다섯 가지로 차별한 것.
  ① 보살정성(菩薩定性) : 보살의 소질을 지닌 사람.
  ② 연각정성(緣覺定性) : 연각(스승 없이 홀로 수행하여 깨달은 사람)의 소질을 지닌 사람.
  ③ 성문정성(聲聞定性) : 성문(붓다의 가르침을 듣고 깨달음을 구하는 사람)의 소질을 지닌 사람.
  ④ 부정성(不定性) : 보살·연각·성문 가운데 어떤 소질인지 정해지지 않은 사람.
  ⑤ 무성(無性) : 청정한 성품으로 될 가능성이 전혀 없는 사람.
* 정성(定性) : 선천적으로 보살·연각·성문 가운데 어느 하나의 소질을 지니고 있는 자
* 연등불(燃燈佛) : 아득한 과거에 출현하여 석가모니 부처님에게 미래에 성불할 것이라고 예언했던 부처.
* 수기(授記) : 부처가 제자에게 미래에 성불할 것이라고 예언함.
* 연등불수기본생도(燃燈佛授記本生圖) : 기원후 2~3세기경 인도에서 발굴된 조각 작품.
* 정인(定印) : 선정에 들 때 나타내는 손 모양.

반가사유상 · 석굴암 본존불의 미소는
해탈 순간 득의의 미소

　인도에서 동쪽으로 전래된 불상이 우리나라에서 비로소 완성미를 보여준 것이 석굴암의 본존불이다. 이는 세계의 저명한 불교미술 사학자들의 일치된 견해이다. 불국토 신라인들은 석굴암 석가모니 부처님의 가지력加持力*으로 왜구의 침략을 막아 주십사 빌었던 것이다.

　토함산은 아침마다 동해의 둥근 해(0)를 맞이하면서 부질없이 품었던[함含] 삼독三毒을 토吐해 내는 아침 해(0)를 닮아가는 산이다. 선/처음 마음/0의 마음은 '마음의 아침'으로 '아침마음'이다. 토함산 석굴암의 본존불은 신라인들의 살아있는 이상형의 인간상이었으리라.

　경주의 국보 24호인 석굴암은 뜻밖에도 실제의 기록이 전혀 없다. 단지 경덕여왕 때의 재상 김대성金大成이 부모를 위해 석굴암을 지었다는 설화가 삼국유사에 실려 있을 뿐이다. 이러한 사실史實

부재의 암흑상황에서 1900년대 초 일본인 건축기사 요네다 미요지 米田美代治가 석굴암 원도原圖 복원이라는 획기적인 계기의 등불을 밝혀주었다. 그는 애석하게도 35세에 요절하고 말았다. 인도 붓다가야의 대각사大覺寺에는 성도成道를 기리는 기념불상이 있다. 그런데 현장玄奘(602~664, 당의 승려)의 대당서역기大唐西域記에 있는 대각사 불상의 수치數置가 요네다가 밝혀낸 것과 완전히 일치하고 있다. 뿐만 아니라 불상의 자세도 석굴암과 마찬가지로 항마촉지인상降魔觸地印象이며 동쪽으로 향하고 있다. 신라인들은 나라 이름도 붓다가 득도하신 마갈타국(magadha)의 수도인 사위舍衛(왕사성王舍城의 전 이름) / 실라벌室羅筏에서 서라벌徐羅伐로 작명하였듯이 붓다 해탈 순간의 모습을 경주의 토함산에 재현하고 싶었던 것이다. 경주의 석굴암 본존불(석가모니불)과 함께 예술적으로 쌍벽을 이루는 불상이 바로 반가사유상半跏思惟像이다. 이 작품의 정수精髓는 신비한 미소와 독특한 좌상座像에 있다. 미소는 너털웃음과 냉소의 중도로 교양이 없는 사람은 흉내 낼 수 없는 웃음이다. 연화대위에 걸터앉아 오른쪽 다리를 왼쪽 다리 위에 포개 얹고 가볍게 숙인 얼굴을 오른손으로 괸 채 명상하는 불상이다. 흔히 반가상 앞에 관음 / 미륵의 명칭을 붙이기도 하는데 오히려 이 불상의 본질을 파악하는 데 멀어지게 할 뿐이다. 거의 모든 불상이 여래좌如來座라고 하는 가부좌跏趺坐(책상다리)인데 비해 이 불상은 '반책상다리격'인 반가半跏 자세이다. 이 자세는 편안하기 때문에 현대인들도 전철 등에서 자주 취하며, 반가半跏의 일종인 다리를 꼰 자세로도 앉곤 한다. 붓다의 성도는 1차 고행수도에서 고행무익을 선언하면서 고행을 중단, 수자타처녀의 공양보시를 계기로 건강을 회복한 후 재수再修하여 득도한 것이다. 2차 수행은 고행에서 해방된 상황에서의 명상수도로 자세도 불편한 책상다리/가부좌로 일관되지 않고 자유스러웠을 것이다. 아마 제2의 수자타처녀의 '걸상보시'의 가능성도 있을 뿐 아니라 1차 때와는 판이한 분위기에서 반가좌(반책상다리) 명상수도의 개연성蓋然性은 무리가 아니다. 야구 경기에서 정통파 투수가 한 경기에서 완투할 경우 팔의 위치가 전반과 달리 후반에는 편안한 자세를 취하기 위하여 팔이 다소 아래로 내려오는 것이 상식이다. 붓다의 성도는 치열한 상태가 아닌 평온한 몸과 마음의 명상 분위기에서 득도한 것이기에 반가 자세와의 결부는 자연스러운 일이다. 반가사유상은 인도에서 2세기경 유래된 불상의 한 형식으로 중국에서 6세기에 완성된 후 우리나라의 삼국시대에 들어와 7세기경 신라에서 다시 정리되어 세련미를 꽃피웠다. 이 양식이 다시 일본으로 건너가 아스카飛鳥시대 불상의 바탕이 되었다. 우리나라의 국보 78호 금동반가사유상과 83호 금동반가사유상, 그리고 일본의 국보 1호인 광륭사廣隆寺의 목조 반가사유상은 동양 예술의 극치로 일컬어지고 있다. 칼 야스퍼스(Karl Jaspers, 1883~1969, 독일의 실존주의 철학자)는 "인간 실존의 참된 평화의 모습"이라고 하였다. 우리나라에서 열렸던 G20 세계 정상회의(2010년 11월 11일) 첫날 만찬이 국립중앙박물관에서 마련되었다. 이때 세계 정상들에게 한국문화의 정수精髓를 보여주었는데 가장 큰 관심을 끌었던 작품이 바로 반가사유상이었다. 78호는 불국사의 다보탑처럼 화려하고 장식적인 데 비해 83호는 수수한 이미지의 석가탑 같다. 학계에서는 대체로 78호에 비해 83호에 진가의 무게를 두고 있다. 내가 국립중앙박물관에 세 번째 갔을 때 78호는 해외전시 중이어서 볼 수 없었고 그 대신 83호를 처음으로 만날 수 있었다. 전시실에는 반가사유상 한 점만을 번갈아 모시는데 관객은 대부분 일본인들이었다. 자기 나라 국보 1호와 비교하여 감상하는 듯하였으며 심취한 나머지 깊은 명상에 잠긴 사람도 있었다. 우리나라에는 20여 점의 반가사유상이 있다. 이 가운데는 상체의 자세가 앞으로 많이 숙여져 있어 마치 조는 듯한 작품도 있는데 오히려 반책상다리 자세에서 취할 수 있는 자연스런 자세이다. 우리나라와 일본의 국보 반가사유상의 자세는 이상적으로 미화하기 위해 상체를 수직에 가깝게 세웠을 것이다.

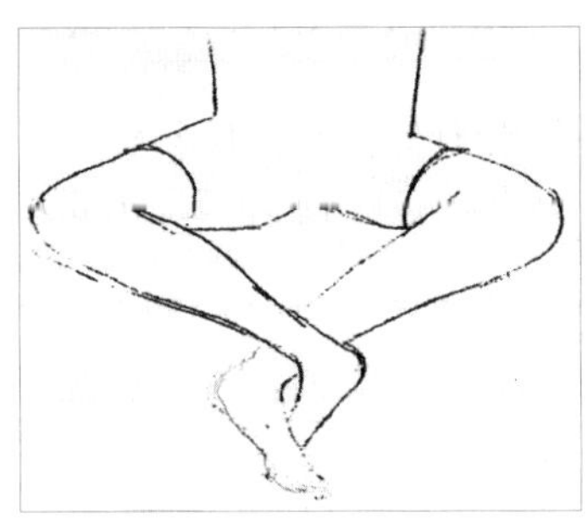

돈황敦皇의 275호인 막고굴莫高窟(莫=漠. 사막의 높은 곳에 있는 동굴이라는 뜻)은 동굴의 초기인 6세기에 조성되었다. 이 동굴에 모셔져 있는 미륵보살상의 다리 자세는 두 발목을 'X'형으

로 취하고 있다. 중도를 체득하셨던 붓다의 반가사유상의 자세는 가장 힘든 가부좌와 막고굴 불상의 생활자세와의 중도적 자세라는 사실이 흥미롭다. 즉 반가사유상은 고행중단 이후 득도 당시의 자세일 가능성이 농후하다.

근원近園 김용준金容俊(전 서울대 교수. 화가, 수필가)은 반가사유상에 대해 "곡선이 넘친 아름다운 육체에 조용히 혼자 웃는 삼매경의 얼굴, 설탕물처럼 달콤하지 않으나 언제 먹어도 맛있는 본래 무미無味의 흰 쌀밥 같은 자연의 맛"이라고 하였다. 근원이 반가사유상을 "흰 쌀밥 같은 자연의 맛"이라고 설파한 것은 이 책『0의 행복』의 키워드인 밥맛과 일치한다. 나는 여기서 또 한 번의 법열을 맛보게 된다. 한편 김원룡金元龍 교수(아호 삼불암三佛庵. 전 서울대 고고학과 교수. 수필가, 문인화가)는 반가사유상에 대해 "불가사의한 웃음이 바람처럼 스치고 지나간다. 입과 눈이 그대로 두면 무한히 커질 것 같고…… 영원한 적막을 깨뜨리는 것 같으면서 그것을 더 강조하고 있는 벌어진 오른발 엄지발가락의 동작과 묘사는 한마디로 신묘神妙……"하다고 말했다. 이 짧막한 글은 붓다의 "해탈불상"임을 입증하면서 성도成道 순간의 표정을 완곡하면서도 사실적으로 참으로 신묘하게 묘사하고 있다. 이러한 미의식의 표현은 고고학자로서의 전문성과 수필가로서 통찰력에 의한 관조 때문이리라. 나는 언제나 반가사유상의 감상 포인트를 미소와 발가락의 표정에 두고 있다. 몸 전체의 이완된 분위기와는 달리 왼쪽 무릎 위에 올려놓은 오른발의 엄지발가락만은 대조적으로 긴장되면서 발등쪽으로 완전히 뒤로 젖혀져 있다. 나는 이 발가락의 표정이 마치 "아! 나의 깨달음의 궁극은 바로 중도中道이다!"를 득도하는 순간의 반응에서 나오는 자연스러운 동작 같기만 하다. 이를 심리학에서는 '아! 반응(response)'이라고 한다. 사람의 마음이 기쁘면 행복하게 하는 화학물질인 엔돌핀이 몸에서 나와 또 다시 행복의 시간이 연장된다고 한다. 붓다 반가사유상 얼굴의 표정은 곧 입이 벌어지시고 눈도 커지실 것만 같다. 희로애락을 초월한 신비한 미소는 "중도/0의 행복의 미소"라고 부르고 싶다. 예수의 생애에서 가장 중요한 시점인 그리스도의 수난을 묘사한 그림과 조각의 십자고상十字苦像이 다양하다. 결국 반가사유상과 경주 석굴암 본존불의 주제는 같은 맥락의 성도 순간을 묘사한 불상이 아닐까?

반가사유상은 아직도 전근대적인 시각으로 해석되고 있다. 싯다르타 태자가 출가하기 전 인간의 생로병사를 고민하며 명상하는 모습 또는 붓다가 사후에 돌아올 미래불인 미륵불이 중생을 구제하기 위하여 생각에 잠긴 모습이라고 하고 있다. 나는 이 글의 소제목에서 반가사유상의 미소는 해탈 순간 득의의 미소라고 감히 난성하였다. 그 근거는 고 김원용 교수의 기상천외한 시각의 '발가락' 감상鑑賞 Point에서 착상하게 된 것이다. 모든 불상에서 부처님 발가락의 모양은 국보 78호처럼 한결같이 가지런하다(단지 반가자세의 고려불화 가운데 땅을 딛고 있는 왼쪽 발가락에 힘을 준 일부 수월관음도水月觀音圖와 지장보살도地藏菩薩圖의 오른쪽 엄지발가락이 자연히 따라서 긴장하면서 뒤쪽으로 젖혀져 있는 작품은 있다). 그러나 국보 83호와 일본의 국보 1호인 반가사유상 두 작품에서만이 엄지발가락이 벌어지면서 뒤로 젖혀져 있다. 엄지발가락의 긴장도에서 국보 83호가 극단적인 반면 일본 국보 1호는 각도가 완만한 편이다. 이 반가사유상의 조각가(작자 미상)가 의도했던 특이한 엄지발가락의 의장意匠으로 보아 같은 장인匠人의 작품일 개연성이 매우 높다. 이 무명장인이 83호를 제작한 후 마치 미흡한 점을 보완이라도 한 듯 일본 국보 1호는 손가락으로 동그란 수인手印을 하고 있다. 동그라미(0) 수인은 붓다 깨달음의 모체가 아닌가? 반가사유상의 조각가는 일본 국보 1호에서 붓다의 깨달음을 완벽하게 구현해 놓았다. 일본의 목불상木佛像은 활엽수인데 비해 일본의 국보 1호 목조반가사유상은 침엽수인 한국 소나무의 적송赤松이므로 신라 장인의 작품이라고 한일 양국의 전문가들이 한때 거의 의견을 같이 한 적이 있었다. 즉 신라의 영토였던 지금의 경북 봉화군 춘양면에서 자란 적송일 것이라고 추측했던 것이다. 그러나 훗날 일본에도 적송이 있다는 사실이 밝혀져 신라 장인설의 신빙성이 희박해지고 말았다. 나는 국수주의적 입장에서가 아니라 국보 83호에 없는 수인이 일본 국보 1호에 있다는 점은 같은 신라의 장인이 보완차원에서 훗날 다시 제작했을 가능성이 높다고 본다. 일본 국보 1호의 발가락 표현을 부드럽게 한 것은 둥근 수인과 조화를 위해서가 아니었을까? 결국 한국 국보 83호와 일본 국보 1호 반가사유상은 같은 장인의 붓다의 득도 순간, 한국의 국보 78호는 다른 장인의 득도 전 명상의 자세로 보고 싶다.

한국 국보 83호

한국 국보 78호

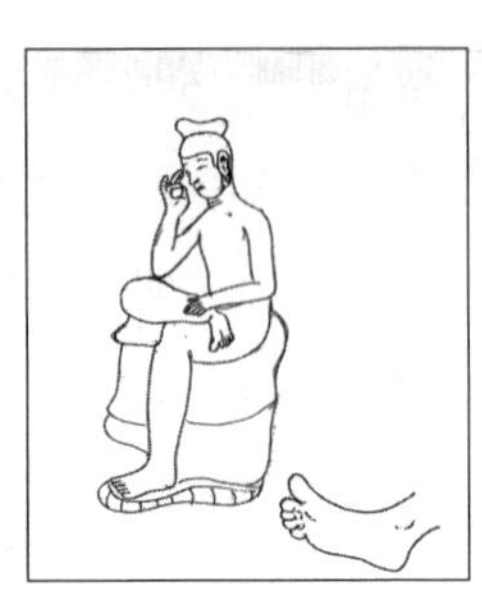

일본 국보 1호

반가사유상은 7세기경의 작품이며 석굴암은 8세기 중엽이다. 반가사유상에 만족하지 못한 신라인들이 훗날 불국토의 백성답게 석굴암이라는 걸작을 낳게 될 수밖에 없었을 것만 같다. 석굴암은 본존불을 비롯해 10대 제자 등 무려 40체의 불상을 배치하여 조각과 건축을 구상構想, 구상화具象化한 Pantheon(반구형半球形 지붕의 건축)이다. 반가사유상이 붓다의 성도해탈을 형상화한 소품小品의 정화精華라면 석굴암은 입체적이며 환상적인 석조예술의 극치인 것이다.

*가지력(加持力) : 중생을 보호하는 석가모니 부처님의 불가사의한 힘.

불교 · 총지종 · 진각종 · 원불교
앞날이 밝다

현대인들은 복잡한 것을 싫어하고 간단하고 단순한 것을 좋아한다. 그런 시각에서 보면 총지종總持宗·總指宗과 진각종眞覺宗, 원불교圓佛教는 앞날의 포교에 전망이 밝을 것이라 생각한다. 특히 원불교는 선의 행주좌와어묵동정行住坐臥語默動靜 같이 고리타분한 용어를 젊은이들도 쉽게 알 수 있는 무처선무시선無處禪無時禪으로 리모델링 해 놓았다. 세 종교는 각각 진리의 상징이 둥글다는 공통점을 가지고 있다.

총지종은 공 모양의 구상球相, 진각종은 둥근 모양의 대일여래상, 원불교는 일원상을 법신불로 모신다. 총지종은 그 이름 자체에서 관심을 끌게 한다. 총지總持·總指는 '석가모니 부처님 깨달음의 본질, 모든 것을 간직하고(가리키고) 있다'는 뜻이다. 원불교 역시 법신불 '일원상/0'은 모든 사물의 본원이며 모든 부처와 성인의 심인心印*이요, 사람의 본성이라 하고 있다. 불교는 인간의 작은 걱정인 고민으로부터, 큰 근심인 고뇌를 치유해주는 '정신의학종교'이다. 법신불法身佛인 대일여래大日如來를 '의학'에 비유한다면 보신불報身佛인 약사여래藥師如來는 '의사'이며 화신불化身佛 / 응신불應身佛인 석가여래釋迦如來는 사람마다의 증세에 따라 처방을 내리는 '의술'이라 하겠다. 사바세계의 주불主佛로 석가모니 부처를 모신 것으로는 마음에 흡족하지 않아 욕심(?)을 내어 극락세계의 주불로 방편법신方便法身인 아미타불을 모셔 놓고 있다. 과거의 출가는 요즈음에 비해 상대적으로 자연스러웠으나 지금은 여러 면에서 용이하지가 않다. 대표적으로 불가에서 원불교의 남자 교무와 총지종 남녀 성직자들의 결혼 허용은 불교의 전승차원에서 이해되어야 할 것이다. 21세기 한국 불교는 소수의 출가승을 스승으로 모시되, 다수의 재가在家 불자도 깨달음에서만은 대등한 입장에서 깨달을 수 있다는 자신감을 가져야 한다. 그리고 살아있는 불교가 되기 위하여, 불교의 생활화와 생활의 불교화를 적극적으로 도모圖謀해야 한다. 한국 불교의 해외 포교는 해외 반응이 매우 고무적으로, 원불교가 앞장 서 있다. 해외 교당이 57개로 미국 동서부, 캐나다 밴쿠버, 남미, 유럽, 호주, 뉴질랜드, 러시아, 카자흐스탄, 아프리카, 동남아시아, 일본, 중국 등지에 교무教務가 102명 파견되어 있다. 한편 불교 TV는 미국과 캐나다 전역과 멕시코 일부에 방송되고 있으며, 세계 전 지역의 방송도 계획하고 있다. 불교가 이미 기원전에 서양의 지중해 연안과 그리스와 로마에 전해졌다는 설이 있다. 그러나 본격적인 연구는 19세기 초였으며, 20세기부터 뿌리를 내리기 시작하였다. 실질적이며 철두철미한 인생관을 가진 영국인들이 불교를 탐색하는 데는 100여 년의 세월이 걸렸다. 프랑스는 가톨릭 국가이지만 절대 다수국민이 종교적인 신앙을 갖고 있지 않다. 고색창연古色蒼然한 성당은 관광명소일 뿐이다. 그런데 기이하게도 세계2차대전을 전후하여 불교인구가 나타나기 시작했다. 사르트르의 실존주의 영향이었을까?

사르트르(1905~1980, 프랑스 파리 출생, 작가, 사상가)는 2차대전 후 혜성처럼 나타난 실존주의와 동의어로 쓰일 정도로 실존주의자는 사르트르 밖에 없는 것처럼 생각할 정도였다. 사르트르 실존주의의 특색은 무신론적이며 행동실천적이고 인도주의(휴머니즘)적이다.

실존은 현실존재現實存在라는 뜻으로, 물건은 이것 대신 저것으로 바꿀 수 있지만 '나'라고 하는 개인은 남이 대신할 수 없다. 물건은 상대적이지만 인간은 절대적이다. 실존이란 인간 본래의 자기라는 뜻이며, 실존주의는 '비본래의 자기'에서 '본래의 자기'를 찾으려는 철학이다. 이처럼 실존주의의 인본주의와 행동실천적 사상과 비본래적인 자아에서 본래적인 자아의 회귀사상이 불교의 자비정신, 적극적인 대승정신, 가아假我에서 진아眞我로의 교의가 상통하고 있다. 일찍이 서양의 많은 지성知性들은 불교의 이념을 문학과 철학에 모셔왔다. 대표적인 예가 사르트르의 연인 보봐르 부인의 작품 '사람은 모두가 죽는다'이다.

한편 가톨릭 총본산 교황청이 있는 바티칸시가 있는 로마의 신부와 수녀들도 불교에 지대한 관심을 갖고 있다. 인도의 산스크리트어를 서구에 알린 것도 신부神父였으며 유명한 경전을 옮기는 작업도 신부님들이 하였다. 현재 유럽의 여러 도시에는 수많은 수도원과 포교당, 선 센터, 불교대학, 불교방송이 자리 잡고 있으며 불교서적의 활발한 출간으로 불교를 직·간접적으로 맛볼 수 있는 기회가 많아졌다. 기독교가 오직 하느님만을 믿는 일신교인 '의타依他종교'라면 불교는 각자 자기 자신의 불성을 믿는 다신교인 '의자依自종교'이다. 즉 "아심자유불 자불시진불我心自有佛 自佛是眞佛(내 마음속에 본래 부처님이 계시다네. 나의 부처는 석가모니 부처보다 귀하도다, 필자 졸역)"이다.

과거 아시아 지역에서의 기독교 선교宣敎와 근·현대의 유럽에서의 불교 포교는 출발부터 근본적으로 다르다. 기독교의 선교사들은 식민정책의 후광에 힘입은 주입식 선교였다. 반면 불교는 서양인들 스스로의 자각과 관심에 의해 꽃을 피우고 있다. 20세기까지는 유위有爲의 종교인 기독교의 세기였다면 21세기에는 무위의 종교인 불교가 동양종교에서 뛰어 넘어 서양종교에 동참하게 될 것이라고 종교학자들은 내다보고 있다. 유위란 인공의 내세를 뜻하며 무위란 무인위無人爲로 인간본래의 불성, 자불自佛을 말한다. 기독교는 유일신이기에 배타적이며 권위주의적일 수밖에 없다. 인도주의를 앞세우는 기독교는 십자군전쟁 이래 근자에 종주국 미국이 이라크에서 보여주고 있는 비인도주의적인 모순성에 서구의 지식인들은 염증을 느끼고 있다. 그러나 자비와 평화주의 불교로 인해서는 지구상에서 단 한 번의 전쟁도 일어나지 않았다.

오늘날 서구인들의 불교지향은 두 종교의 차별화에서 생기는 반작용도 있었으리라. 국내 기독교 신자의 불교 개종과 불자 인구의 증가도 이러한 맥락에서 해석될 수 있겠다. 그리고 이들의 근본적인 불교지향은 생명의 유한성에서 오는 불안과 허무를 초월하여 본래의 자기를 찾아가는 실존적 자기 귀향 현상으로도 해석할 수 있다.

요즈음 서양에 불자들을 가리키는 재미있는 별칭이 있다. 그동안 다시던 선원禪院을 그만두고 이름이 알려진 유명한 선원으로 옮기는 불자를 메뚜기불자(Hopper Buddhist)라고 한다. 또한 덕망있는 선사禪師의 불교책을 읽고 귀의한 사람을 Bookstore Buddhist 또는 밤늦게까지 전기스탠드 불빛 아래에서 공부한다 하여 Nightstand Buddhist라고도 한다.

불생불멸은 모든 현상이 인연에 따라 일시적으로 나타났다가 사라지는 데 불과할 뿐 생기는 것도 소멸하는 것도 아니라는 뜻이다. 불교계의 학승들은 불생불멸과 과학 세계의 물질불멸의 법칙을 동일시하여 과학종교임을 증명하고 있다. 같은 시간이라도 즐거우면 짧고 괴로우면 길게 느껴지는 것은 절대적인 고락의 시간은 없고 상대적이기 때문이다. 상대성원리로 유명한 아인슈타인(1879~1955)

박사가 일찍이 미래의 종교는 불교라 단언한 이유가 자연스레 다가
오고 있다.

* 심인(心印) : 언어를 떠난 마음에서 마음으로 전해진 깨달음. 도장이 진실과 확실함을 나타내
  듯 깨달음도 그러해야 하므로 인(印)이라 한다.

형이하학으로 형이상학을 만나는 밀교

석가모니 부처님의 말씀으로 드러낸 가르침인 현교顯教의 상대적인 불교가 밀교密教이다. 나는 평소 밀교는 '사이비 종교', '이상한 종교'라는 선입견을 가지고 있었다. 그러나 한참 후에야 이러한 오해는 나의 무지의 탓임을 알게 되었다. 밀교는 우선 입으로 진언眞言(붓다의 가르침)을 외운다. 그리고 밀교수행은 불가사의한 붓다의 세 가지 비밀의 깨달음, 몸으로 체득하신 비밀 신밀身密, 말씀의 비밀인 구밀口密, 마음의 비밀 의밀意密과 수도자의 온몸 체험 수행으로 하나 됨이다. 붓다의 신·구·의의 비밀과 합일됨으로써 누구나 곧 이 몸이 부처가 될 수 있는 즉신성불卽身成佛을 궁극으로 하는 종교가 밀교다.

여기서 신밀은 붓다 깨달음의 모체로 지금까지 어느 종파에서도 접근하지 못했던 새로운 시각이다. 신밀은 석가모니 부처님이 고행무익 선언 이후 보리수 아래서 단맛(+)도 쓴맛(−)도 아닌 구수하고 담백한 중도의 맛(0)인 밥맛을 통하여 구체적으로 몸으로 느

껴 체득한 깨달음이다. 신밀은 붓다 깨달음의 본질에 가장 가까이
다가 간 발견이다.

신밀 하나의 수행으로 밀교는 선구적 입장에 서게 된다. 밀교는
붓다 깨달음의 비밀을 가르치는 종교라는 뜻이다.

다라니陀羅尼는 산스크리트어 dharani의 음을 옮긴 말로 뜻은 총
지總持(깨달음을 모두 간직했음), 그리고 총지總指(깨달음을 가리킴)
이다. 절묘하게 번역된 용어들이다. 한자 축약의 기능을 새삼 느끼
게 된다. '다라니'는 붓다의 비밀스러운 말씀으로 그 뜻이 깊고 미
묘하여 사유의 대상이 될 수 없다고 한다. 따라서 다라니는 붓다
의 가르침과 깨달음이 담겨있는 신비스러운 주문呪文이므로 산스
크리트어를 번역하지 않고 소리대로 읽는다. 이 주문에는 불가사
의한 힘이 있기 때문에 이를 외우면 모든 장애를 벗어나는 효험을
얻는다고 한다. '말하다 / spell'이 마력이라는 뜻으로 어의가 확대되
어 쓰이고 있다. 이는 절대자와의 마음의 대화인 끊임 없는 기도
나 주문이 사람의 마음을 변화시키는 마력魔力이 있기 때문이다.
말의 집중력이 마력이 된 것이다.

밀교가 사이비 또는 기복신앙의 종교로 오해받는 점이 바로 이
러한 다라니 때문이다. 그리고 만다라曼茶羅는 산스크리트어 Mandala
의 음사音寫다. Manda는 어원으로 '본질, 정수精髓'이며 la는 '소유'
를 나타내는 접미사다. 뜻으로는 원圓(0), 단壇, 윤輪, 장場, 회會, 중衆
이라고 번역한다. 만다라는 흔히 우주의 진리, 깨달음의 경지, 부

처나 보살의 서원, 가르침의 세계를 상징적으로 묘사한 그림을 뜻하기도 한다. 그리고 더러는 깨달음(0)을 닦는 장소인 도량이나 한곳에 여러 부처나 보살을 모신 단壇을 뜻할 때도 있다. 결국 만다라는 0을 말하고 있다.

밀교의 상징은 '옴마니 반메훔'이다. 옴(AUM)은 'A · U · M'의 합성어다. A는 우주의 시작, U는 지속, M은 끝이다. 즉 우주의 탄생과 지속, 소멸의 뜻이 담긴 진언眞言*으로 '연꽃 속의 보석'이라 풀이한다. 연꽃과 보석은 식물과 광물 가운데 최고 · 최상의 미의 정화精華이다.

이 여섯 글자에 붓다의 참 깨달음이 있다 하여 육자심인六字心印*이라고 한다. 이 여섯 글자만 외우면 무궁무진한 뜻이 있어 모든 재난에서 벗어난다. 또한 관세음보살의 자비에 의해 번뇌와 죄악이 소멸되고 많은 공덕을 얻는다고도 한다. 마치 무당이 푸닥거리를 하기 전에 손님 앞에서 상업적으로 늘어놓는 상투적인 말투 같기도 하다. 단조로워 싱겁게도 들리는 '옴마니 반메훔'이나 '관세음보살'의 반복적인 독송讀誦은 기복祈福신앙 이전에 이 자체가 행복하기 위한 집중의 방편인 것이다.

네팔과 티베트의 어디를 가도 눈에 들어오는 찬란한 오색(빨강 / 불 · 파랑 / 바다 · 노랑 / 땅 · 초록 / 산 · 하양 / 구름을 상징)의 깃발 초르텐(룽다)은 멀리 만년설이 바라보이는 산마루턱, 사원의 뜰에서도 펄럭인다. 특히 석기시대 같이 초라한 주거지 집 앞의 초르

텐은 기차 역무원의 직업에 걸맞지 않는 금테 모자와 같은 언밸런스(unbalance)의 비감悲感에 젖게 한다. 어쩌면 룽다는 이 생의 삶을 마치고 외롭고 쓸쓸하게 저 하늘로 올라가는 영혼들에게 마지막으로 흔들어주는 노스탤지어의 손수건인지도 모른다. 티베트는 문맹 불교국으로 놋쇠로 만든 원통형의 마니차를 한 번 돌리면 경전을 한 번 읽는 것으로 쳐준다. 경전의 말씀이나 개인의 소원이 적힌 초르텐은 '바람의 말'이란 뜻으로, 바람을 타고 널리 퍼져 나가기를 바라기도 한다. 옴마니 반메훔은 '연꽃 속의 보석'이란 뜻이다. 연꽃은 지상 식물의 여왕이요, 보석은 광물 중의 왕으로 보배 가운데 으뜸이다. '아름다움은 즐거움이요, 힘의 원천이다.' 오색이 찬란한 초르텐과 마음의 꽃인 옴마니 반메훔을 통해 중생들은 따분한 생활에서 벗어나고 현실의 괴로움을 극복하려는 힘을 얻고 싶었을 것이다. 초르텐(룽다)과 옴마니 반메훔은 그러한 바람(원願)이 바람에 나부끼게 만들어낸 위안의 생활 예술품이요, 염원의 주문인 것이다.

더 큰 욕망과 숙명적으로 찾아오게 마련인 근심거리와 좌절감은 누구에게나 다 있을 것이다. 성공한 사람이라고 해서 없는 것이 아니고 실패한 사람만이 있는 것이 아니다. 그러므로 전자나 후자 모두 그들의 번민을 해결해 줄 '그 무엇을' 갈망하게 마련이다. 따라서 종교와 기복신앙은 한 몸이 되어 종교와 함께 미신도 생명을 유지해오고 있는 것이다. 종교에도 다소의 미신은 섞여 있게 마련이다. 미신은 인간사회에서 영원히 사라지지 않을 것이다. 미신의 기도 역시 인간에게 힘을 준다는 점에서는 종교와 다를 바가 없기 때문이다. 기독교 중에서도 가톨릭은 포용성이 넓다. 어느 가톨릭 신학대학교의 커리큘럼에는 무속신앙이 들어있기도 하다. 사람들은 평소 큰소리치고 살고는 있지만, 종교가 아니더라도 미신이든 우상이든 믿고 살 수밖에 없는 나약한 동물이다. 나는 목욕탕의 옷장을 정할 때 나도 모르게 3번, 7번 또는 8번을 고른다. 8번을 좋아하게 된 이유는, 일본의 상징인 후지산富士山의 산세山勢가 '八' 자 모양으로 밑으로 내려올수록 넓어진다 하여 '말광末廣(수에히로)'이라고 한다. 이는 대인관계나 모든 형편이 용두사미龍頭蛇尾의 반대가 되라는 뜻이 있다. 서울의 번화한 인사동 길거리와 일본 동경 한복판 신주쿠新宿區의 거리에서 점占을 보는 젊은 남녀들을 쉽게 볼 수 있다. 하물며 미국 역대 대통령의 영부인들(낸시 레이건·힐러리 클린턴·마리토드 링컨)도 백악관에 점성술사占星術師를 불러들였다고 하지 않는가? 무신론자였던 영국의 철학자 버트런드 러셀(1872~1970, 1950년 노벨문학상 수상)도 만년에 종교에 귀의하였다. 또한 대표적인 실존주의 철학자로 철저한 무신론자였던 카뮈(1913~1960, 1957년 노벨문학상 수상)도 신문의 점占보는 란欄을 즐겨보았다고 한다. 산악인 엄홍길은 히말라야의 8,000m 이상 고봉 14좌를 완등한 선인이다. 사람人이 산山과 하나가 되면 신선神仙이 되며 사람人이 계곡谷에 머무르면 속물俗物이 된다. 고

산高山은 바로 신으로 인간의 영원한 경외의 대상이다. 그러한 뜻으로 불교에서는 등산이라 하지 않고 입산이라 한다. 불자인 엄홍길이 산에서 반드시 지키는 두 가지가 있다. 아침마다 드리는 불공과 일행 중의 어느 사람이 아무 데나 소변을 보면 떨어지는 불호령이 그것이다.

"혼자 있을 때도 조심하고 삼가라."는 동양정신인 신독愼獨과 같은 서양인의 보편적인 공중도덕관이 담긴 글이 있다. "아무도 너를 보고 있지 않을 때 어떻게 처신하겠는가?(When no body is watching you who are you?)"

엄홍길 대장이 드리는 불공의 대상은 어느 분이었을까? 석가모니 부처님은 아니었을 것이다. 아마도 관세음보살이 아니면 아미타불이었을 것이다. 그의 이름을 부르면 대비와 지혜로써 중생을 어려움에서 벗어나게 해주기에 몸과 마음을 바쳐 믿고 의지하는 부처님들이기 때문이다. 붓다는 존숭尊崇하되 의지의 인물은 아니며 생활철학의 스승일 뿐이다. 이처럼 불교는 믿는 순간, 인물의 대상에 따라 종교도 가능하고 철학도 가능한 폭넓은 정신세계의 믿음이라는 것이 나의 불교관이다.

요즘 우리 사회를 보면 좋은 일을 한 사람에게 반드시 좋은 일만 찾아오지 않고, 나쁜 일을 하는 사람에게도 반드시 나쁜 일이 찾아오지 않는다는 것을 종종 볼 수 있다. 그러나 결국은 나쁜 사람들의 좋은 끝은 없으나 좋은 사람의 좋은 끝은 있기 마련이다.

나는 가끔, 인과응보를 하늘처럼 믿고 살았던 보통사람들의 보통
사회가 그리워질 때가 있다. 그리고 종교와 미신을 혼동할 때도
있다. 종교가 사람이 살아있는 동안의 위안처인지 사후의 귀의처
인지 아직은 잘 모르겠다. 나는 점점 이상하리만치 모르는 것들이
많아져 간다.

밀교의 수행법에 월륜관月輪觀이 있고 법신불 또한 둥근 달 모
양의 월륜이다. 석가모니 부처님 깨달음의 모체(본질)의 심층의식
은 0이다. 이 0의 깨달음의 특징은 구체적인 밥맛이란 대상을 통
하여 몸과 마음으로 체득한 득도였다는 점이다. 숫자로서의 0이
없던 시대, 붓다는 자신의 깨달음을 표현할 길이 없었던 것이다.

오늘날에도 우리들이 지식은 말로 표현할 수 있으나 몸과 마음
으로 느낀 '그 무엇'은 어떤 것으로든 표현할 수 없는 것과 같은
것이다. 가까운 예로 운동이나 목욕 후에 마시는 생맥주의 첫 잔,
첫 모금의 맛을 어떻게 표현할 수 있겠는가. 또한 온갖 종류의 과
일들이 가지고 있는 그 맛 하나하나를 어찌 설명할 수 있는가. 다
른 사람들로부터 축하를 받았을 때의 그 기쁨 또한 어찌 표현하겠
는가.

석가모니 부처님 깨달음의 심층의식이었던 0이 밀교에서는 '만
다라/원圓', 월륜月輪으로 변주되고 있다. 불교 궁극의 이념인 해
탈(성불)은 도대체 어떤 느낌의 경지일까? 해탈은 정신적인 극치,
미감美感의 행복일 것이라는 가정은 가능하였을 것이다. 육체 쾌감

의 극치가 섹스의 절정임은 당시 불자들도 생활경험으로 알고 있었을 것이다. 따라서 밀교의 신자들은 붓다 깨달음의 수수께끼를 섹스의 쾌감을 통하여 유추하여 풀고 싶었던 것이다. 여기서 남녀 성교의 합환상合歡像이라는 변태의 조각상이 나타난다. 이러한 현상이 밀교가 정통 불교와 세상 사람들로부터 손가락질을 받는 연유가 된 것이다.

이 에로틱한 '합환상'은 형이하학을 통해 형이상학의 이념을 만나고자 했던 희원希願이었다. 결국 성교에 의한 육체의 쾌감과 종교체험에 의한 마음의 미감을 대비하여 일치시키고 싶었던 것이다. 성性(섹스)은 성聖에 도달하기 위한 다리의 역할을 한 셈이다. 합환상은 밀교에서 오랜 수수께끼였던 붓다의 깨달음을 풀고자 했던 진지한 진리 추구의 조각품이다. 이처럼 석가모니 부처님 참 깨달음의 비밀과 수수께끼를 풀고자 7세기 후반 '밀교'라는 변이 종교가 생겨나게 된다.

* 진언(眞言) : 석가모니 부처님의 가르침이나 지혜를 나타내는 신비한 주문.
* 육자심인(六字心印) : 이심전심으로 전하는 여섯 글자로 된 붓다의 참 깨달음.

인생의 3대 요소,
진리 · 성애 · 실리

밀교의 합환상과 유사한 해괴망측한 조각상들이 인도에서도 나타난다. 인도 중부의 고대 도시 카주라호 사원의 조각상이다. 이 사원들은 찬드라 왕조의 최전성기인 기원후 10~12세기에 세워졌다. 사암沙岩*에 새겨진 조각상들은 관능적인 몸매와 성교하는 마이투나 합환상이다. 조각의 재료가 다소 무른 사암이기 때문에 작품은 극사실적으로 정교하기 그지없다. 이 사원의 분위기는 작품의 내용과 사뭇 다르다. 마치 신성한 사원에서 기도와 명상을 하는 것처럼 거룩함을 느끼게 한다.

조각은 고대 인도의 4세기 바챠야나가 지은 성애론서性愛論書인 『카마수트라』의 내용을 사실적으로 새겨놓은 것이다.

인도는 고대로부터 이미 인생의 3대 요소가 정해져 있었다. 그것은 다르마(진리), 아르타(실리實利 / 재물, 장사), 카마[성애性愛]로 이를 존중하였다. 성애론서 저자인 바챠야나는 특히 카마(성애)교육의 중요성을 강조해 『카마수트라』를 쓰게 된 것이다.

이 책에는 여자가 터득해야 할 64가지의 기예技藝를 들었다. 이 가운데 시 짓기와 춤에 대한 소양, 향수를 몸에 뿌리는 법도 있다. 그리고 남자에게는 순결을 업신여기는 여자를 멀리해야 한다고도 가르치고 있다. 포옹의 기술 편에서는 '사랑에 불이 붙으면 그 다음은 원칙도 순서도 없어져 버리는 것'이라고 직설적이며 솔직한 표현을 하기도 한다. 마지막 장에서는 '욕정은 사라지고 부부의 정만 남는다'고 도덕적인 결론을 내리고 있다.

캄보디아의 앙코르와트 사원의 벽면 조각상은 전쟁사戰爭史를 사실적으로 새긴 서사시이다. 이는 당시 문맹이 태반인 캄보디아 국민들을 위하여 책의 출판처럼 조성된 작품이다. 이들 조각품의 재료 역시 사암이라 섬세하고도 세밀하다.

나는 피난 행렬 조각상의 군중들을 보다가 갑자기 포복절도하여 한동안 나오는 웃음을 멈출 수가 없었다. 나의 웃음보를 터트리게 한 것은 어느 부부의 한 장면이었다. 남편은 닭을 안고 있고 아내는 술병을 들고 있었다. 아마 닭이 술병보다 무겁고 거추장스러워 바꿔 들었을 것이다. 그러나 술과 관계가 없는 아내가 술병을 들고 있는 것부터 웃음이 나오게 하였다. 그런데 남편이 안고 있던 닭이 갑자기 앞에 가는 어느 부인의 궁둥이를 쪼았다. 그 부인은 갑자기 당한 일에 놀란 나머지 고개를 뒤로 획 돌린 채 남편을 뚫어지게 쳐다보면서 눈을 흘기는 장면이었다. 앞의 봉변당한 부인과는 대조적인 표정으로 술병을 들고 하염없이 걸어가는 술꾼 아내의 무심한 얼굴에 나의 시선은 오래 머물러 있었다.

우리나라에도 비슷한 일화가 있다. 6·25 피난행 열차에서 잠시 내린 술꾼의 아내는 그 와중에도 술국을 데우고 있었다. 애주가이셨던 조지훈 선생이 군침을 삼켜가면서 그 근처를 기웃거리며 배회하였다고 한다. 이윽고 인심마저 후하였던 그들 부부로부터 한 잔 술을 얻어 자셨다는 일화를 수업시간에 들려주셨던 것이 떠오른다.

이와 같은 인도 중부의 고대 도시 카주라호 사원의 합환상이나 앙코르와트 사원의 조각상들은 포교와 문맹인을 위한 책의 역할을 한 것은 아니었을까. 훗날 밀교의 합환상 방편처럼 그 당시 인도의 불자들에게도 붓다의 깨달음의 정수를 이해시키기 위한 하나의 방편으로 이런 조각들이 조성되었을 것이라는 생각에 미치게 된다.

＊사암(沙岩) : 모래가 모여 응결된 암석. 주로 건축 재료나 숫돌로 쓰임.

0의 **창안자 붓다**는 위대한 수학자

인류의 사상사思想史에서 석가모니 부처님의 '0/공사상'은 새로운 지평을 열어 주었다. 0이 같은 지역인 인도에서 재발견됨으로써 수학사에 대혁명을 일으킨다. 사상으로서의 0/공과 수학으로서의 0이 우연히 인도에서 발견된 것일까?

석가모니 부처님이 득도하신 시기는 기원전 525년경이다. 이후 0/공사상은 인도인들 사유세계를 지배하면서 0이란 개념이 잉태되었을 것이다. 이처럼 잠재되었다가 천년 후인 기원후 6세기에 나타난 것은 공空사상의 덕분이라는 것이 수학사의 정설로 되어 있다.

1~9까지만 있던 수학에 0이 편입되면서 근대수학은 꽃을 피우며 대혁명기를 맞게 된다. 0의 발견자는 무명인으로 되어있다. 그러나 그 무명인은 석가모니 부처님을 사숙私淑하였을지도 모른다. 이는 마치 서예에서 무명씨의 붓을 스승인 붓다가 붓의 윗부분을

잡아주어 글씨를 완성시켜 주는 것과 같다고 하겠다.

0의 발견자가 무명인인 것은 당연하다. 진정한 발견자는 천 년 전 같은 인도의 석가모니 부처님임을 입증하는 것이 아니겠는가? 굳이 기원후 6세기에 발견된 0의 발견자를 가리자면 0의 개념을 생활에서 보편적으로 사용했던 당시 전체 인도 국민들로 보아야 할 것이다. 즉 열 달이 지나면 산모가 아이를 낳지 않을 수 없듯이, 천 년 전 붓다가 잉태시킨 0이 자연발생적으로 탄생되지 않을 수 없었던 것이다.

0의 창안자가 석가모니 부처님임에 심증이 가는 데도 나의 논리는 지나치게 소극적이며 조심스러운 것만 같다. 0의 발견 당시 노벨상 제도가 있었다면 붓다는 반드시 수학부문 공동 수상자가 되었어야 했을 것이다.

수학자 피타고라스는
철학자 붓다구루스

칼 야스퍼스(Karl Jaspers, 1883~1969)*는 기원전 6세기를 전후한
4세기 동안을 인류혁명의 추축樞軸*시대라고 하였다. 이 시대가 인
류 문화의 발전단계에서 석기시대, 청동기시대에 이은 철기시대이
다. 철기시대는 바로 현대로 넘어오는 시기로 철 생산에 따른 대
량 살상무기가 등장한다. 선각자들은 전쟁에 의한 인류의 멸망을
우려하게 된다. 각 나라의 철기시대는 그 시기가 다르다. 가장 빠
른 기원전 13세기의 메소포타미아를 시작으로 인도가 기원전 10세
기, 중국은 기원전 4세기에 철기시대를 맞이하면서 무기가 생산되
었다. 따라서 이 시기에 범 인류를 위한 보편적인 사상이 꽃을 피
운다.

중국에서는 공자를 중심으로 제자백가가 출현했고 이스라엘에는
유태교의 수많은 예언자가 등장, 그 가운데 예수 그리스도가 나왔
다. 이 무렵 3대 성인 가운데 두 분인 공자와 석가모니 부처님이

탄생한다. '추축시대'의 진리가 지금도 진리인 것은 고대와 현대가 철학적으로는 같은 시대인 셈이다. 3대 성인 가운데 두 분은 B.C. 6세기, 한 분은 A.D. 1세기 인물이다. 오늘날 문명시대의 현대인들이 아득한 그 옛날 기원전·후 사람의 말씀으로 살고 있음은 참으로 아이러니컬하다. 현대인은 기원전 시대를 원시시대라고 착각하고 있다. 그러나 한 예로, B.C. 6세기에 이미 아령(dumbbell)이 등장하여 체육생활도 과학화되었음을 짐작할 수 있다.

고대사회는 학문의 미분화시대로 석가모니 부처님뿐만 아니라 철학자가 곧 수학자였다. 서양철학의 시조인 탈레스도 수학자였다. 플라톤은 그의 아카데미 입구에 '기하학을 모르는 사람은 들어오지 말 것'이라고 써 붙였다. 그리스 문화권에서는 종교적 법열의 경지로 이끄는 영혼의 정화법으로 하프라는 악기가 존중되었다. 하프는 피아노의 어머니이기도 하다.

기독교가 오늘날 세계적인 종교로 교세를 넓힐 수 있었던 것은 성가聖歌의 영향이다. 초기의 종교박해 때부터 그레고리안(무반주 성가)이 불려 그 신앙의 불꽃이 촛불처럼 이어졌던 것이다. 내가 공개방송을 진행했을 때 고교 합창단이 '생명의 양식'과 '이상'이린 곡을 합창으로 불렀다. 나는 곡이 끝나자마자 다음과 같은 아나운스먼트를 한 적이 있다. "이 합창곡을 듣고 있는 동안 시청자들께서는 하느님과 천사가 보이셨을 것입니다."

석가모니 부처님보다 20여 년 전에 태어난 유명한 피타고라스 역시 수학자 겸 철학자였다. philosophy(철학)은 'philo(사랑)＋sophy(지혜)'의 복합어로 '지혜의 사랑이 철학이다'라는 말을 만들기도 하였다. 단어 앞에 붙는 접두사 'phil/philo'는 '사랑하다'라는 뜻으로 음악에서 'philharmonic'은 '음악애호가'라는 의미가 된다. 산스크리트어로 '영적인 스승 붓다'라는 뜻으로 '붓다 구루스'라고 한다. 피타고라스는 쌀을 좋아하여 가지고 있던 콩을 주고 쌀과 물물교환하였다는 이야기가 전해온다. 붓다의 중도사상을 풀어준 밥맛. 붓다와 피타고라스 같은 당시의 철인들에게는 쌀이 일상의 양식을 뛰어넘어 철학의 대상이 되었던 것일까?

오늘날 인도를 한 면만 보고 빈민층의 나라로 착각하기 쉽다. 그러나 인도인들은 미국 실리콘벨리의 IT사업에서 주축이 되어 활약하고 있으며 핵무기까지 보유한 나라이다.

우리나라의 한국과학기술연구원(KIST)도 인도에서 그 모델을 따왔다. 석가모니 부처님이 태어난 카필라국은 농업국가다. 농업국가에서 곡식을 거두어들이는 세금 계산은 나라의 중요업무이다. 붓다는 출가 전 장차 왕이 될 한 나라의 태자로서 수학의 지식을 갖추어야 했을 것이다. 석가모니 부처님의 일생을 그린 불소행찬佛所行讚에 고타마 싯다르타*는 최고의 교육을 받았으며 높은 지성과 특히 셈에서의 비상한 능력을 강조하고 있다.

산수에 능한 싯다르타는 같은 또래의 친구들과는 경쟁의 상대가 되지 못했다. 그 당시 산수의 대가였던 아르주나까지도 태자의 실력과 겨룰 수 없다고 기록되어 있다. 대체로 성인의 어린 시절은 과장, 미화되어 묘사되는 것이 일반적이기는 하지만 터무니없는 허구만으로 보고 싶지는 않다. 이러한 붓다의 타고난 수학의 소질로 깨달음의 정수인 0의 개념이 심층의식으로 자리 잡을 수 있게 했던 것이다.

* 칼 야스퍼스(Karl Jaspers, 1883~1969) : 독일의 실존주의 철학자.
* 추축(樞軸) : 사물의 가장 긴요한 부분이나 활동의 중심.
* 고타마 싯다르타 : 석가모니 부처님의 출가 전 성과 이름.

수학세계에 뒤늦게 편입된 0이 숫자의 왕이 되다

인간사회에서도 어느 조직에 다른 것이 끼어들면 반발 또는 저항을 받게 마련이다. 1, 2, 3, 4, 5, 6, 7, 8, 9만 있던 수학의 세계에 0이 편입될 때도 마찬가지였다. 고정관념에 묶여있던 기존의 학자들 때문이었다. 이 무렵의 일화를 얘기하고자 하는 것은 석가모니 부처님의 0이라는 '수의 개념'에 대한 천재성을 짐작해보기 위해서이다.

실제로 값이 있는 실수인 양수(+)만 다루어오던 수학자들은 0보다 작은 음수(−)에 대하여 이해할 수 없었던 것이다.

$$(-3)+2=-1, \quad 2+(-2)=0$$

이와 같은 벡터Vector(방향량方向量)에 대하여 납득이 안 되었다. 따라서 실생활에서 예를 들어 이해를 시켰다고 한다. 해외여행에서 같은 일행이었던 이화여대 수학과 이종희 교수가 돌아오는 비행기 옆 좌석에서 들려준 예화이다.

가령 천만 원의 빚을 진 사람이 5백만 원을 갚으면 5백만 원의 빚이 남는다. 그리고 다시 5백만 원을 갚았을 때 0이 된다는 식이었다고 한다. 석가모니 부처님의 '성도成道 / 중도中道 / 0의 발견' 시점이 기원전 525년(6세기), 인도에서 0이 발견된 시기는 기원후 6세기이다. 석가모니 부처님은 천 년 후의 전문 수학자들도 쩔쩔매는 0의 개념을 이미 천 년 전 심층의식으로 파악했다는 사실은 그저 놀라울 뿐이다.

석가모니 부처님의 득도 / 중도 / 0의 발견으로 인도사회에 0이 잉태되면서 보편화 된다. 공 / 0사상으로 모든 존재의 실상實相이라는 철학이 가능해졌다. 이러한 풍토에서 수학자들은 0을 숫자로 취급할 수 있다는 자신감과 용기가 생겼던 것이다. 0의 발견자가 무명인이라는 점이 흥미롭다. 이러한 사실은 석가모니 부처님이 0의 창안자라는 사실을 입증하고 있는 것이다.

입으로 전해져 내려오는 민요가 후대 작곡가에 의해 편곡되는 예가 더러 있다. 단지 기원후 6세기 인도의 수학자들은 편곡자의 역할을 했을 뿐이다.

어떻든 수학사상 가장 위대한 발견인 0은 불교적 세계관으로 인해 가능했던 것이다. 0은 다른 숫자가 감히 뺄 수도 나눌 수도 없다. 그러나 0은 아무리 큰 숫자라도 곱하기만 하면 없어지고 만다.

0은 뒤늦게 편입되었으면서도 천상천하 유아독존적인 숫자의 왕이 되었다. 석가모니 부처님은 위대한 사상가요, 대 수학자인 것이다.

0은 왜 하필 동그라미 모양일까?

사물의 형태는 다양함에도 0은 왜 동그라미 모양을 하고 있을까? 둥근 태양은 낮에는 밝은 빛과 겨울에는 따뜻함을 준다. 그리고 열매와 같은 먹을거리도 만들어 준다. 둥근 달은 밤에 태양을 대신하여 어둠을 밝혀주고 있다.

고대 원시인들에게는 둥근 태양과 달은 오늘날의 신과 같은 절대숭배의 대상이었다. 온종일 빛을 주던 태양이 서산에 질 무렵 원시인들은 얼마나 불안했을까? 해가 넘어가자마자 동산에서 밤의 빛을 밝혀주기 위해 떠오르는 달은 얼마나 고마운 존재였을까?

무더운 한여름 낮에 미루어 두었던 농사일을 열기가 식은 밤 달빛 아래서 할 수도 있었을 것이다. 칠흑같이 캄캄한 밤, 멀리서 들려오는 여러 짐승들의 울음소리로 한잠도 자지 못하고 공포의 밤을 보낸 그들에게 새벽녘 지평선 위에서 떠오르는 휘황찬란한 둥근 태양은 얼마나 반가웠으며 믿음직스러웠겠는가. 태양은 원시인들이 의지할 수 있는 유일한 길로, 태양숭배는 자연스런 일이다. 최근 중국에서 기원전 6세기경의 석조상石造像이 발견되었는데 석기시대 사람들이 돌에 해를 새겨 태양을 숭배했던 모습을 보여주고 있다. 잉카제국에는 태양의 신전神殿뿐 아니라 달의 신전도 모셔져 있었다.

고대인들에게 태양의 빛과 달빛의 시간은 그들의 생활을 지배하는 최고의 가치였다. 지금도 일 년 중 평균적으로 양력 12월 25일을 전후해 동지冬至라는 절기가 있다. '동지 다음날부터 해가 노루꼬리만큼 길어진다'는 속담에서 보듯, 우리 선조들도 햇빛과 햇볕을 얼마나 귀히 여겼는가를 짐작할 수 있다.

예수님의 탄생일은 아무도 모른다는 것이 정설이다. 그런데 왜 성탄일이 12월 25일로 정해졌을까? 이는 태양의 빛이 길어지기 시작하는 평균의 시기를 기점으로 하였기 때문이다. 즉 이때를 태양의 탄생으로 보았기 때문이다. 서양에서도 역시 태양의 빛을 최고의 가치로 두었다는 세계관을 엿볼 수 있다.

달빛을 사람의 눈으로 감지할 수 없는 날이 한 달 가운데 3일 정도라고 한다. 3일 가량 보이지 않다가 다시 3일 후부터 보인다고 한다. 예수님의 3일 후 부활 역시 달빛에서 유래되었다는 것은 많은 신학자들의 견해이기도 하다.

석가모니 부처님의 고향인 카필라국의 샤카족을 태양의 후예라고 불렀던 것 역시 빛의 숭배에서 연유되었을 것이다. 수학의 숫자 1, 2, 3, 4, 5, 6, 7, 8 9, 0 열 개의 기호 가운데 뒤늦게 편입된 동그라미 0에게만 왜 절대 위력의 기능을 부여하였을까? 원시사회에서 동그라미 모양은 절대 신성의 화신이었다. 이러한 고대 인도 사회의 통념에서 절대 권능의 상징인 동그라미를 숫자 0의 모양으로 결정했을 것이라는 사실은 지극히 자연스러운 일이었을 것이다.

나의 수학적인 불교관

석가모니 부처님 깨달음의 모체(정수精髓)인 사성제를 숫자 4로 나타낸다. 이후 불교의 모든 교의는 수數로 표현되고 있다. 이는 붓다의 깨달음이 수학이라는 입증이다. 일련탁생一蓮托生, 불이문不二門, 삼법인三法印, 삼보三寶, 사성제四聖諦, 사고四苦, 오온五蘊, 오백나한五百羅漢, 육바라밀六波羅密, 칠불七佛, 팔정도八正道, 팔고八苦, 백팔번뇌百八煩惱, 구품九品, 십대제자十大弟子, 시방十方, 시왕十王, 삽십삼천三十三天, 십육나한十六羅漢, 육도윤회六道輪回, 팔만사천법문八萬四千法文 등이다.

또한 불교에는 인간의 상상력이 미치지 못하는 큰 수인 겁劫(천지개벽에서 다음 천지개벽까지)과 아승기(10^{51})가 있는가 하면 '조兆, 경京'보다 훨씬 큰 최대치의 수 '불가사의不可思議'도 있다. 반면에 작은 수로 수유須庚(48분)와 찰나刹那(0.013초)도 있다. 이러한 극단적인 시간의 대비는 '지금'이라는 귀중한 시간을 깨닫게 하기 위한 방편은 아니었을까?

불교는 과학적 이성적인 요소가 많은 종교다. 불교는 추상화가 아니라 사실화 같은 종교이다. 대 수학자인 김용운 교수는 불교를 수학적으로 풀이하고 있다. 8만 4천 법문은 복잡하고 많을 것 같지만 한마디로 말하면 '마음'이다. '다즉일多卽一'이다. 다多를 2, 즉卽은 =(이퀄)로 할 때 2=1의 방정식이 생긴다. 이 식의 양변에서 똑같이 1을 빼면 2-1=1-1, 즉 1=0이다. 1을 존재로 보았을 때 존재는 0이 된다. 이는 김용운 교수의 수학적인 불교의 세계이다.

나의 불교관은 다음과 같다.

0은 우선 나눌 수도 뺄 수도 없다. 또한 어떠한 큰 수도 0으로 곱하면 단번에 0으로 만들 수 있는 0은 '절대의 수(수의 왕)'이다. 0의 곱하기는 '마음이 곧 부처'라는 즉심시불卽心是佛의 돈오頓悟의 정신과 닿아 있다. 더하거나 빼거나 나눌 수도 없는 0은 불교의 본질인 '마음'이다. 어떠한 권력가나 대 재벌의 회장도 언젠가는 '죽는다 / 0'는 제행무상의 법문 앞에서 어찌 당당할 수 있겠는가? 무상無常(0)은 잠시나마 인간을 겸허하게 만든다.

절대의 위력을 가진 숫자 0의 무화無化작용은 공空(0)의 가르침을 잘 드러내 주고 있다. 0의 이와 같은 절대권능의 부여는, 0을 창안할 낭시 불교의 근본 교의를 따랐을 것이라는 나의 지론은 견강부회牽强附會*일까? 숫자 1, 2, 3, 4, 5, 6, 7, 8, 9, 0의 열 개 기호 가운데 왜 0에만 유독, 특별(특혜)의 기능이 부여되었을까? 더구나 0은 수학의 세계에 맨 나중에 들어온 편입생(?) 아닌가?

불교에 심취한 기업인 가운데 무심無心(0), 무욕無慾(0)의 불자로서 사회에 거액을 기부하는 모습을 흔히 볼 수 있다. 이 또한 허무虛無(0)의 반작용으로 0의 위력이라 하겠다. 학문적인 업적에 비하여 저명하지 않은 학자처럼, 스승이 제자에 비하면 덜 알려진 남악회양南嶽懷讓(677~744)이 있다. 그의 스승은 육조 혜능이며 임제臨濟는 한참 아래 손자뻘 제자이다. 신라의 본여本如선사가 그의 직계 제자라는 점에서 남악은 더욱 친근감이 간다.

혜능의 법통을 이어받은 그는 다음의 선시 한 편으로도 후대에 추앙을 받을 만한 인물이다. 나는 전철 안에서 자주 염불 대신 이 작품을 마음속으로 음미하기도 한다.

心地含諸種 遇澤悉皆萌 심지함제종 우택실개맹
三昧華無相 何壞復何成 삼매화무상 하괴부하성

마음 밭에는 갖가지 행복의 씨앗 들어있다네
우연히 좋은 인연(스승, 벗) 만나면
모든 종자가 싹을 틔운다네
행복의 모양 없으니
어찌 부술(빼기 / (−)) 수도
이룰(더하기 / (+)) 수도 있겠는가.

(필자 졸역)

이 작품에서 '행복의 꽃 / 0의 행복'은 0의 본질처럼 뺄 수도 더

할 수도 없다. 화花는 육안으로 보이는 꽃이며 화華는 심안으로 보이는 '행복의 꽃'이다. 0의 행복은 도둑맞을 염려가 없다.

<table>
<tr><td>得之本有 득지본유</td><td>얻었다 한들 본래 있었던 것을</td></tr>
<tr><td>失之本無 실지본무</td><td>잃었다 한들 본래 없었던 것을</td></tr>
</table>

위의 작품과 일맥상통하는 작품이다. '없는 듯 있는' / '없음의 있음'인 '진공묘유', '공즉시색', '마음자리'가 좌표평면 0에만 있으면 언제 어디서나 천하를 얻은 듯한 환희의 세계에 들게 된다. 한 시도 가만히 있지 않는 마음, 마음자리를 좌표평면 0에 매어놓는 것이 염불이다. 마음의 이탈본능 때문에 염불을 수시로 하는 것이다. 염불은 '지금今 마음心 / 속세 마음'이 '본래 마음 / 처음 마음'과의 만남이며 몸과 마음의 하나 됨이다.

행복은 몸과 마음의 화학작용이다. 염불은 '본래 마음 / 처음 마음'과 '지금 마음 / 속세 마음', '몸과 마음'이 0으로의 집중에 의한 화학적인 환희이다.

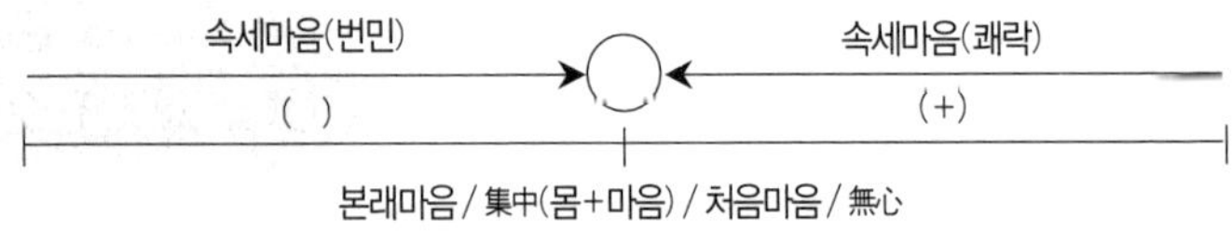

삼매는 집중이며 집중은 행복이다. 남녀가 만났을 때 즐거운 것

은 본능적인 집중 때문이다. 삼매화三昧華는 집중의 행복이다. 이 지상에서 누구나 행복할 수는 있으나 아무나 행복할 수는 없다. 삼매화는 하얀 바탕의 마음에 그려지는 행복의 꽃이기 때문이다.

흔히 슬픔을 나누면 반半이 되고 기쁨은 나누면 배倍가 된다고 한다. 재물과 달리 마음은 나눌 때 오히려 많아진다. 수학에서 $\frac{1}{0.1}$ =10, $\frac{1}{0.01}$ =100, …… $\frac{1}{0}$ =무한대이다. 분자는 분모에 의해 나뉘어지는 것으로 분자는 분모에게 나누어주는 셈이다. 숫자에서 '0과 1'은 작은 수의 상징이다. '1'을 본인, '0'은 타인으로 가정해본다. 성경의 마테오복음에서 "여기 있는 형제 중에 가장 작은 이들 가운데 한 사람에게 해주는 것이 바로 나에게 해준 것이다."라고 되어 있다. 대승불교의 육바라밀六波羅密(보시, 지계, 인욕, 정진, 선정, 지혜)에서 요지要旨는 보시布施이다. 보시 중 보시는 '재물보시'보다 일상에서 쉽게 실천할 수 있는 부드러운 말씨와 미소를 베푸는 보시이다. 행복의 본질은 남에게 무엇인가를 베풀면 행복의 메아리가 돌아와 내가 더 행복한 법이다. 이렇듯 불교와 기독교의 교리가 정상頂上에서는 만나고 있다. 기적은 이미 이 지상에서 일어나고 있다. 흙 위에서 물과 햇빛, 공기로만 만들어내는 신묘한 꽃은 기적이다.

어느 시대, 어느 왕비와 공주의 의상이 이처럼 아름다웠겠는가? 그러나 나 같은 중생은 이런 분명한 기적을 지나쳐 흘려보내고 만다. 내남없이 현대인들은 행복 불감증환자들이다.

어떠한 큰 숫자일지라도 0으로 곱하면 일시에 0 / 무화無化로 만드는 절대의 힘을 가진 0은 반면에 모든 수를 받아들이기도 한다. 이는 0의 '있음의 없음'에 의한 현묘玄妙함 때문이다. 투명하고 순수한 물은 0의 상징이다. 숫자 0처럼 물도 모든 사물을 있는 그대로 받아들인다.

하늘의 달은 지상의 모든 물위에 비친다. 출렁이는 바다와 강, 잔잔한 호수, 흙탕물 웅덩이, 산사山寺의 표주박에 담긴 물 위에는 선녀仙女처럼 안기기도 한다. 그러나 물의 고요함과 맑기에 따라 달 모양은 차이를 보인다. '달은 행복이요, 물은 마음이다.' 우리의 마음이 명경지수明鏡止水일 때 온 세상은 미술관이요, 음악의 전당이며 우리의 소유재산이 된다.

---

* 견강부회(牽强附會) : 이치에 맞지 않는 말을 끌어대어 자기에게 유리하게 하는 것.

성직자의 계율,
흉내 낼 수 없다

성직자 세계에 아무나 들어갈 수 없는 것은 계율과 교리(서약) 지키기의 어려움 때문일지도 모른다. 성직자는 하늘이 낸 사람들이다. 천주교의 신부는 결혼을 금하고 있으나 술·담배는 허용하고 있다. 교회의 목사는 술·담배는 할 수 없으나 결혼생활은 가능하다. 그러나 스님은 어느 것 하나도 허용되지 않는, 그야말로 잔혹하리만치 엄격한 계율을 지켜야 한다. 게다가 모든 사람들이 한참 단잠을 자는 시간인 새벽 3시에 일어나야 한다. 나 같은 사람은 이 한 가지로도 출가의 엄두를 낼 수 없다.

스님들이 유일하게 즐길 수 있는 것은 밥 위주의 소찬素饌공양이다. 지금도 스님들의 공양은 2천 6백여 년 전 보리수 아래서의 석가모니 부처님 공양 메뉴와 별로 달라진 것이 없다. 그러나 스님들의 얼굴은 한결 같이 맑고 투명하며 달빛처럼 평온하다. 초췌한 얼굴을 한 스님의 모습을 본 적이 없다. 채식으로도 영양 관리에 전혀 이상이 없으며 몸매에도 신경 쓰지 않아도 된다는 채식주의 전문 식품업체 광고모델이 연상된다.

수행의 세 가지 요체는 계율을 실천하는 '계戒', 마음자리를 0에 두는 집중의 '정定', 진리를 주시하는 '혜慧' 등이다. 산을 오를 때 케이블카로 정상에 오르면 산등성이를 걷는 능선 보행의 맛과 하산의 즐거움을 모른다. 그러나 험한 오르막의 산행일수록 정상에서의 물맛과 공기와 바람은 무미無味의 선미禪味가 된다.

중생의 마음의 길에는 힘든 오르막(−)과 저절로 내려가는 내리막(+), 그리고 평지/0의 길이 있다. 그러나 평범하여 좀처럼 좋음(+)도 나쁨(−)도 아닌 '좋음/중도/0의 행복'을 발견하지 못한다.

계율은 깨달음의 세계에 도달하려는 방편이므로 발[족足]에 비유, 계족戒足이라 한다. 또한 불교는 몸을 앞세우는 실천종교이기 때문이다. 계율은 깨달음의 지름길이다. 이렇듯 계율은 '평지보행平地步行'의 묘락妙樂을 위한 사전事前 수행이 아닐까?

바라밀은 산스크리트어 Paramita의 음사로 도피안到彼岸, 즉 '깨달음의 저 언덕으로 간다'라는 뜻이다. 과연 수도자들이 다다르고자 하는 그 이상의 세계란 어떤 곳일까? 세상에는 단맛(+)과 쓴맛(−)의 세계만 있는 것이 아니라 밥맛, 물맛, 차 맛 같은 제3세계(0)의 맛도 있다. 그러나 이 제3의 신세계는 지극히 평범하여 저절로 발견되지 않는다. 이 새로운 세계의 맛은 쓴맛 이후라야 본연의 맛을 비로소 발견하게 되는 것이다. 쓴맛(−)과 단맛(+) 두 극단의 세계를 떠난 제3의 신세계 '중도/0'은 붓다 득도의 궁극이다. 이 신세계는 석가모니 부처님께서 인류에게 제시하신 생활철학이다. '중도/0'은 행복의 황금률로 단맛(+)과 쓴맛(-)이 섞인 Balance / 균형과 조화를 이룬 평정심平靜心 경지의 '절대 행복'이다.

'지금 여기色'를 곧即 이상세계是空로 보는 것이 불교 궁극의 본질적인 이념이다. 결국 엄격한 계율은 밥맛, 차 맛 같은 '항다반사'의 '일상'이 바로 '극락'임을 일깨우게 하고 있다. 불교는 생활철학이요, 느낌의 행복이다. 지식이 생존의 수단이라면 느낌은 곧 생활이다. 스님보다 불교지식이 많은 불교학자가 스님보다 행복하지 않을 수도 있다. 우리의 삶의 이상은 맛(멋)있는 생활이지 생존이 아니다.

호텔의 음식이 모두 반드시 맛이 있지 않듯이, 음식의 맛은 돈과 정비례하지 않는다. 삶의 멋도 마찬가지다. 스님들의 영靈세계는 0세계이다. 중(스님)*의 생활은 단맛(+)/쾌락과 쓴맛(-)/고통의 세계가 아닌 제3의 신세계인 '중中의 생활(중도생활)'이다.

---

*'중(스님)'을 '중(中)'으로 표기한 것은 어원과 관계없이 필자의 의도를 살리기 위해서이다.

불교적인 지명
인도의 러크나우

    인도에 불교의 이념을 닮은 듯한 지명 러크나우(Luck now)가 있다. 누구나 지금 살아 있다는 사실 하나만으로도 행운으로 알고 살라는 뜻일까? '지금 여기'를 헛되이 낭비하지 말고 잘 써야한다는 어느 선사의 법문 같은 이름이다. 이 세상에서 제일 나쁜 일이 죽는 것이라면 제일 좋은 일은 살아있다는 사실이다. 너무 쉬운 말이라 우리는 지나치고 산다. 참다운 진리는 진리 같지 않다. 무리지지리無理之至理(이치 같지 않은 듯한데 지극한 이치가 있다).

    '히말라야 설산을 하루 보고 죽겠느냐, 속세에서 고생하더라도 오래 살겠느냐?', '죽은 정승보다 살아있는 머슴이 낫다'와 같은 속담은 이 땅에 살아있는 것이 곧 행운임을 드러내주고 있다. 이 러크나우 지명의 유래는 인도의 서사시 주인공 '락씨만'을 기리기 위해 붙여진 이름이다. 즉 'Lakh Nou'를 영국인들이 Luck now로 불렀다.

이는 마치 펩시콜라→'백사가락百事可樂', 코카콜라→'가구가락可口可樂', 클럽→'구락부俱樂部'처럼 의미를 부여한 번역이다. 따라서 '락씨만'이 '러크나우'로 원음에서 크게 이탈한 것은 음운변화 현상 때문이다. 외래어의 음운의 변화는 화학변화이다. 예로 '피터(Peter)→베드로, 포울(Paul)→바오로, 존(John)→요한, 매튜(Matthew)→마태오, 버내너(Banana)→빠나나, 어린쥐(Orange)→오렌지' 등이 있다.

영국이 인도를 식민지로 수월하게 통치할 수 있었던 것은 불교의 종교관 때문이었다. 모든 사람의 지금의 행과 불행은 전생의 업보 때문이며 반면 현세를 잘 살면 극락왕생할 수 있다는 내세에 희망을 걸 수 있었기 때문이다. 인도인들은 지금도 'No problem(문제없다)'의 생활관이 몸에 배어있다. 불교의 발상지인 인도에는 오늘날 불교의 자취만 남아있을 뿐이다. 그 자리에 인도의 토착신앙이었던 힌두교가 들어간 셈이다. '힌두'는 '인도'라는 뜻으로 '힌두교'는 '인도교'라 하겠다. 힌두교는 '창조'의 '브라흐만 신'과 '유지'의 '비슈누 신', '파괴'의 '시바 신'의 삼신三神이 주신主神이다.

현실 불만족인 하층계급은 파괴의 신 '시바'에게 기대를 걸고 살아간다. 상류층은 현재의 부귀영화를 지켜주는 유지의 신 '비슈누' 신을 믿고 살아간다. 절을 상징하는 절 만卍자는 비슈누 가슴의 꼬불꼬불한 털 모양에서 유래되었다는 설이 있으나 확실한 근거는 아니다.

왜 불교가 발상지 인도에서 오랫동안 뿌리를 내리지 못했을까? 그것은 인도의 토착신앙으로 유사종교인 힌두교의 영향 외에도 인도의 열대성 기후 때문으로 보는 학자도 있다.

석가모니 부처님의 탄생지인 북부 인도 지금의 네팔은 우리나라의 가을과 겨울에 해당하는 계절이 있어 시든 나뭇잎이나 낙엽을 볼 수 있다. 낙엽을 보면서 허무를 느낄 수 있는 북인도와 달리 다른 지역의 인도땅에서는 감상에 젖을 수 있는 계절이 없다.

불교의 이념을 그대로 담고 있는 지명 러크나우. 식민지 지배자였던 영국인들이 조금의 저항도 없이 순종하고 있는 착한 인도인들에게 강자의 입장에서 내려준 하사품 같은 지명은 아니었을까? ‘자치 능력 없는 너희들 인도인들의 삶은 대영제국의 영광스런 보호 아래서 ‘지금 행운’으로 살고 있다’는 뜻으로 들린다.

모든 사물은 사실보다 언제나 진실이 중요하다. 신화는 사실 아닌 진실이다. 이 ‘러크나우’에 대한 어원적 유래는 사실보다도 진실에 무게를 두고 풀이해 본 나의 견해이다.

덕德을 베풀면 득得이 되어 돌아오다

　선악의 행위에는 그 과보가 반드시 돌아온다는 인과응보의 법칙이 법처럼 여겨지던 시절이 있었다. 나는 가끔 그런 순수했던 시절이 그리워질 때가 있다. 그러나 영리한 현대인들 가운데는 미신 같은 것쯤으로 무시하는 사람도 있다. 나쁜 사람이 성공하는 경우를 흔히 보기 때문이다.

　'좋은 끝은 있으나 나쁜 끝은 없다'는 옛날 우리 어머니들의 심법心法*처럼 나쁜 사람의 성공이란 것이 언제까지나 이어지는 것은 아니다. '좋은 사람은 좋은 마음을 가진 사람, 나쁜 사람은 나쁜 마음을 가진 사람이다'라는 말은 초등학생들도 비웃을 정도로 우스운 말이 되어버렸다. 한때 이상구 박사(제 칠일 안식교인)의 건강 신드롬이 우리 사회를 떠들썩하게 한 적이 있었다. 그의 건강 철학은 '착한 마음 갖기'와 '채식'으로 요약된다.

　좋은 마음을 가진 사람에게는 건강을 지켜주는 엔돌핀이 나오고 나쁜 마음을 가진 사람에게는 건강을 파괴하는 아드레날린이 나온다고 하였다. 그동안 인과응보에 회의를 품고 살아왔던 착한사람에게는 복음이며 나쁜 사람들은 잠시나마 불안했을지도 모른다.

이상구 박사의 건강 강의는 현대에 맞는 전형적인 선교(포교)의 모델이었다. 착한 일을 권장하고 악한 일을 경계하던 인과응보의 당위성을 과학으로 증명해 주었다. 인과응보의 업보는 사회의 질서 확립을 위한 도덕적인 규범이었다. '마음의 왕' 석가모니 부처님의 80세 장수는 불교가 '과학종교'임을 입증해 주었다. 불교는 심교心教요 심리철학이다.

대학 때 어느 학우가 개학날 등교하자마자 '사랑은 받는 것이 아니라 주는 것입니다'라는 시의 구절을 여학생들 앞에서 자랑삼아 읊조리며 다닌 적이 있다. 가진 것이 넉넉지 않음에도 남에게 베풀기를 좋아하는 사람이 있다. 누군가에게 무엇을 준다는 것은 즐거움이 된다. 남에게 베푸는 사람은 훗날에 좋은 일이 돌아오는 것이 아니라 지금 당장 받는 셈이다. '덕德'을 베푼다는 것은 바로 '득得'이 된다.

그러나 바람결에 날아다니던 풀씨가 어쩌다 열매를 맺거나 꽃을 피우듯이 자비가 메아리로 되돌아 올 수도 있을 것이다. 흔히 말하기를 현세에서 어렵게 사는 것은 전생의 업보 때문이라고 한다. 그러나 이 말은 21세기에 걸맞은 불가의 법문이 아니다. 선악 행위의 결과인 인과응보는 과학 법칙이다. 그러나 때때로 예외가 있다. 착한 마음씨를 가진 사람이 중증장애인 자식을 둔 극단적인 불행을 전생의 업보라고 한다면 너무 잔인하지 않는가? 이러한 현세의 착한 패배자들을 위하여 내세의 극락은 반드시 있어야 한다.

행복의 본질(재료)은 마음이다. 하얀 종이여야 그림이 그려지듯, 하얀 바탕의 마음은 행복의 입문 조건이다. 마음으로 이루어지는 행복, 누구나 행복할 수 있으나 아무나 행복할 수는 없다. 착한 패배자들은 현세에서 최소한의 행복은 보장받고 있는 셈이다. 천주교인으로서 벌 받을 소리인지는 모르겠으나 나는 하느님의 실체에 대하여는 회의적이다. 그러나 하느님의 존재는 믿고 싶다. 재가불자로서도 석가모니 부처님을 믿은 적은 없고 붓다의 가르침을 믿고 있다. 극단적인 무신론자일지라도 죽음을 앞둔 환자는 편안한 임종을 맞고 싶을 것이다. 내세의 천당이나 극락에 다시 태어나고 싶어 어쩔 수 없이 유신론자로 생을 마치게 마련이다. 이것이 나의 종교관이다.

붓다의 45년간 설법의 주제는 오로지 한결같은 ‘마음’으로, ‘처음 마음(본래 마음)은 언제나 행복의 고향’이다. 이 하나의 주제를 불자의 지혜의 능력과 상황에 따라 다양하게 표현한 가르침이 8만 4천 법문이 아닌가. 참으로 임기응변의 달인이셨다.

오늘날 석가모니 부처님이 설법을 하신다면 법문의 표현이 과연 어떠할까? 석가모니 부처님께서는 복잡한 것을 싫어하고 단순한 것을 좋아하는 현대인의 심리를 파악하고 계실 것이다. 또한 우리의 일상에서 쉬운 말 가운데 참다운 말이 있듯이 단순 표현이 많을 듯하다.

보시는 남에게 재물이나 가르침을 베푸는 일이다. 현대인들이 돈 안 들이고 실천하기 쉬운 보시가 있다. 바로 무재보시無財布施

이다. 이는 어떤 사람의 말소리만 들어도 얼굴만 보아도 즐거워지고 같이 있고 싶은 사람의 '말 보시(언사보시言辭布施)', '얼굴 보시(안보시顔布施)'를 말한다.

나는 언제나 외출할 때면 전철이나 공공장소에서 불쾌한 일을 보더라도 절대 화내지 않을 것을 다짐하고 집을 나선다. 일종의 '부동심 무장不動心武裝' 외출이다. 그러나 '부동심 해탈'의 귀가는 거의 드물다. 나도 모르게 눈 꼴 사나운 상황을 견디지 못하고 고함을 지른 적이 적지 않다. 아내는 그러다가 언젠가는 큰 봉변을 당할 것이라며 걱정이다. 기쁨과 불쾌함, 즐거움과 언짢음 등은 작은 일에서 비롯된다. 작은 불편이 많은 사회는 불행한 사회이다.

지금 우리 사회는 사람에 의한 불편의 도가 한계를 넘었다. 지

식과 지위의 고하, 부의 유무를 막론하고 '하향평준화'되었다. 구식표현으로는 공중도덕이 땅에 떨어졌다고 하겠다. 그러나 지금은 땅 속으로 들어갔으니 우선 땅 위로 파서 올려야 할 판이다. 농경사회가 서로가 잘 아는 사람끼리의 사회라면, 산업사회는 모르는 사람들 간의 관계로 이루어지고 있다. 우리는 제도적인 교육 없이 농경사회의 질서의식으로 산업·정보화 사회로 진입하였다. 가까운 사람끼리의 친밀도는 지나쳐 음식점에서의 음식값 지불 때 팔의 탈골사고를 빚은 적도 있을 정도이다. 그러나 타인과의 관계에서는 두 마디의 대화만으로도 곧장 싸움이 벌어지기도 한다. 세계정신사에서 계몽주의시대는 이미 지나갔으나 우리나라는 아직도 계몽사회로 남아 있다.

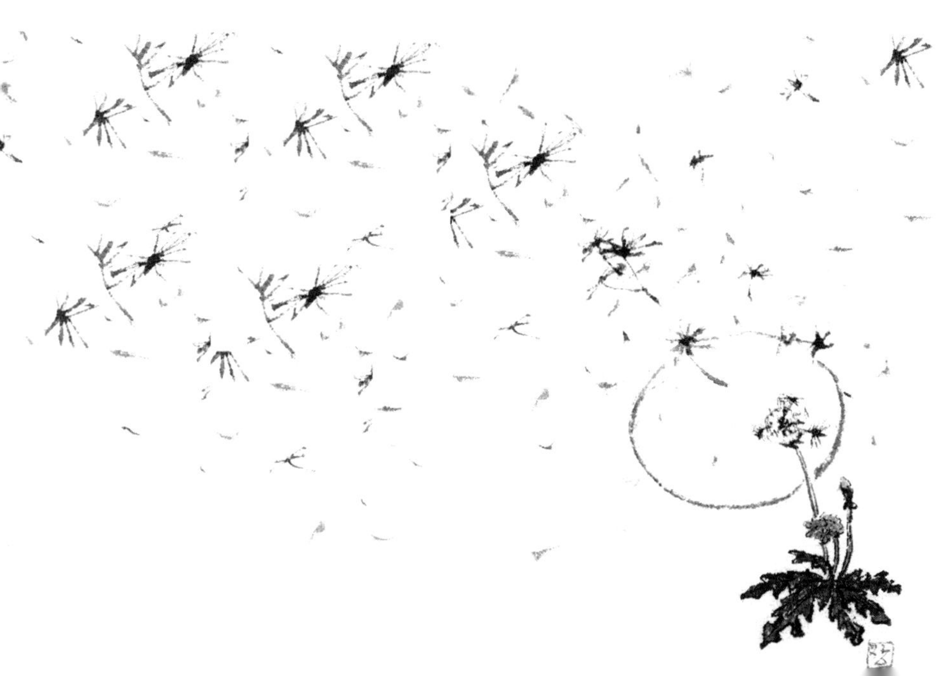

‘무엇이든지 남에게 대접을 받고자 하는 대로 너희도 남을 대접하라.’(마태복음 7장 12절)는 성경의 말씀 가운데 유일하게 황금률이라고 불린다. ‘내가 싫어하는 일은 남에게도 하지 말라’는 뜻이다. 일찍이 교회를 통한 이 황금률의 한 말씀이 오늘날 서양 사회질서의 바탕이 된 것이다. 그런데 동양에도 논어 위령공편에 같은 개념의 가르침인 “자기가 원하지 않는 것은 남에게 하지 말아야 한다[기소불욕 물시어인己所不欲勿施於人]”가 있다. 석가모니 부처님께서 조계종 초청 특별법회에서 설법을 하신다면 아마도 말씀 끝에 다음과 같은 법문을 빼놓지 않고 하실 것만 같다.

‘한민족은 대대로 먹고 사는 데만 어려웠던 것이 아니라 계급에도 굶주린 민족이라 공명심功名心*으로 무리한 보시를 하는 분들이 많습니다. 큰돈을 내는 거액 기부나 연보捐補*는 공명심이 숨어있어 오히려 수월할지도 모릅니다. 그러나 지금 우리 한국사회에서 필요한 것은 재물보시보다는 말 / 얼굴보시 같은 무재보시입니다.’

> 남을 불편하게 하지 않는다(소극적인 자세).
> 남을 편안하게 해준다(적극적인 자세).

이것은 내가 평소에 생각하는 21세기 국제사회에서 한국인이 갖추어야 할 교양덕목이다.

*심법(心法) : 마음을 쓰는 법.
*공명심(功名心) : 공을 세워 이름을 떨치려는 마음.
*연보(捐補) : 자기 재물을 내어 남을 도와주는 것.

중생과 짐승

불교를 믿는 불자가 제일 먼저 이루어야 할 일은 중생의 삶에서 헤어 나오는 것이다. 중생이란 ① 번뇌와 아무런 생각 없는 멍한 상태를 끝없이 되풀이하는 존재이다. 또는 ② 번뇌에 얽매여 가치가 별로 없는 일에 홀린 상태에서 정신을 차리지 못하고 사는 사람이다.

중생衆生의 어원을 보면 월인석보月印釋譜에서는 생물(동물·식물·미생물)의 총칭으로 쓰였다. 세월이 지나면서 그 의미가 축소되고 전의轉意*되어 '짐승'과 '깨닫지 못한 구제의 대상'이라는 뜻이 되었다.

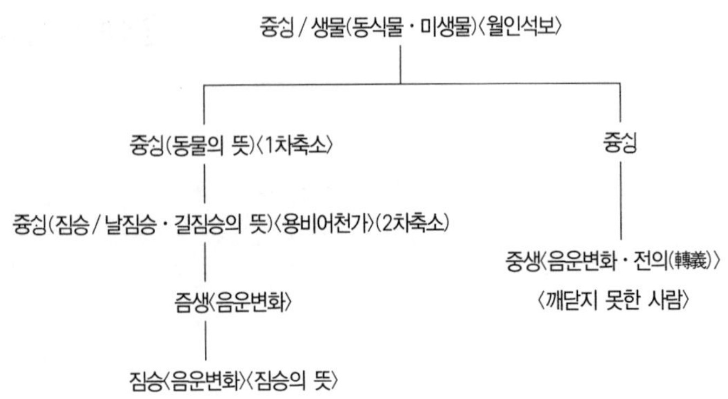

중생을 오늘날의 가치관으로는 어떻게 해석을 하면 좋을까?

옛날 불교계에도 진보적 성향의 선사들이 있었다. 일찍이 기원 전후에 불교개혁이 일어났다. 개혁파들은 스스로를 일컬어 대승大乘*이라 하고 전통의 보수파들을 낮추어 소승小乘*이라 하였다. 이렇듯 산스크리트어의 합성어를 해석할 때 넓은 뜻으로 융통성 있게 해석하는 인근석隣近釋을 도입하기도 하였다. 나도 중생을 '인근석'에 따라 풀이를 해본다. 사람의 생활양식은 그 사람의 세계관과 인생관에 따라 3단계로 나뉜다.

제1단계의 욕구는 명품과 고급음식 그리고 호화저택에서 살고자 하는 '의식주' 생활에 있다. 제2단계의 욕망은 자기를 많은 사람에게 알리고 싶은 '신분상승'에 있다. 그리고 제3단계는 문학과 음악, 미술 등의 예술을 가까이 하는 '철학이 있는 생활'이다. 여기서 중생은 제1단계 또는 제2단계의 생활 가운데 있음을 뜻하는 듯하다.

제3단계의 생활인을 나는 '개인문화'가 있는 사람이라고 부른다. 나라에 문화가 있고 가정의 가풍이 그 집안의 문화라면 마땅히 개인에게도 문화가 있어야 할 것이다. 개인문화는 한 사람에게서 명예와 부를 뺀 자연인으로서 갖추고 있는 '그 무엇'들을 말한다. Japan의 어원은 옻漆과 관련이 있다. 우아하고 귀족적인 칠기漆器는 일본의 대표적인 전통문화이다. 명품의 목기에서 옻칠이 벗겨졌을 때 초라한 그릇으로 변해버리기도 하지만, 바탕의 목질木質이 명목名木일 때는 벗겨진 칠기라도 또 다른 세계의 멋을 보여준다. 명색名色은 사람을 비롯한 모든 사물에는 이름 앞에 장식적인 색깔이 칠해진다는 뜻이다. 이른바 청자빛 하늘, 에메랄드빛의 카리브해, 장관 ○○○, 장군 ○○○, 탤런트 ○○○, 가수 ○○○ 등 사람의 이름 앞에 장식된 색깔이 지워져 본명탈색本名脫色일 때 남는 이름이 한 사람의 '개인문화個人文化'가 되는 것이다.

요즈음 우리의 일상대화에서 '부동산', '아파트', '땅 투기', '신도시개발' 등과 같은 말이 빠질 때가 없다. 심지어는 산행의 하산길, 집을 떠난 해외 여행지에서조차 흔하게 들을 수 있는 단어이다. 이제는 이런 말들이 우리 국민들의 국어 사용 빈도수 제1위의 '애용낱말'이 되어버렸다. 이러한 위세 있는 말에 밀려 '철학'이란 단어는 이미 들어본 지가 오래된 죽은 말이다.

혹시 누가 이 철학이란 말을 들었다면 점치는 '철학관'을 떠올리지는 않을까? '철학이 밥 먹여줘?'라는 말을 사람의 면전에서 하면 골이 빈 사람이 되니 겉으로 내뱉지는 못한다. 이러한 인생관을 가진 사람을 '현대판 중생'이라고 보고 싶다. 그러나 철학은 모든 '복잡'이 여과된 지적인 '단순지혜'로 '밥 먹여주는 것' 이상의 평생 큰 스승이다. 지혜는 지식의 결정結晶이다.

서양의 학문은 합리적이면서 과학적이다. 어떤 학문을 전공했더라도 석사는 모두 'M·A(Master of Art)'라고 한다.

예술을 학문의 공통분모로 보고 있다. 내가 아는 의사 가운데서도 아마추어의 경지를 뛰어넘은 성악가, 연주가들도 있다. 또한 평생 취미로 모아 즐기던 문화재급 골동품을 나라에 기증한 법조인 친구도 있다. 국내외의 여행에서 스케치한 풍물을 집에 돌아와 완성시키는 일요화가인 과학자, 사업가도 있다. 역시 학문의 분야와 관계없이 박사학위를 취득하면 '철학박사(Doctor of Philosophy)'가 된다. 모든 종교는 철학 위에서 군림하고 있다. 그러나 하위개념인 문학이 종교의 숙제를 풀려고 접근하는 아이러니를 볼 때도 있다. 우리가 강 위의 다리를 걸어갈 때 두 발이 땅에 닿는 폭은 1미터 정도, 그러나 필요 없는 듯한 나머지의 넓은 바닥이 있기에 마음 놓고 걸을 수 있는 것이다. 그렇듯이 실제로 쓰이지 않는 '여유의 면적'이 교양이라 하겠다.

현대인 가운데는 의외로 교양이 없는 사람들이 많다. 머리에 과잉 저장된 잡동사니 지식과 정보를 주체하지 못하여 입으로 쏟아내는 모터 마우스(Motor mouth, 수다쟁이)들을 얼마나 많이 보는가.

사람은 누구나 같은 용량의 기억창고를 갖고 있다. 그 저장내용이 무엇인가가 중요한 것이다.

현대인들은 누구나 다 바쁘다. 바쁘다는 것은 어쩌면 능력이기에 이를 과시하기 위하여 더 바쁜 체하는 사람도 있다. 반면에 바쁜데도 여유를 보이면서 한가한 양 처신하는 편안한 사람도 있다. 오버 숄더 더 토크(Over shoulder the talk)는 현대판 중생의 상징으로, 사회적으로 성공한 저명인사들의 칵테일 파티장에서 앞사람과 잔을 부딪치면서 시선은 마주 선 사람의 어깨를 타고 넘어 뒷사람에게 말을 건네고 있다. 이런 사람들은 몸과 마음이 분리된 사람이다. 어떤 사람이 친구에게 최근에 생긴 고민을 털어놓는다. 이때 두 가지의 반응으로 나타난다.

첫 번째의 경우, 귀담아 듣지 않고 듣는 척 하다가 말을 자르면서 "그건 그렇고…"로 자기의 입을 여는 사람이 있다. 그리고 고민의 하소연이 채 끝나기도 전에 조금도 깊이 생각하지도 않고 "그럴 걸" 식의 무성의하게 응대하는 사람도 있다. 이들 역시 '건성 인생'을 사는 현대판 중생들이다. 음미하지 않는 삶(인생)은 음식을 맛으로가 아닌 활력소로 먹어치운 후 연소시켜 버리는 에너지 소모 같은 중생의 삶일 뿐이다.

'동물은 쾌감은 있으나 미감은 없다.' 동물 같은 사람은 쾌감만 있지 미감은 없다는 뜻도 된다. 온 몸에 털이 난 짐승이나 머리에 털을 가진 사람이나 깨달음이 없는 중생의 삶은 짐승의 생존과 매

한가지라는 뜻이다. 사람이 미감美感의 향유를 위해서는 전제조건이 있다.

'그림을 그리려면 먼저 화가는 하얀 바탕의 마음을 가져야 한다[회사후소繪事後素]'라는 공자의 말씀은 '행복 입문자격'을 뜻한다고 하겠다. 물건에도 진짜를 모방한 이미테이션이 있듯이 행복에도 '모조模造행복'이 있다. 누구나 행복할 수는 있어도 아무나 행복할 수 없다는 말이기도 하다. 신문지에 그림을 그릴 수 없듯이 마음 바탕이 순백純白일 때 행복의 그림도 가능한 것이다. 색깔의 0은 흰색이다. '낙樂'의 파자破字인 흰 바탕의 마음 '백白', 일상의 작은 것들 '요么', 꽃과 열매와 그늘을 베풀어주는 이타성利他性과 응달(−)과 양지(+)의 입지조건을 가리지 않고 주어진 환경에서 최선을 다하는 적응성을 갖춘 '나무木' 등 세 획劃이 행복의 덕목을 함축하고 있다. 그림은 마음의 그리움을 눈으로 볼 수 있는 작업이다. 그리움은 그림이 된다. 따라서 그리움이 없는 사람은 그림을 그릴 수가 없다. 팔만대장경은 석가모니 부처님의 '마음'이다. 목판본 팔만대장경은 글씨가 양각이라 빨래판으로 안성맞춤이며 마음의 때를 없애주니 '마음의 빨래판'이라 할 수 있다. 또한 불경 팔만대장경은 마음의 때를 씻어주는 '휴지休紙'라 하겠다. 휴지休止! '마음 멎는 것'이 해탈이 아닌가!

불자가 절을 찾고 교인들이 교회에서 무릎을 꿇는 것은 마음의 표백 때문이다. 해탈한 상태의 네 가지 특성으로 상常・락樂・아

我·정淨을 들고 있다. 즉 변하지 않는 마음 상常, 평온한 즐거움 낙樂, 본래 마음을 갖춘 아我, 깨끗한 마음 정淨을 갖추게 된다고 한다. 나는 상락아정常樂我淨을 '늘 즐거울 수 있다. 내 마음이 깨 끗하면'으로 풀이한다. 흰 바탕의 마음이라야 그림을 그릴 수 있는 공자의 회사후소繪事後素와 동위개념으로 볼 수 있겠다. 염불과 기 도는 마음의 고향(처음 마음·본래 마음·진면목)으로 돌아가는 것 이다. 마음자리가 0에 있으면 행복해지는 것은 마음의 메커니즘 때 문이다.

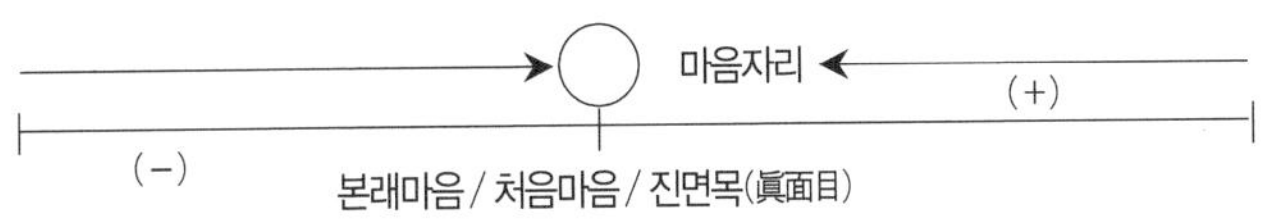

유교에서 성인군자의 조건은 '갓난아기의 마음 / 적자지심赤子之心'이요 기독교의 천국행 보장도 '어린아이의 마음'이며 불교의 중도/선은 '본심本心 / 진면목眞面目'으로의 회귀로 삼교三敎 모두 행복의 주소는 마음의 고향이다. 야구의 타자 가운데 투수의 공을 잡아당겨 칠 뿐 밀어치지 못하는 선수가 있다(Pull Hitter). 이를 '반쪽 야구선수'라고 한다. 이처럼 쾌감세계 일변도의 '미감불감증 인생'은 '반쪽 인생'이라 하겠다. 풍부한 지식과 넘치는 정보의 노예가 되어 주체를 못하는 사람도 있고, 세상사 모두 아는 체하다 보니 정작 진짜를 모르는 사람도 있다. 나는 이를 똑똑한 바보, 줄여서

'똑바'라고 한다. 외국어의 실력이 모자라 대화가 불편한 외국인과의 대화보다 같은 국어를 쓰는 사이임에도 말귀가 통하지 않는 사람과의 대화는 불편을 넘어 불행한 시간이다. 마음 터놓고 이야기를 나눌 수 있는 친구의 존재가 소중함을 보여주는 중국의 한시가 있다. "주봉지기천배소酒逢知己千杯少 화부투기반구다話不投機半句多(술은 뜻 맞는 친구와 만나면 천 잔도 적지만 말은 통하지 않는 사람과는 반 마디도 많다)."(필자 졸역, 投機=投合, 뜻이 서로 잘 맞는 것) 개인문화가 없는 사람, 교양부재의 인간, 건성 인생, 반쪽 인생, 똑똑한 바보, 이러한 인간상들이야말로 현대판 중생이 아니겠는가. 중생생활은 또 다른 짐승생활이나 진배없다. 건성인생은 음악의 문외한이 음악을 듣듯 인생을 낭비하고 있다. 효봉曉峰 큰스님(법정의 은사恩師)의 가르침이 떠오른다. "생불생사불사生不生死不死(살았어도 죽은 것 같은 삶도 있고 죽었어도 살아있는 듯한 인생도 있느니라)." 사람은 작은 욕심 때문에 인생의 본질을 놓치고 살 때가 많다. "축록자불견산逐鹿者不見山(사슴 쫓느라 정신 빼앗긴 사냥꾼 명산 구경도 못하는구나)." 필자가 새로운 속담 하나 지어본다. "금강산 사냥꾼 같은 인생." "알프스 사냥꾼 같은 인생."

　우리나라의 일류대학이 왜 세계무대에서는 객관적인 인정을 받지 못하는 것일까? 우리나라는 교육열에 비해 아이비리그(Ivy League)* 출신 같은 인재를 배출하지 못하는 것이 사실이다. 이는 지식 위주의 편향적인 교육 때문이며, 따라서 현대판 중생을 낳을

274

수밖에 없다. 참교육의 이념은 진선미를 추구하면서 아울러 감상 능력도 함께 키워주는 데 있다. Education is to appreciate the good in the world. 최근 대학에서 논의되는 인문학 고사枯死 위기는 인과 응보의 업이라 하겠다. 아이비리그의 대명사인 하버드대학을 우리 나라 대학이 좇아가려면 요원하다는 생각이 들 뿐이다.

더러운 물에 살면서도 물들지 않고 깨끗함을 지키는 연꽃은 이 상적인 불자를 상징하고 있다. 연꽃이 진흙을 떠난 적이 없듯이, 어느 누구도 중생 속에서 살게 마련이다[처염상정處染常淨].

靜中工夫 鬧中工夫 정중공부 요중공부

조용한 곳에서 고요한 마음을 갖는 공부는 쉬우나
시끄러운 세속에서 조용한 마음을 갖는 공부는 어렵다.(필자 의역)

大隱隱於市 대은은어시

참다운 은자는 숨어사는 자가 아니라
중생과 더불어 사는 자이니라.(필자 졸역)

和光同塵 화광동진

붓다와 보살이 중생을 제도하기 위해 속인과 섞여 행동하다.(필자 졸역)

이와 같이 불교의 이념과 같은 맥락의 글이 논어에도 보인다.

同而不和 和而不同 동이불화 화이부동

소인은 함께 있어도 어울려 화합하지 않고

대인은 소인과도 어울리나 닮지는 않는다.(필자 졸역)

사회조직에는 언제나 옥 같은 사람과 돌 같은 사람이 섞이게 마련이다. 이해관계 위주로 사는 영리한 소인배는 조직에서 화합하려 하지 않는다. 그러나 대인은 소인과 어울리며 화합하지만 속물이 되지는 않는다. 화이부동和而不同하는 사람은 처염상정處染常淨의 연꽃 같은 인간형이다.

절의 수행자보다 속세의 수행자가 더 나을 수도 있다. 중생·소인·속물들은 욕심 때문에 비롯된 인간상들이다. 지금까지 현대판 중생들을 매도하여 보았으나 내남없이 속물의 기운은 누구나 갖고 있기 마련이다. 이 땅은 모든 사람들이 모든 사람을 욕하며 사는 곳이다.

토인비(1889~1975, 영국의 역사가)는 "모순과 부조리의 역사는 나선형 소라의 몸통처럼 작은 원으로 반복되면서 상승 발전되기도 하지만 영원히 없어지지 않고 점으로 남기도 한다."고 하였다.

어느 시대, 어느 사회에서나 있기 마련인 무욕인無慾人과 물욕인物慾人뿐 아니라 한 개인의 마음속에 있는 무욕과 물욕의 대결에서도 어느 한 쪽이 우세한 적이 없다. 둘 사이의 대립은 언제나 무승부로 끝이 났으며 이들의 연장전은 아마도 영원히 반복될 것이다. 탐·진·치貪瞋痴 삼독三毒의 뿌리인 대욕大慾의 갈애渴愛에 대해 현대의 지성 가운데 염세주의자 쇼펜하우어는 붓다처럼 부정적 입장이었다. 그러나 버나드 쇼와 베르그송은 갈애를 생명력으로 보고 긍정적 입장을 취하였다. 서구의 일각에서는 불교의 교의가 민주주의 사회의 종교로서 취약점이 있다고 보고 있다. 그것은 바로 무욕無慾 때문이리라. 무욕은 인간을 무기력하게 하여 개인뿐 아니라 사회발전에 방해요소가 된다. 무절제한 욕망은 개인과 사회 모두를 파멸로 이끌지만 절제된 욕망은 문명과 문화세계를 이루는 원동력이 된다. 가까운 예로 한 여자와의 결혼조건이 확실한 직업을 갖는 것이라고 했을 때 청년은 취직공부에 몰두, 취업에 성공하기 위해 노력할 것이다. 뉴욕의 엠파이어스테이트 빌딩, 대운하 건설 그 밖의 신기원을 이룩한 발명의 배후에는, 업적의 주인공들이 사랑했던 여인의 환심을 사려했던 염원이 있었다고 하지 않는가? 건축의 완성미完成美라고 하는 인도의 궁전형식의 묘 타지마할도 무굴제국의 황제 샤자한이 애비愛妃였던 뭄타지마할을 사후에도 잊지 못하여 축조한 것이다. 현대 스포츠 역시 인간의 본성인 야성野性을 승화시킨 "체육문화"가 아닌가? 결국 불교의 무소유도 디오게네스적인 극단적 무욕이 아니다. 대욕과 무욕의 중도는 소욕이나. 나도 이롭고 타인과 사회에도 기여힐 수 있는 자리이타自利利他와 소욕지족少慾知足의 자연스러운 행복관일 것이다.

불교는 이밖에도 이미 과거에 문제점이 있었던 것이 사실이다. 권선징악의 인과응보 교의는 나라의 입장에서는 사회질서의 안정과 개인으로도 미래에 극락이라는 이상향의 꿈을 주므로 불교의 순기능이라 하겠다. 그러나 큰 절을 짓는 불사佛事로 나라의 살림이 어려워진다든지 젊은이들의 출가로 농경사회에서 농사지을 일꾼이 없어진다는 사실은 불교의 폐해라 하겠다. 유마경維摩經에서 붓다가 십대제자와 보살들에게 주인공인 유마維摩 거사에게 병문안을 가도록 권한다. 그러나 제자들은 지난날 재가불자인 유마거사에게 자존심 상하는 훈계를 받은 경험을 붓다에게 말씀드려 문병을 사양한다. 프로가 아마추어에게 머리를 숙였던 셈이다. 그러나 결국 문수보살만이 붓다의 청을 받아들이는데 문병 간 자리에서 유마거사의 설법을 듣는 형식이다.

나는 출가승의 자존심을 건드리는 이 경전을 떠올릴 때마다 재가불자도 성불할 수 있다는 희망의 메시지를 주는 출가방지용(?) 경전이 아닌가 생각될 때가 있다. 이 경전의 주인공 유마힐維摩詰이 당시 사회 전반적으로 인기가 얼마나 많았으면 문인화의 시조인 당나라의 왕유王維가 자字를 마힐摩詰로 하여 왕마힐王摩詰이라 썼겠는가? 왕유는 시에도 능하여 송나라의 소동파는 왕유의 작품을 평하기를 "시 가운데 그림이 있고 그림 가운데는 시가 있네詩中有畵 畵中有詩"라고 하였다. 역시 당나라의 승려 회해懷海(749~814)의 백장청규百丈淸規의 "하루 일하지 않으면 하루 밥을 먹지 않는다一日不作 一日不食"는 선농일여禪農一如의 정신도 불교의 역기능이었던 스님들은 하는 일도 없이 놀고먹는다는 무위도식無爲徒食의 사회통념을 불식시키기 위한 방편이었을지 모른다.

* 전의(轉意) : 본래의 뜻에서 바뀌어 변한 뜻.
* 대승(大乘) : 자신도 깨달음을 구하고 남도 깨달음으로 인도하는 수행자.
* 소승**(小乘) : 자신의 깨달음만을 구하는 수행자.
** 승(乘) : 중생을 깨달음으로 인도하는 붓다의 가르침과 수행법.
* 아이비리그(Ivy League) : 미국 북동부에 있는 8개의 명문대학. 예일·코넬·컬럼비아·다트
  머스·하버드·브라운·유팬·프린스튼. 학교 건물의 넝쿨 때문에 붙여진 이름.

멋과 맛을 느끼다 가는 게 인생
Life is feeling

Life is feeling. 맛과 멋을 느끼다 가는 것이 인생이다. 이 글귀는 내가 젊은 천둥벌거숭이 시절 아나운서 수필집에서 건방을 떨었던 말이다. 그러나 지금 생각해 보아도 아주 터무니없는 말은 아닐 성 싶다. 인생은 맛과 멋의 느낌으로 살아야 한다. 맛은 미각뿐 아니라 목욕이나 산책처럼 "온몸으로 느낄 수 있는 맛"도 있어 쾌감의 범위는 훨씬 더 넓은 편이다. 쾌감은 몸으로 느끼는 맛이며, 미감은 마음으로 느끼는 멋이다. 쾌감의 극치는 성교의 절정이며 미감의 극치는 해탈이다. 그리고 선/웰빙은 Ill-being(부조화)의 반대개념으로 몸과 마음이 조화로운 상태로 마음자리가 0에 있을 때 느끼는 절대무한의 '0의 행복'이라고 말한 적이 있다.

맹자孟子*의 제자인 고자告子는 '인생의 즐거움을 먹는 것과 섹스로 보았다[식색성야食色性也].' 또한 예기禮記*에도 '음식과 남녀에는 사람의 큰 욕망이 있다[음식남녀 인지대욕존언飮食男女 人之大欲存焉].'라고 하였다. 세상을 엄격하게 사는 청교도주의자나 계율주의자들에게는 세상 말세와 같은 당치도 않은 망발이다.

이른 새벽, 유난히 차림새가 남루한 한 노숙자가 길거리 자판기에서 커피를 뽑아 마신다. 절박한 상황에서도 입에 무슨 음식이라도 들어오면 즐거움이 되는 모양이다. 울던 아이도 먹을 것만 주면 울음을 그친다.

타인과의 식사 약속은 즐거운 시간을 함께 갖자는 뜻이다. 60년대와 70년대의 외식은 신분상승의 확인과 함께 영양보충의 시간이었다. 음식을 대접받을 때 상대의 마음을 편하게 해주기 위해 흔히 "나는 아무 음식이나 가리지 않고 잘 먹는다"고 한다. 그러나 평소 식성이 좋아 모든 음식을 골고루 좋아하나 좋아하는 기호식품이 있는 사람의 그런 응대는 예의가 될 수 있으나 그렇지 않은 경우라면 그는 식치食痴이다. '식치'라는 말이 아직은 사전의 표제어로 올라 있지는 않다. 식치도 음치와 마찬가지로 '문화장애인'임에 틀림없다. 물론 독선적인 입맛 때문에 음식에 까다로운 사람이 곧 식도락가(미식가)는 아니다. 식생활의 음식관飮食觀으로 그 사람의 인생관을 엿볼 수도 있다.

남녀평등 이전 시대, 연인 사이에서 육체의 선을 넘었을 때 '여자를 먹었다'는 무지막지한 표현이 유행했던 때가 있었다. 이때 '먹었다'는 말은 '소유의 개념과 또한 함께 즐거운 시간을 가졌다'는 뜻도 있다. 음식이 한낱 에너지원에 지나지 않았던 가난한 시절도 있었다. 그러나 이제는 음식을 통해 인생을 느끼면서 즐기는 시대가 되었다. 알약 한 알로 한 끼나 하루 세 끼니 식사를 해결할 수 있다고 할 때 어느 누가 이 방법을 선택하겠는가? 먹는 즐거움은 '2분의 1 행복'이다. 음식의 맛을 섹스의 맛과 동일시하는 사람은 식도락가이다. 사람이 늙어 가면 음식의 맛을 섹스의 맛보다 우위에 두게 되며 늙어서는 먹는 재미로 살게 된다. 쓴맛, 단맛 등을 맛보며 사는 것이 인생인가 보다.

일본 북해도 관광지의 대형 간판에는 '홋카이도를 먹자'라고 씌어 있다. 이는 홋카이도의 고유음식을 통해 홋카이도를 느껴보라는 문구일 것이다. 한때 국제박람회에서 동양을 대표한 중국 술 '마오타이茅台酒'와 서양을 대표한 프랑스의 술 '꼬냑'이 우열을 가리기 어려워 '금상'을 동시에 수상한 적이 있다. 음식문화는 한 나라의 문화의 척도이다. 가정의 문화도 그 집안의 음식 가풍으로 짐작할 수 있다. 그리고 개인문화도 개인의 음식관으로 판단할 수도 있다. 먹고 마시는 즐거움은 원시적이면서도 현대적인 기쁨이기도 하다. 사람은 몸과 마음으로 태어난 존재이기에 어느 한쪽으로 기울어진다면 반쪽 인생을 사는 것이다.

부처님 말씀은 언제나 사람들의 어두운 마음을 환하게 밝혀주시고 있다. 그러나 낮 12시가 되면 배가 고파져 마음의 상태도 불안정하여 어두워진다. 몸에 음식을 넣어주어 꺼져가는 마음의 불을 밝혀주는 '점화심點火心'이 '점심點心'이다. 법정스님이 평소 생사대사生死大事와 마찬가지로 식사食事도 대사大事임을 강조하셨던 뜻을 짐작하게 된다.

　추사 김정희는 우리나라 최초의 프로 서예가이다. 추사 이전에
는 선비의 여기餘技로서의 글씨가 있을 뿐이다. 서울 과천에서 71
세로 작고할 무렵 마지막 절필이 될 시를 제자에게 보낸다. 인생
을 달관한 대련對聯*시에는 행복이원론이 오롯이 담겨 있다.

大烹豆腐瓜薑菜 대팽두부과강채　　좋은 반찬은 두부 오이 생강나물
高會夫妻兒女孫 고회부처아녀손　　훌륭한 모임은 부부 아들딸 손자

　그리고 부연하여 이것이 촌 늙은이의 제일가는 즐거움이라고 하
였다. 추사 역시 음식의 맛을 행복에 포함시켰다. 참다운 맛은 두
부와 나물 같은 담백한 0의 맛 / 선미禪味에 두었음을 알 수 있다.
음식에는 진하고 단 '직선적인 맛'과 순수하고 쓴 '곡선적인 맛'이
있다. 그리고 가족의 사랑이 행복임을 새삼 일깨워주고 있다. 참다
운 맛은 다만 담백할 뿐이다[진미지담眞味只淡].

　0의 맛은 맛의 황금률이다. 불교의 궁극은 해탈 이후에 있다. 겨
우 번뇌의 세계에서 떨치고 나오는데 그치는 것이 아니다. 해탈 이
후 인생을 '멋있게, 맛있게' 살아야 한다. 해탈을 향香처럼 즐기라고
'해탈향'이라고 하지 않는가? 진리는 깨닫는데 그치는 것이 아니라
즐기는 것이다. 진리는 부채처럼 실용적으로 쓸 줄 알아야 한다.

　불자가 나아가야 할 길은 과거 선사나 고승들이 이미 지나갔던 길
을 따라가는 것이 아니다. 불자의 길은 모방의 길이 아니라 창조된

'자기의 길'이다. 불자는 산 정상에 오를 때처럼 자기의 코스가 있어야 한다. 그러나 한 기차를 함께 타고 가는 동승자가 될 때도 있다. 혼자 타고 가면 소승小乘이요 함께 타고 갈 때 대승大乘이 된다. 인도의 켄트 기차역 구내 미니 서점에서 보았던 책 이름들이 떠오른다. 『Development magnetic personality』,『Having my say』,『Hey busy man!』,『Meet yourself』.『매력이 있는 개성미 개발』,『나의 생각이 담긴 나의 말 갖기』,『무엇이 그리 바쁜가. 딱한 사람 같으니!』,『여보게! 제발 신神을 만나기 전에 '본래 자기'부터 좀 만나보게』쯤으로 보인다.

아름다운 꽃을 보면 즐겁다. 아름다움과 즐거움은 유사개념어다. 맛의 미학味學은 멋의 미학美學이다. 한정된 시간을 살아가는 우리는 땅의 생활을 멋있고 맛있게 마음껏 풍성하게 향유해야 하지 않겠는가. 아무리 장수한 사람이라도 음미하지 않은 인생을 살았다면 단명한 삶이다. 그러므로 단명한 천재 예술가들은 모두 장수한 인생이다. 비나 눈이 오는 날이 아니더라도 무심결에 일상에서 기억이 떠올려지거나 기억하고 싶은 과거가 있는 사람. 그 때를 지금 여기에 불러들여 현재가 풍요로운 사람이야말로 장수한 인생이다.

---

* 맹자(孟子) : 기원전 372~289. 중국 전국시대의 철인. 성인에 버금가는 아성이라 불린다. 성선설(性善說)을 주장.
* 예기(禮記) : 유교의 경전으로 오경(五經)의 하나. 의례의 해설과 음악·정치·학문에 걸쳐 '예(禮)'에 관한 이론을 서술했음.
* 대련(對聯) : 상대되는 뜻을 나타낸 말로 대(對)를 맞춘 시의 형태.

생활 속의 중도·중용의 세계

　우리의 생활에서 쉽게 발견할 수 있는 중도/중용의 세계를 떠올려 보았다. 다음의 세 가지 세계는 반드시 우열의 개념으로만 간주할 것이 아니라 다양한 세계로 보고 싶다. 간혹 중도·중용의 세계로 보기에는 무리한 것도 있음을 밝혀둔다(이하의 나열은 무순).

고해의 세계 / 중도의 신세계 / 쾌락의 세계
낭비 / 기부·헌금 / 인색
대중음악 / 세미클래식 / 클래식 음악
느슨한 줄 / 조율된 줄 / 팽팽한 줄
겨울 / 봄·가을 / 여름
게으름 / 근면 / 조급함
무미건조한 생활 / 풍류생활 / 방탕생활
겨울 칼바람 / 가을 산들바람 / 삼복 후텁지근한 바람
중병 / 무병(無病) / 혈기왕성
들판 / 동산 / 높은 산
전날 / 0시 / 내일
날숨 / 중간 숨 / 들숨

이기주의 / 개인주의 / 박애주의
법 / 상식 / 도덕
바이올린 / 첼로 / 콘트라베이스
그믐달 / 반달 / 보름달
단주(斷酒) / 절주 / 과음
산책 / 조깅 / 달리기
무취미 / 취미 / 일중독
부감각 / 슬기나 / 쾌락
강 / 호수 / 바다
적막 / 음악 / 소음
비굴 / 긍지 / 오만
등산 / 능선걷기 / 하산

지하층 / 0층(인도나 영국 등) / 고층

싱거운 사람 / 간이 맞는 사람 / 짠 사람

흐물거림 / 부드러움 / 딱딱함

여자 / 동성애자 / 남자

남루 · 초라함 / 수수한 옷차림 / 성장(盛裝)

우울함 / 상냥함 · 명랑함 / 경박함

냉소 · 비웃음 / 미소 / 너털웃음

궁핍 / 검소 / 사치

몰상식 / 상식 / 엄격한 규율

전서 · 예서 / 해서 / 행서, 초서

맹추위 / 가을 날씨 / 삼복

바다 / 갯벌 / 육지

얼음물 / 샘물 / 뜨거운 물

쓴맛 / 구수하고 담백한 맛 / 단맛

무신론자 / 신자 / 성직자

씀바귀 / 무 · 호박 / 과일

어눌한 말 / 차분한 말씨 / 세련된 말

저쪽 / 장소의 0인 여기 / 이쪽

고수풀 · 씀바귀 맛 / 밥맛 / 과일 맛

들기름 / 현미유 / 참기름

welldone / medium / rare

앨토 / 메조소프라노 / 소프라노

눕다 / 좌선 / 서 있다

보리 / 쌀 / 찹쌀

마늘 / 양파 / 실파

흑인 / 혼혈인 / 백인

간사 / 친절 / 퉁명스러움 · 불친절

냉탕 / 온탕 / 열탕

우유부단 / 영단 / 졸속

무신론자 / 독실한 신자 / 광신도

약소함 / 원만함 / 과분함

백자 / 분청 / 청자

추상화 / 사실화 / 극사실화

한대지방 / 온대지방 / 열대지방

비지 / 순두부 / 두부

막걸리 / 와인 / 독주

밥 / 죽 / 물에 만 밥

엷은 차 / 중정(中正) / 떫은 차

나쁜 일 / 무사(無事) / 좋은 일

과거 / 시간의 0인 지금 / 미래

△ / ○ / □

맨밥(반찬이 없는 밥) / 소찬(素饌, 고기와 생선이 없는 반찬) / 진수성찬

명태 / 민어 / 고등어

안 익다 / 발효 / 쉬다

베이스 / 바리톤 / 테너

# 지구는 지상 미술관, 음악의 전당

90세 된 노인은 '내 나이 80만 되더라도….', 80세 된 노인은 '내 나이가 70만 되어도….'라고 하듯 생명에 대한 애착은 그치지 않는다. 절대자가 있어 나에게 한 번 더 기회를 줄 테니 인생을 다시 살아볼 의향이 있느냐고 가정해 본다. 이때 나는 반문할 것 같다. "같은 코스입니까, 아니면 다른 코스입니까?"

만일 같은 코스라면 선뜻 대답을 하지 못하고 머뭇거릴 것 같다. 지금까지 살아오면서 겪었던 힘들고 괴로웠던 일들을 다시 한 번 참고 견디기가 힘들 것 같기 때문이다. 나는 삼국지가 나의 역경의 삶에 비하면 오히려 맹물처럼 느껴질 만큼, 더 복잡한 인생을 살아왔다는 생각을 하기 때문이다. 그동안 크게 좋았던 일과 크게 나빴던 일은 모두 사람에 의해서였다. 괴로웠던 기억 중 나쁜 사람은 좋은 사람의 눈과 달라서 나쁜 사람을 좋은 사람, 좋은 사람을 나쁜 사람이라고 하기도 했다. 사람을 제대로 볼 수 있는 안목을 갖추기란 어려운가 보다. 태조 이성계도 개국의 일등공신

무학대사에게 농담으로 "스님의 얼굴은 돼지처럼 생겼습니다."라고 하자 대사께서는 "태조께서는 사람처럼 보입니다. 돼지 눈에는 돼지만 보이는 법입니다."라고 현답을 했다고 하지 않았는가? 누구나 돈이나 명예를 지녀야만 행복하다고 믿고 있다. 행복의 기본 공식이다. 그러나 좋아하는 사람을 마음속에 간직하고 사는 사람들이야말로 참으로 행복한 사람들일지 모른다.

인생을 한 번은 살아볼만한 것인지는 모르지만 두 번 살 것은 못된다. 설령 즐겁고 행복했던 일도 반복한다는 것은 재미가 반감되며 싫증이 나게 되어 있다. 나의 하루 가운데 저녁 조깅과 목욕을 끝낸 후 음악을 곁들인 독작獨酌은 오래된 저녁 일과이다. 특히 좋아하는 곡은 반복 듣기장치를 할 때가 있으나 곧 싫증이 나서 풀어버리게 된다.

'오늘'은 '오(감탄사)! 늘(항상 / 영원)!'로 '오늘' 속에 바로 영원이 있다. 오늘을 잘 산다는 것은 영원을 사는 것이다. 미지未知의 오늘의 내일인 영원은 특별한 미래가 아닌 오늘을 닮은 '오늘의 내일'일 뿐이다. 어제의 내일이 오늘이요, 내일의 어제가 오늘이다. 인생은 오늘의 반복이다. 오늘은 참으로 위대하다. 어느 서예 대가가 서실書室에서 일필휘지一筆揮之로 단숨에 써서 선물한 작품을 받은 사람이 단시간 완성에 다소 실망을 한 눈치를 알아챈 작가는 "30분 만에 완성도가 있는 작품을 완성하기 위해서 30년 이상의 세월이 걸렸습니다."라고 말했다. 짧은 시간 안에 이 예술가의 모든 혼이 담겨 있듯 누구나 '짧은 일생인 오늘 하루' 한 편의 인생 작품을 만들면서 살아가야 하지 않겠는가? 불교가 철학일 때는 '오늘'속에 '영원'이 있으나, 종교일 때는 '내일'속에 '영원'이 있다. '영원'은 인간의 영생불멸본능永生不滅本能이 만들어낸 작품으로 종교인에게 주어진 최고·최대의 은총이다. 그러나 유아적 환상의 걸작일 뿐이다. 오늘 한 방울의 물이 내일은 강을 지나 영원한 바닷물이 된다. '오! 늘'은 기독교인이셨던 다석多夕 유영모柳永模* 선생의 인생관이 함축된 창안創案이다. 서울 종로5가에 있는 연동蓮洞교회는 유영모 선생께서 맨 처음 다니셨던 교회이다. 필자는 그 교회 앞에 있는 효제孝悌초등학교를 다녔는데 교인教人이었던 담임 선생님이 평소 유난히 자주 강조하는 말씀이 있었다. "일을 미루지 말고 '오늘 지금' 당장하세요." 담임선생님께서 마치 다석 선생의 직·간접의 훈도薰陶*를 받으신 것만 같다.

향수감별사는 같은 향을 오랫동안 맡지 않는다고 한다. 한 가지 향을 오래 맡다보면 코가 무감각해지기 때문이다. 인간의 감각 메커니즘 특성상 우리는 일상에서 무감각의 과오를 저지를 때가 많다. 공자는 이를 일깨워주고 있다. '興善人居如入居芝蘭之室久而不聞*其香卽如之化矣(좋은 사람과 가까이 지내다 보면 마치 향내 나는 난실에 있는 것 같아 오래 있으면 향을 맡지 못하게 된다. 그 향에 동화되었기 때문이다/좋은 친구처럼 되었기 때문이다)(필자 졸역).'

우리는 같은 곳의 관광지를 좀처럼 두 번 찾지 않는다. 세계적인 미항美港 샌프란시스코나 시드니, 또는 꿈같은 도시 퀸스타운의 전망 좋은 집에서 사는 그 주인은 언제나 눈이 즐거울까? 오히려 잠시 들러서 보는 외부관광객의 감흥과는 견줄 수 없을 것이다.

현세의 업보에 따라 여러 계층의 사람 또는 짐승으로도 태어난다는 윤회는 '인생재수'이다. 전교에서 일등 하는 학생이 시험에서 재수運가 없어 재:수再修하기도 한다. 그러나 인생의 재수:再修는 재수運가 아니라 그 한 사람의 전적인 책임으로 불성실하게 살았다는 증거이다.

윤회 유무의 개념에 따라 종교도 철학도 될 수 있는 것이 불교이다. 그러나 불교의 본질과 궁극의 이념은 '지금 죽어도 좋아'식의 인생을 경영하는 '완전연소'의 '현재완료형' 철학이다. '지금 죽어도 좋아'식의 인생 운영이야말로 현대판 해탈이라 하겠다. 이고득락離苦得樂, 고통과 번뇌의 사슬에서 벗어나는데 그치지 않고 그 연후에 대자유인으로서 생활을 즐겨야 한다. 매미는 땅속의 애벌레에서 어른벌레로 해탈하는 데 무려 7년이란 인고의 세월이 걸린다. 붓다 6년만의 해탈의 시간과 비슷한 셈이다. 선禪과 매미蟬은 모양도 비슷하고 소리도 같다. 선은 본래마음으로 다시 태어나는 것이요, 매미는 몸을 바꾸어 환생還生하는 곤충이다. 이미 한나라 때 옥제玉製 장식품 매미가 나타난다. 그것을 죽은 사람의 입에 넣어줌으로써 다시 태어나라는 환생의 염원을 담고 있다. 매미의 일생은 7일에서 보름. 그러나 한정된 날을 살면서도 절망하지 않고 지금 여기의 순간들을 마음껏 노래하고 있지 않은가? 굼벵이가 변하여 매미가 되듯 누에 애벌레는 나비가 된다. 굼벵이와 누에의 삶이 중생의 삶이라면 매미와 나비의 삶은 해탈의 삶이다.

논어에서 내가 가장 좋아하는 말은 '어떤 일이든 아는 사람보다 좋아하는 사람, 좋아하는 사람보다 즐기는 사람이 더 행복하다[지지자 불여 호지자, 호지자 불여 낙지자知之者不如 好之者 好之者不如 樂之者].'로 공자와 붓다가 의기 상통하는 대목이기도 하다. 이 글에서 '앎'은 인생을 좋아하고 즐기기 위한 필수 예비 단계이다. 이는 고어 '숧'이 '삶'과 '앎'으로의 동격 분화에서 '삶은 앎이다'라는 명제를 엿볼 수 있다. 종교가 아닌 유교는 내세來世가 없기에 유한한 시간을 꽃으로 살라는 가르침인 듯하다. 지상의 산천초목은 소유주所有主가 없으며 즐기는 사람이 주인일 뿐이다. 지혜를 상징하는 등燈은 중생의 번뇌(어두움)를 밝혀줌을 뜻한다. 아울러 휘황찬란한 연등燃燈과 사찰의 단청丹靑은 이 땅이 갖가지 꽃(잡화雜華)으로 장엄莊嚴하게 장식된 화엄華嚴 세계임을 일깨워 주고 있다.

나의 할머니는 평생 일만 하다 돌아가셨다. 젊어서는 동네에서 미인이라는 소리를 들으셨다는데, 손마디는 나무꾼 같았으며 허리도 기역(ㄱ)자로 굽으셨다. 옷장을 자주 정리하셨는데, 입어보지 못한 옷에 한이 있으신지 콧노래가 슬피 들려온다. '이승에서 구경한 것이 변변치 못하면 염라대왕이 저승을 보낸다는데……'라고 중얼거리셨다.

염라대왕閻羅大王은 지옥의 왕이다. 염라대왕의 질문 형식은 사람의 신분에 따라 길기도 하고 짧기도 하다. 첫 번째, 부귀영화를 누렸다고 생각되는 사람에게는 불교생활과 선행 여부, 예술적 생활을 알아보기 위해 해인사와 논산 미내다리 금산사 미륵탑을 가 보았느냐고 묻는다고 한다. 여기서 다리는 선행의 상징이다. 두 번째, 서민생활을 한 사람에게는 자연을 어느 정도 사랑했는지와 다양한 사회적 경험을 엿보기 위해 금강산과 서울 구경을 해 보았느냐고 묻는다. 이는 모두 지상 생활에 충실하라는 불교의 현세적 가르침이 담긴 우리나라의 속담이다.

이 지구라는 확실한 지상 극락에서 삼라만상의 미술관과 음악의 전당 작품을 마음껏 향유할 지어다.

---

* 유영모(柳永模, 1890~1981) : 호 다석(多夕). 교육자. 종교인. 평양 오산고등학교 교장. 톨스토이의 영향과 불경과 도덕경에 심취한 후 무교회주의자로 전향. 함석헌(咸錫憲)이 대표적인 제자. '오!(감탄사) 늘(항상)'을 창안, 영원 속에서 영원을 살지 않고 오늘 하루 속에서 영원을 살았다. 이 책에서 '오! 늘'만 인용하였음을 밝힌다.
* 훈도(薰陶) : 교화(敎化)하고 훈육하는 일
* 문(聞) : 냄새 맡다

둥근 지구에서 둥근 해와 달을 보며
0의 맛을 보다 0으로 돌아가다

나의 평생 천직인 야구중계방송. 주위 사람들은 3시간여의 중계가 힘들지 않느냐고 묻는다. 나는 아직껏 중노동이라 생각한 적이 없다. 어쩌다 나의 신변에 힘든 일이 생겼을 때의 중계방송은 오히려 약 처방이 되어 괴로운 일이 사라지곤 한다. 기분 좋은 피로와 함께 무념의 행복에 젖게 한다.

중계방송은 집중의 시간이다. 야구경기뿐 아니라 모든 중계방송은 대본이 없는 드라마를 아나운서가 연출가 겸 연기자가 되어 상황을 전하는 것이다. 원고가 없는 방송일지라도 클로징 아나운스먼트를 위해 해설자 이름을 적어놓는 것은 불문율로 되어있다. 장시간 함께 옆에 앉아있던 해설자 이름이 떠오르지 않아 쩔쩔 맨 적이 한 두 번이 아니다. 경기상황에 100% 집중하고 있기 때문이다. '집중=행복'이라는 명제는 야구중계를 통해 몸으로 배운 철학적인 수확이다. 집중은 마음자리가 0에 있는 중심을 말한다. 마음의 본질은 '고요함'으로 사람은 언제나 마음이 고요하면 행복해진다. 마음자리의 0은 '절대 정적靜寂'을 뜻한다. 가까운 예로 여행이 즐거운 것은 새로운 사물에 대한 호기심으로 마음자리가 0에 머무는 '집중集中' 메커니즘(작용 원리) 때문이다. 기도/염불의 시간이 행복한 것도 집중 때문이다. 불교는 행복심리철학이다.

둥근 야구공의 실밥은 108바늘이다. 나는 108바늘의 야구공이 하는 일(중계)을 통해 어쩌면 108번뇌를 씻어낼 수 있었던 것이다. 야구장은 나의 평생 휴양지였다. 우리는 삶에서 평생 '둥근 것'을 떠나 살 수 없는 모양이다. 둥근 지구 위에서 낮에는 둥근 태양, 밤에는 둥근 달을 보며 산다. 마조도일馬祖道一 선사는 불교의 세계를 소중현대小中現大(작은 것으로 큰 것을 표현)로 노래하셨다. 마애불磨崖佛의 "일면불日面佛 월면불月面佛(해님의 대낮은 금金세계! 달님의 달밤은 은銀세계!)."(필자 의역) 낮(+)과 밤(−) 두 세계를 동등하게 바라보는 것이 불교의 세계관이다. 일본 교토京都의 금각사金閣寺・은각사銀閣寺는 불교본질의 상징적 건물이다. 사물의 우열을 가리지 않는 무차별심無差別心의 경지가 아닌가. 둥근 지구에서 둥근 해와 달을 보며 밥맛, 차 맛 같은 0의 맛을 보며 살다가 0으로 돌아가는 것이 인생길이 아니겠는가.

몸은 동산_{動産} 1호, 마음은 부동산_{不動産} 1호

지금까지 긴 여정의 불교여행이랄까, 나의 땡초 같은 설법은 여기서 일단 끝이 났다. 대학생들은 축약된 말을 좋아한다고 하기에 지금까지의 불법佛法을 아우르는 몇 마디를 김 군에게 더 들려주었다. 한정된 시간의 틀 속에 사는 우리는 버릴 시간이 없다. 나쁜 시간(−)도 좋은 시간(+)으로 알뜰하게 써야한다[음양이용陰陽二用].

'모든 초목은 부처다[백초시불百草是佛].' 여기서 부처는 모든 식물은 '자기의 본래'를 지키는 존재라는 뜻이다. 나무와 꽃은 어느 한 가지도 같은 것이 없다. 그리고 꽃과 나무는 어떠한 환경에서도 꽃을 피운다. 꽃은 식물의 '최선의 상징'이다.

장미·모란·백합·양귀비 같은 귀족적인 꽃을 야생화들은 부러워하지 않는다. 장미꽃도 빨강·노랑·까망·하양·주황 등, 자기 색을 자랑하고 있다. 부호의 정원에서만 장미꽃이 피는 것은 아니다. 우리 동네 학교 뒷마당이나 창고 옆에 피는 장미도 아름답다. 장미꽃에 어울리지 않는 장소라고 불평도 불만도 없다. 앞산 등산로의 갈라진 시멘트 계단 틈바구니에서도 가녀린 풀꽃은 열심히 피고 있다. 봄에 피는 개나리, 진달래, 벚꽃, 목련은 자신을 최대한 표현하기 위해 잎은 잠재운 채 꽃만 먼저 보여주고 있다. 또한 난초는 산에서 자라는 풀 같기도 하고 물을 좋아하는 풀 같기도 하다. 그러나 도시 가정집 화분에서 갇혀 살지만 우아하고 기품 있는 한란寒蘭은 실내에서도 山草와 水草의 아취를 풍겨주고 있다. "부재산역 부재수이 자득산수지취不在山亦 不在水而 自得山水之趣(산속에도 물가에도 있지 않으면서 스스로 산초와 수초의 아취雅趣를 풍기고 있네)"

나에게 대중목욕은 취미 생활이요 건강비결이기도 하다. 어쩌다 운 좋게 탕 안이 조용한 날, 나는 일본 하코네箱根나 아타미熱海 온천처럼 즐길 때도 있다. 이렇듯 불교는 모든 풀과 꽃처럼 살아가는 '개성주의 실존철학'이다.

태양이 내 머리 위 하늘 한 가운데 있을 때 내 몸의 그림자가 없어지듯, 마음자리도 한가운데 0에 있으면 무심해져 모든 근심과 걱정이 사라진다[일오무영日午無影]. 마음자리를 0에 정하고 머문다 하여 선정이라 한다. 무심과 선정은 같은 개념이다.

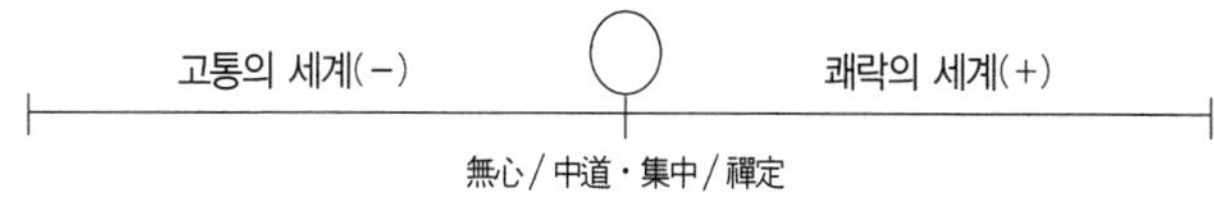

무심은 0의 행복이다. 0의 행복은 행복의 황금률이다. 무심은 정신이 나간 멍청한 상태가 아니라 무욕의 마음이다. 바람風도 없고 바람願도 없는 거울 같은 호수의 마음이다. 마음자리가 0에 있을 때 즐거움이 깃드는 것은 마음의 메커니즘 때문이다. "풍취부동천변월風吹不動天邊月(바람이 불어도 움직일 줄 모르는 하늘가의 둥근 달)." 어느 고승의 선시이다.

이 글이 마무리되어 가는 요즘 금쪽같은 불교 용어를 재발견하고, 또 한 번의 법열을 맛보게 된다.

'즘생怎生'은 '어떻게 살 것인가?'라는 뜻이다. 이는 인생에서 최고 최대의 질문이다. 즘怎이라는 문자는 옥편에서 한 글자 밖에 없어 더욱 귀하게 여겨진다.

파자는 더욱 문학적이며 철학적이다.

'잠깐 / 처음 사(乍)+마음 심(心)+살 생(生)'
① 인생 '잠깐'이라는 '마음'으로 '산다'
② '좋음'도 '나쁨'도 '잠깐'이라는 '마음'으로 '산다'
③ '처음 마음'으로 '산다'

같은 어원 즘생(생물)에서 중생과 짐승 두 가지로 분화되면서 뜻도 바뀌었다. 오로지 무엇을 먹고, 입고, 갖고 싶은 중생의 생활은 짐승의 생활과 진배없다. 어떻게 살 것인가? 인생의 제일 큰 질문이다. '이따가'의 일을 아무도 모르는 것이 인생이다. '지금 여기'를 촛불의 불꽃처럼 완전연소하여 향유하고 싶다. 인생은 현재 완료형이기 때문이다.

스포츠 세계에서 챔피언 자리에 오른 선수는 그 자리를 지키는 것이 등극만큼 중요하다. 이 0의 행복을 유지하기 위해서는 어떤 마음자세가 필요할까? 현 불교계에서는 '부처님만을 끊임없이 떠올리는 삼매, 일행삼매一行三昧' 또는 '오로지 한 물건을 응시하면서 마음을 움직이지 않는 수일불이守一不移'를 방편으로 제시하고 있다. 나는 표현을 달리하고 싶다. '모든 하는 일事과 일(1, 하나)'이 되어야 한다. 일事과의 하나 됨은 곧 일事의 집중이며 '집중=행복'이기 때문이다. 취미는 좋아하는 일에 마음 붙이기이다.

홀어머니는 자식들에게 마음을 붙이는 재미로 산다. 젊은 남녀 만남의 즐거움은 마음과 마음의 본능적인 집중 때문이다. 또한 남녀가 완전히 하나 되는 합환은 몸과 마음까지 하나 됨의 더 큰 즐거움이다. 김 군에게 취미로 차茶 생활을 권하였다.

'찬물(냉수)'도 '찻물'처럼 느낄 때가 차에 눈을 뜨는 경지라고 하였다. 김 군이 참으로 모처럼 입을 열었다.

"선생님은 이곳 관광을 오셨어도 거르지 않고 조깅을 하시던데요"

"나는 꼭 아침에만 조깅을 하는 것이 아니라 형편에 따라서 해요. 아침에 하면 조경朝競이 되고 낮이면 주경晝競이 되고 밤이면 야경夜競이겠지요. 나에게 운동은 건강이 목적이겠지만 조깅 자체를 즐기고 있으니 과정도 목적이겠지요. 조깅(Jogging)은 달리기와

걷기 중도의 즐거움입니다."

　"해변가 모래사장에서의 조깅은 몸과 마음의 최상의 조잉(Joying)
이에요. 움푹 들어간 발바닥의 가운데를 한의학에서는 용천혈湧泉
穴이라고 하지요. 그곳은 신체 부위 중 유일하게 접촉이 거의 없는
처녀성의 촉감이 있어요. 모래가 발바닥(Sole)*에 닿을 때의 쾌감과
엔돌핀에 의한 마음(Soul)의 미감은 조깅의 극치입니다. 사람의 몸
은 복잡한 화학공장으로 건강을 위한 단일처방은 없지요. 운동은
인류가 지금까지 발견한 가장 믿을 수 있는 약이며 보약이에요.
식물은 옮겨 심으면 약해지지만 동물인 사람은 움직이지 않으면
병이 납니다.

　몸을 움직이되 즐겁게 쓰면 운동, 괴롭게 쓰면 노동입니다. 사람
은 몸을 움직이면 반대로 마음은 평온해집니다. 신동심정身動心靜이
라고 합니다. 기도에는 정적靜的인 기도와 동적動的인 기도가 있습
니다. '신동심정身動心靜 심정항천心靜恒天(산책을 하면 마음이 고요
해지네. 마음이 고요하면 언제나 천국)'(필자 졸작) 교회에서의 기도
가 정적인 기도라면 성지순례는 동적인 기도인 셈입니다. "관세음
보살 나무아미타불"의 독송讀誦은 몸의 일부인 구강口腔운동으로 동
적인 염불입니다. 반면 잡념이 따르게 마련인 참선은 정적인 염불
로, 선의 수행이 되지 못하고 마치 참선 자세를 배우는 듯한 '학참선
學參禪'일 때가 많습니다. 나에게 조깅은 일종의 염불 / 기도입니다.
서양불교에서는 '움직이는 명상(Movement Meditation)'이라고 합니다.

몸과 마음은 연인과 같습니다. 몸이 아프면 마음도 괴롭고 마음이 괴로우면 몸도 아파해줍니다. 그러나 둘은 자기 일에 바빠 만나기가 어렵습니다. 호흡은 몸과 마음을 만나게 해주는 오작교烏鵲橋입니다.

불교는 몸과 마음을 다스리는 '과학종교'입니다. 현대병은 거의가 스트레스에서 옵니다. 불교는 온몸의 근육과 마음의 신경계를 이완시켜주는 '장수 의학 종교'이기도 합니다. 붓다의 팔십 세 장수는 오늘날 백 세 이상에 해당됩니다. 역대 스님들의 평균 수명이 일반인의 평균치보다 월등하다는 것은 이를 증명하고 있는 것이지요. 행복은 몸과 마음의 화학작용에 의한 결정結晶이랍니다. 화학작용은 1+1=2가 아니라 3 이상이 되는 현상입니다. 사람의 몸을 '신체 재산(Personal Estate)'이라고 한다지요? 사람의 몸을 동산 1호로 본 서양 사람들의 관점이 재미있습니다. 석가모니 부처님께서는 이미 성도 이전 신심일여身心一如의 명제를 들어 갈파하셨지요. 신외무물身外無物 심외무법心外無法. 몸보다 더 귀한 보물도 없고 마음보다 더 소중한 진리도 없다는 뜻입니다. 붓다는 사람의 몸값을 최고치로 쳐주신 선각자이십니다. 몸은 그 귀한 '마음의 집'이기도 하지요.

염불은 마음의 집중을 위한 방편이요, 108배는 몸의 상태를 좋게 해주는 최고의 보건체조입니다. 절寺은 절하는 곳이며 "절: / 저얼: / 자기의 얼:"을 찾는 곳입니다. 절하는 것은 자기를 낮추는 하심下心입니다. 염불과 108배는 마음자리와 몸을 0으로 인도하는 방편이에요. 또한 피라미드만큼이나 불가사의한 수만 리의 오체투지五體投地(두 무릎을 꿇고 두 팔꿈치를 땅에 댄 다음 머리가 땅에 닿도록 절하는 예법) 순례와 삼천배三千拜는 체력의 탈진脫盡으로 탈속脫俗/탈진脫盡이 됩니다. 탈속이 곧 해탈이 아닌가요? 성철 스님의 대표적인 일화는 3천 배를 올려야 만나뵐 수 있었다는 것이라 할 수 있습니다. 중도는 제2의 세계(-)를 맛본 사람만이 느낄 수 있는 0의 행복입니다. 3천 배는 현대판 고행으로, 스님께서 평소 입버릇처럼 말씀하시던 중도의 경지를 엿볼 수 있게 한 지름길의 한 방편이었던 것입니다. 산 정상에 막 도달한 탈진脫盡된 등산객의 얼굴을 보세요! 집에서 출발할 때의 표정과 달리 탈속한 경지의 모습. 이처럼 불교는 몸으로 절을 함으로써 본래 마음으로 가는 종교입니다. 김 군이 미술을 전공한다고 했는데 앞으로 피카소나 샤갈 또는 모네 같은 화가는 될 수 없을지도 모릅니다. 그러나 얼마든지 붓다는 될 수 있어요. 김군, 자네가 믿는 기독교가 추상화라면 불교의 본질은 사실화입니다. 성불하세요.”

“서울 가서 혹 전화나 편지를 드리고 싶을 때가 있을 텐데요. 선생님 댁 전화번호와 주소는……?”

“내 몸이 서 있는 데가 현주소겠지. 서 있으면 부동산, 움직이면 동산이에요. 몸은 움직일 수 있을 때, 마음은 고요하게 정지해 있을 때 행복합니다. 마음은 ‘부동산 1호’, 몸은 ‘동산 1호’입니다. ‘지금 여기'가 인생의 전부입니다. 우리는 '지금 여기'가 소중한 보금寶今자리(필자의 신조어)임을 잊고 삽니다. 나는 지금시市 여기동洞 0번지에 산다네."

말귀가 밝은 김 군과 나는 잠시 석가모니 부처님과 가섭이 되어 한바탕 웃을 수 있었다.

---

* 발바닥(Sole)이라는 뜻의 Sole[SOUL]과 마음의 Soul[SOUL]은 발음이 같은 동음이의어(同音異義語)다.

한국불교의 현주소

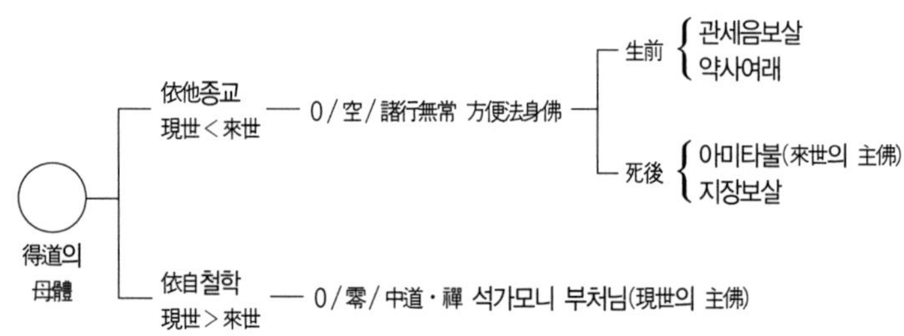

* 중도·선은 단맛(＋)의 제1세계와 쓴맛(－)의 제2세계를 거친 조화와 균형(Balance)을 이룬 평정심의 제3의 신세계로 행복의 황금률(Golden Rule)

* 空＝零(기호일 때는 '공', 숫자일 때는 '영'으로 발음)

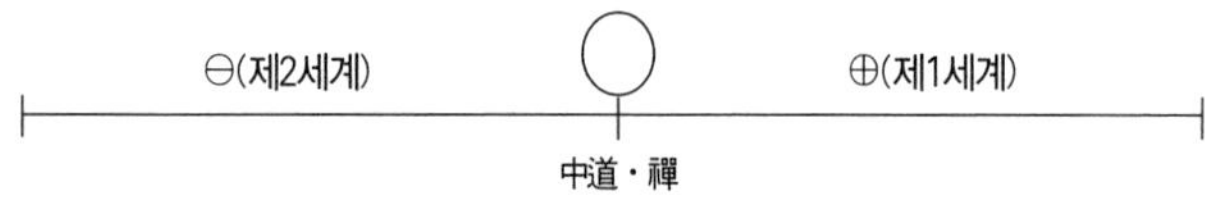

불교는 종교와 철학의 양면성을 갖추고 있어 인간의 욕망을 완벽하게 해결해 줄 수 있으므로 21세기 세계인의 종교로서 필요충분조건을 갖추고 있다 하겠다. ㉠ 현재＜미래(종교), ㉡ 현재＞미

래(철학) 부등호 방향에 따라서 종교와 생활인의 철학으로 분화된다.

신앙의 대상이 관음보살 약사여래 아미타불 같은 법신불을 믿으면 종교요 석가모니 부처님의 말씀을 믿으면 생활철학이 된다. 우리나라의 속담에는 뜻밖에도 내세에 대한 신앙을 기원하는 말이 보이지 않는다. 오히려 널리 알려진 "개똥밭에 굴러도 이승이 좋다"는 격언은 우리 조상들의 현세에 대한 애착을 잘 나타내고 있다.

인간에게 종교가 절실한 것은 마음의 평화를 가져다 줄 생전生前의 안식처와 사후死後의 귀의처歸依處가 필요하기 때문이다. 우리는 일상생활에서 문득 허무를 새삼스럽게 느낄 때가 많다. 선천적으로 사색인이었던 카필라국의 싯다르타 태자는 출가하시면서 동시에 성도成道의 두 명제(① 諸行無常, ② 中道·禪) 가운데 ① 諸行無常은 보통사람도 느낄 수 있기에 득도得道하셨을 것으로 생각된다. 해탈은 집착의 단호斷乎한 단절斷絶이다. 더구나 유정有情한 인간으로서 가족과의 절연 그 자체가 해탈이다. 즉 싯다르타 태자의 출가는 몸이 궁전을 떠난 가출家出이 아니라 마음의 출가였다. 따라서 싯다르타 태자가 보리수 아래에서 득도하신 것은 중도/선뿐이다.

그리고 성도成道하신 후 초전법륜初轉法輪의 교의는 '고苦·집集·멸滅·도道'의 사성제四聖諦였다. 사성제를 불교계와 학계에서는 한 흐름의 교의로 해석하고 있다. 그러나 나는 '고·집·멸'은 번뇌의 근본 원인을 뿌리째 없애는 제1의 수행단계요, 제2단계에서 생활인에게 행복의 본질을 제시해 주는 '중도/선'은 별도의 주개념으로 해석하고 있다. 따라서 붓다의 첫 설법 주제는 '중도'였던 것이다.

그러나 붓다의 성도 후 2,600년이 지난 오늘날까지 깨달음의 본질인 '중도/선'은 말로 설명할 수 없는 언어도단言語道斷의 교의로 체념된 채로 있다는 사실은 그야말로 언어도단이다. 중도/선이란 불교의 생활철학이 보편화 되었을 때 우리나라 불교의 숙제인 노인불자 위주의 불교에서 탈피, 젊은 불자의 참여를 기대할 수 있을 것이다. 석가모니 부처님께서 입멸하실 때의 유언처럼 불교는 붓다라는 인물을 믿는 종교가 아니라 "진리의 말씀에 귀의하는 법귀의法歸依"요 이 세상에서 붓다를 비롯한 어느 누구도 믿지 않고 '본래 자기로 돌아가는 자귀의自歸依'의 '의자依自철학'인 것이다. 그러나 중도/선이 신비의 베일에 싸여 있어 불자들이 생활철학으로서의 가치를 느끼지 못하여 자연 현실고現實苦를 해결하려고 방편법신불方便法身佛에만 의지하고 있는 바 이는 인지상정人之常情이라 하겠다.

대학 때 어느 수업시간 직전 교수님께서 난데없이 불쑥 "여러분, 신이 계시다고 생각하십니까?"라고 물으셨다. 잠시 침묵이 흐른 후, 스스로 답하시기를 "신이 계시다고 생각하는 사람의 삶은 행복하겠죠." 나는 언제나 한국불교를 생각하면 학창시절 교수님의 말씀이 떠오른다.

사람은 누구나 울면서 태어나듯이 생래적生來的으로 나약한 동물로, 무엇인가를 믿고 의지하고 싶어 한다. 인류는 일찍이 미개未開사회인 부족 또는 씨족사회 때부터 태양과 달 같은 자연물 또는 동식물을 신성시 하는 토템(Totem) 신앙이 있었다. 21세기 현대인에게도 이러한 속성은 변하지 않고 있다. 살아있는 생전에는 크고 작은 괴로움을 덜어주시고 없애주는 관세음觀世音보살이 아무래도 최고의 인기불人氣佛이다. '견見'이 육안으로 사물을 보는 것인 데 비해 '관觀'은 '마음의 눈'으로 세상을 통찰하는 것이다. 즉 관세음보살은 중생이 갖가지의 괴로움을 당할 때 그의 이름을 부르면 자유자재로 그 고통에서 벗어나게 해 준다는 보살이라고 하여 관자재觀自在(觀自由自在의 축약)보살이라고도 한다. 그리고 언제나 사람이 사는 집은 수리하면서 살듯이 몸이라는 집에서 사는 사람의 육체도 고치면서 산다. 중생의 몸을 치료해 주는 약사여래도 반드시 계셔야 할 부처님이다. 필연적으로 맞이해야 하는 죽은 다음의 세계를 위해서 내세來世에는 괴로움도 없고 즐거움만 있다고 하는 극락정토淨土의 주불主佛이신 아미타불阿彌陀佛(무량수無量壽·무량광無量光)의 품에 안기고 싶은 것이다.

그런데 사람이 죽은 후 극락왕생이 반드시 보장되는 것이 아니다. 사찰의 명부전冥府殿에 본존불本尊佛로 모시고 있는 지장地藏보살은 모든 중생이 구원을 받을 때까지 자신은 부처가 되지 않겠다는 큰 서원을 세운 살신성불殺身成佛의 부처이다. 죽은 사람이 혹 지옥에 떨어진다 하더라도 지장보살만이 극락왕생시킬 수 있어 백성들의 사후를 책임지는 희망의 최후보루堡壘이다. 사별死別한 가족에게는 고통을 달래 줄 수 있어 지장신앙이 오랜 생명을 유지하고 있는 것이다.

　반면 중도/선은 화석이 된 유물처럼 사장되어 있어 오늘날까지 일부 고승들의 전유물로서 향유되고 있을 뿐이다. 중도/선은 추상적인 교의가 아니라 밥맛을 통해 붓다라는 인간이 구체적으로 체득한 행복론이기에 가치가 있는 것이다. 싯다르타는 한 나라의 태자란 특이한 신분으로 태어났을 뿐 아니라 사색적인 천품天稟을 지녔기에 두 극단적인 생활을 겪은 후 발견할 수 있는 명제였다. 중도/선은 태자시절 단맛(+)의 제1세계와 6년 고행수도에서의 쓴맛(−)의 제2세계를 거친 연후에 조화와 균형을 이룬 평정심의 제3의 신세계이다. 이는 가히 동서양인 모두가 무리하지 않고 합리적으로 받아들일 수 있는 행복의 황금률이라 하겠다. 왜냐하면 중도/선은 없던 무엇을 발명한 것이 아니라 있었던 사실을 발견했으므로 도달 가능한 행복론이다.

　중도/선이 본질인 불교는 상식의 종교이다. 쉬운 불교를 난해한 표현으로 설명하다 보니 어려운 종교로 오해되고 있다. 그리고 깨달음의 명제가 수학의 ‘0’이므로 반드시 좌표평면 수학으로 풀어야 하는 것이다(├─────── ♀ ⁽⁺⁾ ───────┤). 불교를 마음의 종교,

(−)　　중도/선

심교라고 하는 것은 ‘마음자리’의 위치에 따라 ‘호오好惡’와 ‘고락苦樂’ 세계로 바뀌기 때문이다. 이제라도 중도/선의 본질이 밝혀짐으로서 ‘의타종교’로서뿐 아니라 ‘의자철학’으로서 또 다른 새로운 세계가 열릴 때 21세기 세계 인류의 행복과 구원을 도모할 수 있는

새로운 불교로 거듭 태어날 수 있을 것이다.

대승불교는 기원전후경에 등장했다. 붓다의 입멸 후 양지陽地편의 상위기득권 불자들은 자기들이 확보한 지위를 유지하기 위하여 차별주의 불교로 이끌어갔다. 소승의 이상적인 인간상 아라한(줄여서 나한)은 붓다의 하위 개념으로 평생 수도를 해도 부처님이 될 수 없었다. 이러한 차별주의와 권위주의에 맞서 아라한에 대응한 새로운 인간상이 대승의 보살이었다. 대승은 철저한 평등주의로 누구나 부처가 될 수 있다는 종교 개혁이었다. 현 한국불교의 보살은 절집 부엌에서 밥이나 짓고 큰스님의 시중이나 드는 여신도 女信徒로 전락하고 말았다. 승속僧俗의 구분이 뚜렷한 현 한국불교는 대승을 표방하고 있으나 소승불교라 하겠다.

불교는 두 날개의 비행기에 비유될 수 있다. 종교라는 한 날개와 함께 철학이라는 또 다른 날개가 달렸을 때라야 만이 비로소 한국불교가 세계 곳곳으로의 포교布敎비행이 가능하리라고 본다.

여기서 0의 행복이 작으나마 초석이 되기를!

호랑이를 그리려다 하이에나가 된 셈이다

이 글은 여러 인연의 덕분으로 쓸 수 있었다. 그 가운데 우선 두 인연이 있다. 하나는 경험이 불가능한 죽음의 맛을 보게 한, 평소 폭음의 후유증으로 인한 입원이다. 그리고 또 하나의 인연은 석성우 스님(불교TV 회장·대구 파계사 주지)과의 만남이다. 내가 불교와 차에 관심을 갖기 시작할 무렵 스님이 한 말씀은 구리를 캐던 광부가 뜻밖에 금을 발견한 것과 같았다.

염불念佛의 '염念' 자 풀이였다. 염은 '이제 금今'과 '마음 심心'의 합자인 '지금 마음'이다. 즉 '지금 마음이 부처이다'라는 법문法文이었다. 몸에도 본적과 현주소가 있듯이 마음도 '처음 마음 / 본래 마음'과 '지금 마음 / 속세 마음'이 있음을 새삼 깨닫게 되었다. 두 손을 모으는 합장은 한 손의 '처음 마음 / 본래 마음'에 다른 한 손의 '지금 마음 / 속세 마음'을 합일시키는 일이다. 이 법문法文을 듣는 순간 갑자기 가슴이 마구 두근거렸다. 그리고 생각하지도 않았던 고등학교 국어시간의 '영감'*, '법열法悅'*이라는 단어가 머리를 스친다. 즉시 국어사전을 찾아보았다.

그 당시 나의 심경은 이 두 단어가 온전히 말해주고 있었다. 이어서 수학시간에 배웠던 좌표평면이 떠올랐다.

염불은 마음자리가 '처음/본래마음'으로 이동한다는 뜻으로 마음자리의 위치에 따라 마음의 상태가 달라진다는 뜻이 아닌가? 마음의 작용원리, 즉 메커니즘은 마음자리가 플러스(+)일 때는 즐겁고 마음자리가 마이너스(−)일 때는 괴로우며 0에 있을 때도 행복해지는 것이라고 비약하게 된다. 즉석에서 붙인 이름이 '0의 행복'이었다. 염불과 기도는 이 '0의 행복'을 위한 것이라고 단정하게 된다.

이것을 젊은이들에게 검증을 받고 싶었다. 왜냐하면 이들은 사물에 대해 냉철한 면이 있기 때문이다. 손쉬운 방법으로 딸아이 상화에게 의견을 물으니 얼마 후 긍정적인 반응을 보여 주었다. 그리고 마음자리 0이 석가모니 부처님이 깨달은 중도/선이라고 확신하게 되었다. 순식간의 일들이었다. 수학에서 0이 없던 시절, 붓다는 이를 증명할 수 없어 일자불설一字不說*·무설선無說禪을 낳을 수밖에 없었다고 생각하게 된다.

붓다의 깨달음 가운데 설명할 수 있는 가르침은 교문敎門, 설명 불가한 붓다의 마음은 선문禪門, 이 양대 산맥의 성립이 자연스레 이해되었다. 그리고 고타마 싯다르타 태자의 출가전의 쾌락의 세계는 마음자리가 플러스(+) 쪽에 있었다면 출가 후 고행수도의 시기에는 마이너스(−) 쪽에 있었을 것이다. 고행무익을 선언하시고 정상적인 공양생활로 심신을 회복한 후 보리수 아래에서 2차 수행에 들어가신다. 이 무렵 붓다께서 느끼시는 밥맛은 고마움이요, 즐거움이었을 것이다.

태자시절의 밥맛과는 아주 달랐다. 왕자시절의 쾌락의 맛(+)과 출가 후 고행수도의 맛(−), 또 '물리지 않는 밥맛'은 양극단 두 세계의 맛과 또 다른 새로운 세계의 '중도의 맛'이 아닌가?

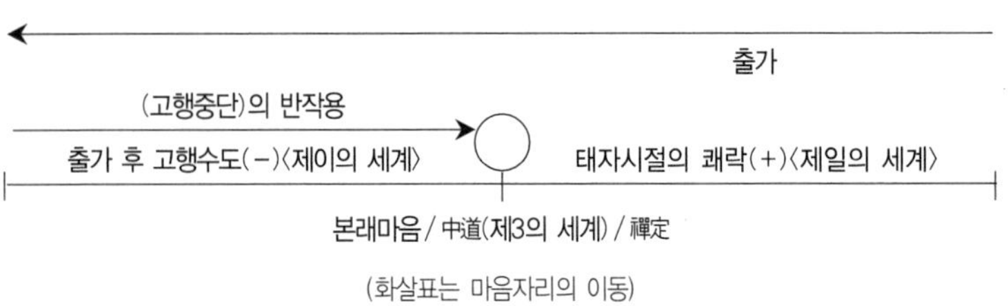

(화살표는 마음자리의 이동)

이 물리지 않는 제3의 맛의 세계가 '중도의 세계'다. 고대 인도인들의 인생추구는 진리·실리·성애였다. 붓다는 실리주의에 따라 중도를 생활철학으로 제시하고 싶었던 것이다.

극단의 고행수도를 중도中途에 그만두었기에 중도中道라는 큰 깨달음을 얻은 셈이다. 고행중단의 반작용으로 마음자리가 자연스럽게 '0 / 중도'에 있을 때 몸이 밥맛을 통하여 중도를 깨닫게 된다. 석가모니 부처님의 깨달음은 몸과 마음을 통한 구체적인 체득 득도이다.

심신일여 정신은 이에서부터 비롯된다. 붓다께서는 8만 4천 번뇌를 끊은 다음 더 이상의 깨달음을 구하지 않았다고 한다. '번뇌 끊기＝성도成道'라는 명제를 보여 주셨다. '번뇌 끊음 / 집착 끊음＝성불'이다. 큰 집착 가운데 으뜸은 가족 혈연과의 인연 끊음이다. 붓다의 출가는 몸과 함께 마음의 출가요, 이미 '예비득도'라 하겠다.

석가모니 부처님의 깨달음의 모체는 0이다. 이 0의 깨달음은 모든 사물은 영원불멸할 수 없다는 제법무아의 '있음의 없음'과 두 극단의 세계(쾌락 / 고통)를 떠난 중도라는 신세계인 '없는 듯 있는', '없음의 있음'이다. 즉 붓다의 깨달음은 '있음의 없음'과 '없음의 있음'의 개념으로 두 명제를 아우르고 있다. 두 명제 가운데 '있음의 없음'은 누구나 쉽게 이해할 수 있다.

우리는 살아가면서 '인생은 허무하다'라는 말을 자주 쓰지만, 이는 언제나 새롭다. 불교의 '있음의 없음'의 교의敎義는 인생 최고·최대의 질문이다. 즉 '사람은 누구나 죽는다. 당신은 어떻게 사시겠습니까?'라는 물음이다. 이에 대한 반응은 사람마다 지닌 지혜의 능력인 근기에 따라 천차만별이 된다. 어느 시대, 어느 사회에서나

세속적으로 성공하지 못한 사회절반의 패배자가 있게 마련이다. 이들의 돌파구로써 귀의처는 극락이다. 절반의 패배자들은 선업을 쌓아 내세의 윤회에서 극락왕생을 꿈꾸며 산다. 또한 사회에서 성공한 사람일지라도 어쩔 수 없이 지금보다 더 큰 욕망 달성과 미래의 극락행 꿈을 안고 살아가게 된다.

불교는 윤회의 유무에 따라 종교와 철학으로 나뉜다. 이러한 윤회와 인과응보의 교의는 권선징악을 낳아 고대사회로부터 오늘날까지 사회질서 확립과 유지에 지대한 공헌을 했다.

불자의 근기에 따라 내일과 내년이 없이 '지금 여기'를 철저하게 완전연소하는 현재완료형의 인생관을 가진 사람도 있다. 이들은 폭넓은 예술생활 위주의 생활 철학인들로 불교를 실존철학으로 인식하는 사람들이다. 붓다 깨달음의 모체인 0 가운데 '있음의 없음'의 교의의 등불은 아난존자에게 쥐어져 교문敎門이 열리게 되었다. 이에 반하여 두 극단(쾌락 / 고통)의 세계를 떠난 중도라는 신세계는 말로 표현되지 않는 언어도단의 경지이다.

수학에서 0이 없던 시대 '없는 듯 있는', '없음의 있음'의 깨달음 중도는 석가모니 부처님의 표현할 수 없었던 심층심리였다. 명백하게 의식되지 않지만 자각된 의식과 같이 행동을 지배하는 의식을 우리는 잠재의식이라 부른다. 이 잠재의식은 빙산에 비유, 수면 아래에 잠겨있는 3분의 2에서 7분의 6의 얼음덩어리 같이 숨어있는 의식으로 현대 심리학에서도 난해한 의식으로 통한다. 내가

이 책을 쓰는 궁극의 목표는 바로 일자불설 / 무설선으로 일컬어지는 암호와도 같은 수수께끼를 푸는 데 있다. 내 나름대로의 중도에 대한 풀이다. 밥맛은 단맛(+)도 쓴맛(−)도 아닌 담백하고 구수한 중도(0)의 맛을 상징하고 있다.

이 세상에는 크게 '좋음 / 단맛(+)·나쁨 / 쓴맛(−)'이 있다. 그런데 좋음(즐거움·쾌락(+))이 아니라고 반드시 나쁨(−)은 아니다. 그러나 나쁨(괴로움·고통(−))이 아닌 것은 좋음(+)이다. 즉 중도 / 0의 행복 / 선정 / 웰빙은 좋음도 나쁨도 아닌 좋음(0)이 아닐까 하는 것이 필자의 지론이다. 이러한 불가사의한 중도 / 0은 진공묘유 또는 공즉시색空卽是色이란 교의敎義로 변주되기도 한다. 공즉시색·색즉시공이란 무슨 뜻인가?

공즉空卽 / 이상세계는, 바로 시색是色 / 지금 이 속세이다.

색즉色卽 / 지금 여기 현실세계가 곧, 시공是空 / 바로 극락세계이다.

선은 붓다의 깨달음인 중도의 마음이다. '없는 듯 있는', '없음의 있음'의 수수께끼 같은 교의의 등불은 붓다의 법통을 이은 가섭존자가 받아 선문이 열리게 된다. 석가모니 부처님 깨달음의 모체는 0으로 동위개념의 두 명제를 낳는다.

①
- 모든 사물은 영원불멸할 수 없다는 제법무아(諸法無我)
- '있음의 없음'의 세계

교문(敎門)

②
- 두 극단(쾌락·즐거움(+) / 번뇌·고통(−)의 세계를 떠난 '0'의 신세계
- '중도'의 세계는 붓다의 '심층 / 잠재의식'의 세계로 일자불설(一字不說)의 세계
- '중도의 세계', '좋음과 나쁨이 아닌 좋음의 세계이다'
- '색즉시공', '공즉시색', '진공묘유'의 세계
- '없는 듯 있는', '없음의 있음'의 세계

선문(禪門)

○의 발견

석가모니 부처님의 깨달음은 정적이며 드라마틱하지 않다. 없던 사실의 발명이 아니라 있던 사실의 발견인 상식의 발견이기 때문이다. 그러나 '위대한 상식의 발견'이다. 붓다는 인류를 위하여 중도/0이라는 신세계를 발견한 인생의 콜럼버스이다. 0이 수학세계에서 없던 시절 0의 개념에 의한 깨달음을 설명할 수 없었던 붓다의 심경을 이해할 수 있다. 이는 마치 허준 선생이 콜레스테롤이라는 개념은 파악하고 있었지만 설명은 할 수 없었던 답답함에 비유할 수 있을까? 왜 석가모니 부처님 이전의 수많은 출가 수행자들은 붓다와 같은 중도의 명제를 낳지 못했을까? 이들 부처는 태자와 같은 쾌락의 세계가 없었을 뿐 아니라 고행의 중단도 없었기에 고생수도로만 끝났기 때문이다.

나는 본문에서 석가모니 부처님의 성도를 헤비급 챔피언이라면 붓다 이전의 독불獨佛을 경량급 챔피언이라 표현한 적이 있다. 왜

석가모니 부처님은 법(진리)을 전하는 상징물로 법통法統을 잇는 제자에게 의발을 전했을까? 옷을 통해서는 스승의 모습을 떠올릴 수 있어 의미가 있다. 그러나 식기인 발우(바리때)는 무슨 뜻이 있을까? 이는 바로 발우는 석가모니 부처님의 깨달음을 도와준 스승이요, 깨달음을 담았던 기념물이기 때문이다. 또한 석가모니 부처님의 태생지 카필라국은 농업국가이다. '백성은 먹는 것을 하늘로 삼는다[민이식위천民以食爲天].' 고대 농경사회의 백성에게 밥은 하늘같은 신앙의 존재였다. 즉 밥은 필수품이며, 단조로운 생활이었기에 기호품이었다.

붓다의 아버지 이름은 정반왕淨飯王이다. 산스크리트어로는 '숫도+다나(깨끗한+쌀)'라는 뜻이다. 그리고 그들 형제의 이름에 '밥반飯'자가 돌림(항렬)으로 들어간다. 둘째가 백반白飯, 셋째가 곡반斛飯, 넷째가 감로반甘露飯이다. 붓다는 농업국인 카필라국의 태자로서 밥과는 불가분의 관계라 하겠다.

나는 20년 전 석성우 스님과의 '염念'자의 인연으로 이 글을 쓰게 된 것이다. 나에게 염念이란 한 글자가 불교의 진리를 깨닫는 '일자관一字關'이 되었다. 그리고 천주교 신자인 필자가 재가불자 될 수 있었다. '염念', '0의 행복'은 어느 때, 어느 곳에서나 만날 수 있는 나의 사원寺院이다. '0의 행복은 행복의 황금률이다.' 이 글을 쓰고 있는 동안 수시로 잔잔한 미소를 머금고 계신 스님의 얼굴이 떠오른다. 이 글에 대해 가타부타 말씀이 없으신 점이 궁금하면서도 걱정이 된다. 『0의 행복』이라는 글의 주제가 현 불가의 뜻과 어긋날 수도 있기 때문이다. 또한 17년 동안 불교를 전화통신 강의(?)로 듣고 배운 불자로서 누를 끼칠까 해서다.

나의 평소 음식에 대한 안목도 이 글을 쓰는 데 힘이 되었다. 나를 조금 아는 사람들은 술 좋아하는 사람, 좀 더 아는 사람은 남자치고는 음식에 대해 꽤 많이 아는 사람으로 알고 있다. 사람은 누구나 타인이 자기를 어떻게 불러주기를 바라는 것이 있기 마련이다. 나는 이미 어느 후배가 과분하게도 '걸어 다니는 발음 사전'이라고 불러 주었다. 하나 더 바라는 별칭이 있다면 '맛의 모차르트'이다. 돌아가신 조부모와 생존해 계신 어머니의 영향으로 어릴 적부터 음식에 대한 관심이 많았기 때문이다.

*　*　*

법정 스님께서 출가하신 후 처음 쓰신 책으로 보이는 『선가귀감』을 참으로 우연히 고서점에서 만났다. 이 책에 대한 스님의 애정은 첫 작품이기 때문만은 아닌 듯하였다. 법정 스님께서 해인사에 계실 때 어느 노장 스님께서 갖고 계신 목판본을 빌려서 밤새도록 지대방에서 읽고 베끼셨다고 한다. 노장께서는 어느 날 "그 책이 좋으면 스님이 가지시오"라고 선뜻 양도해주신 뜻 깊은 사연이 있는 책이다. 첫 페이지를 여는 순간부터 독서에 이렇게 정신을 잃을 정도로 흥분해 본 적이 없다.

‘한 물건이란 무엇인가? 0에 대해 옛 어른은 이렇게 읊었다. 옛 부처님 나기 전 의젓한 둥그러미, 석가도 몰랐거니 어찌 가섭이 전하랴.’

붓 뚜껑처럼 보이는 동그라미(0)를 처음에는 주해註解* 표시로 알고 스쳐 지나갔다가 다시 정독 후 알게 되었을 때 그 희열은 곧 법열이었다. 법정 스님께서 주해하신 『선가귀감』과의 우연한 인연은 이 책을 쓰는 원동력이 되었다. 그리고 대수학자이시며 불교에도 조예가 깊으신 김용운 전 한양대 교수께서도 『카오스와 불교』라는 저서와 함께 관련 자료들을 보내 주셨다.

또한 강원도 원주의 정신적인 지주이셨던 장일순張壹淳* 선생님을 문병차 찾아뵈었을 때 친필 사인과 함께 주신 『노자이야기』도 잊을 수 없는 인연의 책이다. 대학의 은사이신 조지훈 선생님의 수필집 가운데 ‘동물에게는 쾌감은 있으나 미감은 없다’는 명제 역시 이 책의 힘이 되어 주었다. 시론詩論 시간에 제행무상諸行無常이라는 법문으로 불교에 첫 눈을 뜨게 해주신 분이기도 하다.

이런 인연도 있었다. 일본 프로야구중계의 업무로 일본 동경에 있을 때이다. 객지인 일본에서도 이 글에 대한 나의 생각은 내 머리에서 한 번도 떠난 적이 없었다. 투수 가운데 이름이 ‘이마나까(금중今中)’인 선수가 있었다. ‘지금 가운데’라는 불교적인 이름에 중계방송 중 또 다른 흥분에 들떠 있었던 적도 있었다. 중계방송을 하려고 방송국으로 가던 전철 안에서도 결정적인 인연을 만나게 된다. 나의 맞은편 좌석에서 노신사가 『0의 발견』이라는 문고판을 읽고 있었다. 일본인들은 자기가 보는 책을 남에게 보이지 않게 책표지를 싸는 것이 상식처럼 되어있다. 그런데 운 좋게도 표지의 글씨가 뚜렷하게 보였다. 체면불구하고 나도 모르게 앞으로 돌진, 책의 저자와 출판사를 물어보았다.

저자는 '요시다 요이찌', <이와나미> 출판사의 문고판으로 1939년 초판발행 이후 100쇄를 돌파한 스테디셀러였다. 다음날 새벽같이 신주쿠로 달려가 그 책을 가슴에 안고 귀가하였다. 『0의 발견』을 읽은 후부터 불교의 공空사상은 수학의 0과 관계가 있다고 확신하게 되었다. 그리고 평소 후배 아나운서와 아나운서 지망생 교육 때, 0은 숫자일 때는 '영', 기호로 쓰일 때는 '공'(011, 공일일)으로 발음해야 한다고 가르치던 생각이 떠오르기도 하였다.

＊　＊　＊

사찰들은 산속에 있는데, '바다 해海'라는 글자가 들어있는 '해인海印'에 대해서는 늘 몹시 궁금하였다. 일타日陀 스님께서 '해인삼매海印三昧'의 명쾌한 해설을 정성스럽게 서예작품으로 만들어 범망경(대승계의 계율)과 함께 보내주신 적이 있다. 이 인연으로 나는 또 한번 불교에 한 발자국 다가가게 된다.

작고하신 후에도 사숙私淑*하고 있는 삼불암三佛庵 김원룡金元龍 전 서울대 고고학과 교수님. 선생은 우리나라 고고학의 선구자이시면서 명수필가이셨다. 작품 곳곳에 불교정신이 배어있는 삼불선생의 수필집은 지금도 때때로 펼쳐보는 나의 인생 교과서이다.

총지종總持宗의 법경님, 전남 장흥 보림사의 연담 스님은 불교에 궁금증이 있을 때마다 귀찮게 해드렸던 분들이다. 해외여행을 마치고 귀국하는 비행기 옆자리에서 0이 수학에 편입될 당시의 에피소드를 마치 초등학생에게 설명하듯 자상하게 가르쳐 주셨던 이화여대 수학과 이종희 교수, 인도의 지명 러크나우(Luck now)는 서사시의 주인공 '락시만'에서 유래되었다는 출처를 알려주신 외국어대학 인도어과 김우조 교수도 있다. 다만 지명의 유래는 국어학의 문제인지라 김 교수와 나의 의견은 달랐다. 하마터면 전거典據를 제공해 주신 김 교수와 언쟁으로 번질 뻔하기도 했다. 외대 인도어과 김순철 군은 붓다의 아버지 정반왕淨飯王의 어원 '숫도다나'에 대해 자료를 제공해 주었다.

경주박물관 학예연구실의 어느 연구위원님, 보리수에 대한 자료를 주신 국립산림과학원 정헌관 실장님, 내가 입원했을 때 이세진 아나운서가 선물로 준 『선禪의 향연』, 아랫동서인 대전 과기대 박동조 교수에게 '양수, 음수, 정수' 등 초등수학에 대해 그에게 어울리지 않는 질문으로 여러 번 귀찮게 하기도 했다. 마치 국가대표 축구감독을 동네축구 감독으로 격하시킨 실례인 줄 안다.

아들아이 상협이도 중요한 원문을 대학 국어교재에서 베껴다 준 적이 있으며 며느리 소연이도 도와주었다. 사위 인희 군은 책 제목을 정할 때 결정적인 아이디어를 주었다. 또한 컴맹인 나를 도와 워딩과 함께 출판에 대한 조언을 주신 도서출판 토방土房의 김영희金映希 실장도 큰 도움을 준 분이다. 그리고 최근에 조계사의 경내에 있는 문장紋章인 ☺ symbolmark에 의문이 생겼을 때 외국어대학교 인도어과의 임근동 교수께서 귀한 자료를 필자에게 주셨다. 잡초와 난초, 칡과 장미넝쿨로 어수선한 정원 같은 이 책의 원고를 글누림의 일류정원사 이소희 씨가 영국정원으로 만들어 주었다. 또한 후지모도藤本 교수(경희대학교, NHK 아나운서 출신, 『0의 행복』 일본어판 번역자)가 어느 날 저녁식사 후 일본어에서 스시壽司의 경우 '밥'을 '사리舍利'라고 하는데 무슨 비밀이 있을 것 같다고 하였다. 고려대학교 국문과 동기인 이승구李升九 학형(교학사 부사장)이 쌀의 어원에 관한 자료를 주어 졸저가 완결본이 되는 데 큰 도움을 주었다. 역시 같은 과의 이인식李寅植 형(우리나라에서 최초로 기독교방송에서 일본어 강좌 개설)은 일본문화에 관한 조언을 자주 해 주었다.

나는 세 살짜리 외손녀 다인茶仁이와 노는 시간이 많다. 이름도 내가 지어주었다. 어느 날 다인이와 홍릉수목원을 다녀 나오는데 "하비(할아버지), 아! 참 맛있다."라고 하지 않는가? 며칠 전 목욕을 마치고 나오면서도 '맛있다'고 하였다. 공자는 "나의 스승은 일정하지 않았다何常師之有"라고 하였다. 나는 그 이후 본문에서 "쾌감은 몸으로 느끼는 맛이며 미감은 마음으로 느끼는 멋이다"라는 글

뒤에 "맛을 미각뿐 아니라 목욕이나 산책처럼 온몸으로 느낄 수 있는 맛도 있으니 행복의 범위가 넓어진 셈이다"라고 하였다. 그리고 이 책의 키워드인 '멥쌀 선秈'을 친손자 이름에 넣어 나의 뜻을 물려주고 싶었다. 그러나 인명용 한자 범위 밖에 있는 글자라 '선우秈雨' 대신 부득이하게 세상을 미술감상 하듯이 살라고 '선우渲優'라고 지을 수밖에 없었다.

『0의 행복』이라는 글을 쓸 수 있게 해준 참으로 소중한 인연들이다. 이런 인연들의 힘으로 이 글이 태어나게 되었다. 책과의 인연뿐 아니라 지금까지 내가 살아올 수 있었던 힘도 크고 작은 인연의 덕이었음을 새삼 깨닫게 된다.

＊　＊　＊

초고가 끝나 갈 무렵, 어느 날 새벽 꿈결에 난데없이 '중사中士'라는 글씨가 뚜렷하게 보였다. 하도 이상해 머리맡 메모지에 허설수*로 적은 후 다시 잠들었다. 내가 아는 중사라는 뜻은 상사보다 아래, 하사보다 위의 군대계급이다. 눈을 뜨자마자 불교사전을 펼쳤다. 없을 줄 알았던 이 중사라는 용어가 있다는 게 믿을 수 없었다. '보살과 범부의 중간에 있는, 스승 없이 홀로 깨달은 자'라는 뜻으로 되어 있다. 명색이 천주교 신자요, 재가불자인 내가 바라고 있는 바로 그 경지가 아닌가. 그리고 이즈음에는 외출 때 가스레인지 잠금을 다시 확인하고 차조심도 전보다 철저해졌다. 평소에 잘 하지 않던 이런 유난스러움은 혹시나 화재로 인한 원고 소실의 걱정과 함께 생전에 이 글을 마무리하고 싶은 내 집념 때문이었던 것 같다.

그러나 이 글이 과연 책이라는 노릇을 할 수 있을까 하는 회의는 시종 따라다닌다. 『0의 행복』을 쓰겠다고 작심한 지 꼭 17년. 전철, 버스, 국내외 여행지, 산행 중, 잠자리의 머리맡, 심지어 육교 위에서도 메모해 두었던 내 생각의 조각들이 모여진 글이다. 외출 후 귀가할 때는 언제나 둥지에 먹이를 물고 오는 새처럼 메모된 글을 품고 들어온다. 구식표현을 빌리자면 17년 동안 자나 깨나 이 글에 대한 생각이었다. 초고가 끝나자마자 복사하는 집으로 달려갔다. 그리고 복사본 하나를 은행의 화재방지 금고에 보관해 놓고서야 마음이 비로소 놓였다. 『김 군에게 들려준 0의 행복』이란 제목이 『0의 행복』으로 바뀌었다. 이 책은 지금까지 8번 증보되었다. 여섯 번째 추가원고의 정리가 끝나던 날 또 한 번 은행금고의 신세를 지게 되었다. 혹시 새로운 자료가 발견될까 하여 세계 최대의 석불石佛이 있는 중국의 낙산대불落山大佛을 보기 위해 며칠 집을 비워야 했기 때문이다. 귀금속 같은 보물이나 보관하는 금고에 책을 맡기는 나에게 금고담당 여직원은 무안을 주지 않으려고 웃음을 참느라고 무척 애를 쓰는 듯하였다. 내가 생각해봐도 비정상적인 짓이다.

아직도 수수께끼로 남아있는 석가모니 부처님의 '심층 / 잠재의식'인 '마음', '선'. 나는 무모하게도 감히 '밥맛'과 수학의 '0'을 키워드로 삼았을 뿐이다. 많은 양의 뽕잎을 먹은 누에라야 좋은 실을 자아낼 수 있다고 하였다. 나로서는 불교와 인도에 관한 글을 많이 읽는 것이 의무였다. 인도와 네팔, 캄보디아의 앙코르와트 여행도 관광이나마 해야겠기에 일찍이 아내와 다녀왔다.

사회는 모든 일이 결과만으로 평가된다고 한다. 이러한 수준의 글 앞에서 17년이란 준비 기간을 말하기가 부끄럽다. 다만 쓰지 않고서는 배길 수가 없어서 썼을 뿐이다. 붓다의 깨달음에 대해 불가 안팎에서 얼마나 많은 사람들이 많은 세월을 깊이 생각해 왔었겠는가? 그러나 나처럼 '밥맛'이라는 키워드로 성인聖人의 깨달음을 감히 어쭙잖게 풀려고 했던 사람은 없었을 것이라는 자긍심은 가지고 있다. 내 글의 논조에 오류가 없다면 붓다 깨달음(0의 발견)의 재발견인 셈이다. 필자에게 마음 놓고 말해보라고 한다면 부처님의 한恨을 풀어드린 책이라고 말하고 싶다. '쉽고 재미있다. 감동을 준다. 양주처럼 한 모금 마셔도 취한다. 그리고 메시지와 감동을 준다.'가 글쓰기에 대한 나의 철학이다. '잘 하려고 하면 오히려 잘 안 된다[욕교반졸欲巧反拙].'는 말처럼 호랑이를 그려보려다 하이에나가 된 격이다.

끝으로 이 글 전편에 '나의 목소리'를 내보려고 안간힘을 쓰다보니 집필 중 신음소리를 낸 순간들도 적지 않았다. 아침에 경희대학교 교정을 산책하는 중에 미술대 1학년 학생들의 작품 발표회에서 오른쪽 엄지발가락이 뒤로 젖혀진 반가자세의 수월관음도를 보는 순간 가슴이 덜컥 내려앉았다. 본문에서 국보 83호와 일본의 국보 1호의 반가사유상의 오른쪽 엄지발가락만이 뒤로 젖혀졌다고 했기 때문이다. 이 책이 논문이 아닌 수필이지만 전거典據에 충실하고 싶었다. 온종일 불화佛畵와 씨름한 끝에 내 나름의 결론을 발견할 수 있었다. 고려 불화 중 땅을 딛고 있는 왼쪽발가락에 힘을 준 수월관음도와 지장보살도는 오른쪽 엄지발가락이 자연히 따라서 뒤로 젖혀져 있었다. 9쇄 완결본을 앞둔 참으로 힘든 마지막 진통이었다.

글을 쓰다 쉬는 시간에 "밥맛·0의 키워드는 달라이라마도 감히 생각 못했었지. 나에게 인사를 하러 올지도 몰라."라고 혼잣말을 하기도 했다. 나의 필력으로는 힘에 부치는 글을 쓰다 보니 스스로를 격려하는 말일 뿐이다. 아내로부터 "제발 그런 말을 집밖에서는 절대로 하지 말라."고 여러 번의 주의 경고를 받은 적도 있다.

* 영감(靈感) : 신의 계시를 받은 듯한 느낌으로 창조적인 일의 계기가 되는 착상이나 자극.
* 법열(法悅) : 깊은 이치를 깨달았을 때의 황홀한 기쁨.
* 일자불설(一字不說) : 부처가 체득한 깨달음을 언어로 표현할 수 없기 때문에 부처는 깨달음에 대해 한 자(字)도 설하지 않았다는 뜻.
* 주해(註解) : 본문의 뜻을 알기 쉽게 풀이하는 것.
* 장일순(張壹淳) : 1928~1994. 원주에서 태어남. 1970년대 유신시절 천주교 원주교구의 선구적 저항으로 투쟁.
* 사숙(私淑) : 직접 가르침을 받지는 않았으나 그 사람을 본받아 도나 학문을 닦는 것.
* 허설수 : 사전의 표제어로는 실리지 않았으나 '아무런 기대감 없이'라는 뜻으로 서울 사람들이 즐겨 썼던 서울말이다.

저자 **이규항**

서울에서 태어나 효제초등학교, 중앙중·고등학교, 고려대학교 국문과를 졸업하였다. 초등학교 시절 음악·미술 위주의 교육을 받으며 정서생활의 싹을 틔울 수 있었다. 중·고등학교 국어 선생님들(이기문, 주왕산, 남정목, 임청송)의 영향으로 대학의 학과 선택은 국문과 외에는 생각하지 않았다. 또 전통적인 문약(文弱)한 선비형 인간의 시대는 지나갔다는 생각이 들어 문무(文武)를 겸비한답시고 고등학교 1학년부터 유도에 입문했다. 대학 진학 후 학풍인 지성과 야성, 주체성과 국제성을 갖춘 인간형을 목표로 고려대 유도선수 생활을 하는 한편 서양문화에도 폭 넓은 관심을 가졌다. 대학에서 영향을 받은 은사님은 문학에서는 조지훈, 정한숙 교수, 국어학에서는 김민수 교수이다.

대학교 2학년 때, 학년을 4학년으로 올려 KBS 아나운서 시험에 응시, 합격했으나 규정에 어긋나 졸업하던 해 다시 KBS 아나운서 시험에 응시하여 재차 합격했다. 입사 후 장기범 대선배에게 방송과 인생철학을 투철하게 배웠다. 학교에서는 배울 수 없었던 공부였다. 지금도 세상이 힘들 때면 생각나는 분이다. 35년 동안 KBS 한 직장, 아나운서 한 직종으로 일하다 정년퇴임했다. 훗날 아나운서로서는 야구·씨름·유도 전문캐스터와 시 낭송을 잘했던 사람으로 기억되기를 바라고 있다.

본업 외에는, 1968년 '네잎클로버'라는 노래를 불러 남자신인가수상을 받기도 하였다. 표준발음법(문교부)을 제정할 때 방송인으로서는 유일하게 참여, 직접 규범을 만들기도 하였다. 1983년 4월 발족한 한국어연구회는 태동기부터 관여, 2대 회장과 두 번의 아나운서 실장을 역임했다. 퇴임 후에는 일본 프로야구의 주니치로 이적한 선동렬·이종범·이상훈 선수의 활약상을 중계했고, 귀국 후에는 원음방송에서 국내 프로야구를 중계하는 한편 동덕여대에 출강했다.

현재는 아나운서 전문아카데미에서 아나운서 지망생을 지도하고 있다. 저서로는 『미국야구』, 『표준한국어발음사전』, 『아나운서로 가는 길』이 있다. 1993년 한글날 대통령 표창을 받았다.